FIRE & GASOLINE
Entre-Historias

Patricia Sutherland

Otros libros de Patricia Sutherland

Dedicado con todo mi cariño y mi agradecimiento…

A mis padres, a quienes siempre llevo en mi corazón y en mis recuerdos. Hasta que volvamos a vernos.

A mis Bollitos del grupo de Facebook y a mis seguidoras de Románticas porque son y siempre serán una fuente de inspiración para mí.

A las lectoras que eligen seguirme únicamente a través de mis libros. Aunque nunca hayamos coincidido en el mundo virtual o en el real, saber que están allí, apoyándome en la distancia, me hace inmensamente feliz.

A mis lectoras beta Laura, Verónica y Claudia. Por su labor, por su cariño, por ayudarme a hacerlo un poquito mejor cada día. Es muy difícil ser crítico y fan al mismo tiempo, y ellas, sencillamente, lo bordan.

RESUMEN

Después de tres meses «a prueba» en Londres, Harley se siente cada vez más cómoda con su nueva vida y su relación sentimental con Brandon empieza a convertirse en lo mejor de esta nueva etapa. Sin embargo, sabe que se acerca el momento de tomar decisiones importantes. Tan bien como sabe que los demonios de su pasado no se lo pondrán nada fácil.

Brandon siempre ha tenido claro que quiere a Harley en su vida y juega sus cartas con extrema cautela y gran inteligencia. Está dispuesto a esperar el tiempo que haga falta y, desde el principio, deja que sea ella quien marque las pautas.

Pero en la boda de Evel y Abby, como si se tratara de un mensaje del universo, el ramo de la novia escoge justamente a Harley y las cosas empiezan a precipitarse.

Mientras Harley se enfrenta a sus demonios con la ferocidad de una leona, enamorando a Brandon aún más si es que eso es posible, Declan hace un importante descubrimiento sobre Jana…

Fire & Gasoline - Entre-Historias, un apasionado y muy romántico *spin-off* de *Fire & Gasoline*.

Entre-Historias 1

Domingo, 26 de septiembre de 2010.
Boda de Abby y Evel,
Menorca.

Brandon despertó con una sensación de pesadez. Pasó un buen rato hasta que tomó conciencia de la realidad. Había bebido mucho más de la cuenta, lo cual explicaba que sintiera el cerebro entre algodones y que sus pensamientos parecieran moverse a cámara lenta. Ya era de día, aunque el nivel de luminosidad de la isla donde se había celebrado la boda era tal, que le impedía calcular la hora.

Frunció el ceño al darse cuenta de que estaba al raso, en la misma tumbona de la terraza de su suite donde se había acomodado hacía mil horas, a degustar el último *bourbon* mientras dentro Hugo dormía como un tronco.

Volvió a cerrar los párpados y permitió que la modorra lo envolviera. Muy lentamente, su mente empezó a repasar las últimas horas. Había sido una noche de locura. Ya no recordaba la última vez que lo había pasado tan bien en una boda... Tampoco recordaba la última vez que había deseado con tanta intensidad estar con una mujer... y había acabado estándolo tan poco. Aquel primer encuentro en el hueco de la escalera había sido estrictamente platónico. Tratándose de personas fogosas, ambos sabían que no sería suficiente y, en efecto, no lo había sido. Diez minutos a solas en un paraje alejado del convite, cuando ya era de madrugada, había servido para contentar esa otra faceta de su vida de pareja. Un alivio momentáneo y escaso. Confiaban en continuar más adelante, al final de la fiesta. Pero Hugo estaba tan excitado que había tardado mucho en quedarse dormido y, extraño en ellos, Brandon y Harley habían preferido acomodarse en sendas tumbonas de la terraza, que habían puesto muy juntas, y conversar en murmullos para no despertarlo, mientras miraban las estrellas...Y esa última parte de la noche había sido incluso más alucinante que las horas precedentes, bailando y chapoteando en el mar mientras cantaban a voz en cuello...

Brandon volvió a fruncir el ceño. Lo que no recordaba era la despedida... ¿Se había quedado dormido sin más? Había bebido muy generosamente... Pero se resistía a creer que hubiera sido capaz de ponerle un broche tan lamentable a la mejor noche de su vida.

En aquel momento, Harley se movió y Brandon abrió los ojos y enfocó su vista en ella. Su cabello enmarañado, la cabeza apoyada contra su hombro, su cuerpo pegado al suyo, al que rodeaba con un brazo a la altura de la cintura....

El tatuador contuvo la respiración al comprender que la razón por la que no recordaba que se hubieran despedido era porque, en realidad, no lo habían hecho. Los dos se habían quedado dormidos.

¿Habían pasado la noche juntos? Sí, era la primera vez que amanecían juntos. Su corazón se aceleró y Brandon no pudo evitar acariciarle el pelo en una mezcla de locura de amor y de necesidad de tocarla. De comprobar que no era producto de su imaginación. Que no estaba soñando. Era real; ella estaba allí, dormida, a su lado.

Las caricias pronto se convirtieron en una lluvia de pequeños besos que devolvieron a Harley a la conciencia de la mejor forma de todas; sonriendo.

—Si esta es tu manera de compensarme por diez miserables minutos de sexo en dos larguísimos días, olvídalo… Tendrás que esmerarte más.

Su voz había sonado a ronroneo gatuno y Brandon, que no necesitaba de ningún estímulo para desear (locamente) empezar a compensarla en aquel mismo momento, se movió con rapidez. En un segundo, estaba en su tumbona, encima de Harley.

—Mmm… Esto está mejor —volvió a susurrar ella, rodeando con sus brazos el cuerpo del tatuador.

Él se acomodó de forma que nada molestara su campo visual. Quería presenciar su despertar, verlo con lujo de detalles. Cada parpadeo, cada gesto, cada respiración… Y sobre todo, ver cómo reaccionaba al darse cuenta de que no se había marchado, como hacía siempre.

—¿Quieres que te diga lo que estaría mejor? —susurró él, que en aquel momento se inclinó a mordisquear los labios femeninos—. Otras veces, a estas horas, solo llevo puestos mis tatuajes, y mírame ahora…

Brandon rió suavemente. No podía creer que los dos hubieran acabado la noche completamente vestidos. Ella sonrió con picardía, pero no abrió los ojos.

—Tus tatuajes y uno de tus alucinantes condones de fantasía que me dan tanto morbo… —precisó ella.

De pronto, Brandon cayó en la cuenta de que quizás eso que a él le hacía tanta ilusión, para ella podía ser angustiante. Habían bebido mucho y aunque «quedarse dormida a su lado» no era exactamente lo mismo que «quedarse a dormir con él», lo último que deseaba era que un exceso de realidad lo estropeara todo.

—Si quieres, podemos regalarnos un cuarto de hora en el baño… Hugo tarda en dormirse, pero su sueño es profundo y si te quedas calladita…

Harley abrió los ojos. Toda ella sonreía y a Brandon le encantó la imagen.

—Mmm, qué tentación… Tus erecciones matutinas son fabulosas… —susurró, y vio que la vanidad masculina desplegaba las alas.

—¿Solo las matutinas?

—Todas. Pero las de primera hora del día, cuando estás con las pilas a tope después de una buena sesión en el gym y rebosas testosterona… ¿Qué quieres que te diga? ¡Esas son memorables, chico!

Los dos rieron con complicidad, pero no acortaron las distancias ni dejaron de mirarse en ningún momento.

—Bueno, esta vez no hay sesión en el gimnasio, pero hay muchísimas ganas… Diez minutos después de casi dos días sin vernos es todo un récord para nosotros… Seguro que mantengo el pabellón bien alto.

—Seguro que sí.

La pareja permaneció mirándose en silencio. Sonreían, se devoraban con los ojos, pero no hacían el menor intento de consumar. Al fin, Harley echó un vistazo a su reloj.

—No quiero que vayamos al baño.

—¿No…?

Ella negó con la cabeza.

—No hay tiempo, BB. Declan está a punto de tocar a la puerta para llevarte a Londres y yo quiero ir contigo. Tenemos que levantarnos, prepararnos y despertar a Hugo.

—¿No vas a quedarte a la comida?

Se refería a un almuerzo que Evel y Abby habían dejado organizado para sus familiares antes de que regresaran a

Londres. Después de recuperar su estatus de legítima viuda de James (y dejar de ser para su familia la oportunista que lo había abandonado en el peor momento de su vida), Harley también estaba convocada.

—No. Aquí ya he cumplido. Quiero ir a la convención contigo. Cuando lleguemos, habremos pasado sesenta horas con apenas diez minutos de sexo y nos encerraremos en el primer cuartucho con cerrojo que encontremos. Para entonces, tu pabellón estará tan alto que me quedaré afónica de tanto gemir. Ese es mi plan.

Brandon era perfectamente consciente de que su corazón latía tan a prisa que ella tenía que notarlo. Y, en efecto, así fue. Harley le acarició el pecho enternecida y una inmensa sonrisa apareció en su rostro cuando dijo:

—¿Te has dado cuenta de lo fácil que me resulta ponerte el corazón a mil, BB?

Él se metió en su boca apasionadamente y el beso fue largo.

—¿Te has dado cuenta de que has pasado la noche entera conmigo, Harley? —repuso él, mirándola intensamente.

La respuesta era «sí» y todavía seguía sin creérselo del todo. En especial, le costaba creer la total ausencia de preocupación. Había amanecido sonriendo al sentir sus besos y, por primera vez en años, no había habido sobresaltos ni deseos de echar a correr lejos de las pesadillas que la atormentaban. Cuánto había conseguido Brandon de ella, pensó. De qué manera más drástica había transformado sus días.

Y en esta ocasión fue Harley quién se metió en la boca de Brandon en un beso apasionado que le robó totalmente el aliento.

Cuarenta minutos más tarde, Declan llamó a la puerta de Brandon. Él fue a abrir y regresó junto a Hugo quien, a pesar de estar sentado en la cama, continuaba totalmente dormido.

—Qué despejado te veo… Teniendo en cuenta que cuando dejé de contar ya habían caído tres *bourbons*, es todo un logro que estés tan bien —dejó caer el guardaespaldas en una de sus pullas habituales.

—Ojalá este pequeño saltamontes estuviera la mitad de despejado… —comentó Brandon—. A ver, Hugo, ¿qué te parece si pones un poco de tu parte para que pueda calzarte las deportivas antes de que hayan pasado de moda?

El niño asintió con la cabeza varias veces, empujó levemente con el pie, pero enseguida volvió a oírse su respiración acompasada, propia de alguien que está más dormido que despierto.

Brandon exhaló un suspiro y lo dejó por imposible.

—Ya se despertará —dijo Declan riendo—. Tranquilo, yo lo cargo a hombros.

—¿Insinúas que no estoy lo bastante en forma esta mañana? Lo llevaré yo, por supuesto.

—Vale, perdona… No quería ofender tu vanidad, chaval… Solo te echaba una mano por si … —Miró a Brandon sonriente —. Ya me entiendes.

«Dios, no me recuerdes que sigo en dique seco», pensó el tatuador.

—Cuánta solidaridad… ¿Quiere eso decir que has dormido como un angelito toda la noche?

Sí, era increíble pero cierto. Por lo visto, se había vuelto célibe o algo semejante. Naturalmente, no estaba por la labor de admitirlo en voz alta.

—Nunca en toda mi vida he sido un angelito, Brandon. ¿Por qué iba a serlo justamente anoche?

—¿Lo dices en serio? ¿Quieres una razón? Ahí va una. Porque mientras no lo seas… O, al menos, intentes parecerlo, no te vas a comer un rosco con cierta diseñadora de ropa *grunge* que conozco.

—¿Y quién ha dicho que quiera comerme un rosco con ella? El amor te ha llenado el cerebro de telarañas, tío… Como comprenderás, no voy a rajarme si se presenta la ocasión de comérmelo, pero de ahí a hacer mérito hay un trecho muy largo, ¿no te parece?

—Ella te gusta.

—También me gusta Harley, si vamos al caso. —La mirada de Brandon fue tal que Declan se echó a reír—. Tranquilo, tigre… Esa mujer es toda tuya.

—¿Mía, dices? —Brandon sacudió la cabeza, alucinado—. Harley no es de nadie.

Junto a la puerta, la artista no pudo evitar que una sonrisa se abriera paso en su rostro. Era cierto, jamás había pertenecido a ningún hombre y no estaba por la labor de que eso cambiara en el futuro. Pero cada día que pasaba, tenía más claro que si alguna vez lo hacía, el hombre en cuestión sería Brandon.

—¿Qué pasa conmigo? —dijo con naturalidad al tiempo que aparecía en el salón de la suite.

—Ah, estás aquí… Justamente le estaba preguntando dónde te habías metido —repuso el guardaespaldas, haciéndole un guiño a Brandon.

Harley miró a los dos hombres con ojos inquisitivos.

—En realidad, no preguntaba por ti —aclaró el tatuador—. Pero como lo has oído, no necesitas que te repita lo que ha dicho, ¿verdad?

Ella avanzó hasta él y se puso de puntillas. Depositó un beso sobre sus labios.

—Verdad —y volviéndose hacia Declan, añadió—: ¿Quieres mi opinión?

—¿Sobre qué?

—Sobre Jana.

Declan descartó la idea con un gesto de la mano.

—¿Qué os pasa a los dos con ella? Dejadlo ya, por favor —y a continuación se dirigió hacia la cama donde Hugo había cambiado de la posición vertical a la horizontal y lo tomó en sus brazos.

Pasó frente a la pareja con el niño durmiendo plácidamente contra su hombro.

—¿Estamos todos o falta alguien más? —preguntó sin detenerse.

—Estamos todos —dijo Harley haciéndole un guiño disimulado a Brandon—. Jana se queda a disfrutar de la playa.

—Muy bien. Os espero abajo. No tardéis, o tendré que rehacer el plan de vuelo —repuso el guardaespaldas.

«Ahora le llaman disfrutar de la playa», pensó Declan mientras se dirigía al hall del hotel cargando un peso muerto de pelo muy rubio sobre su hombro derecho. Jana se había pasado buena parte de la noche hablando con desconocidos. Según ella, buscando nuevos clientes para su *boutique*. Según él, ligando cada vez que se le presentaba la ocasión. Tuvo que sonreír al reconocer que ambas cosas se le daban muy bien. Desde que ella acompañaba a Harley a las ferias y convenciones, la había visto infinidad de veces en acción. Sus flirteos no eran como los de su socia, Jana era muy sutil, muy delicada. Escogía a sus «potenciales víctimas» con sumo cuidado y siempre hablaba de negocios primero, por eso de dejar claras sus intenciones, pero si había *feeling*, coqueteaba con elegancia. Y, todo había que decirlo, generalmente se salía con la suya, fuera negocios o placer. La noche anterior había «triunfado» con el mismísimo chef contratado para la boda, un tipo joven con pintas de científico loco que, por lo visto, acumulaba en su haber varios premios internacionales. Los había visto conversando un buen rato, con mucho jiji jaja, y hasta habían intercambiado tarjetas personales. Y no era el único con el que le había visto tontear. La chica había estado ocupadísima.

En cambio, él…

No estaba de humor para tontear, aunque sonara raro viniendo de alguien que había demostrado justamente lo contrario desde la pubertad. Su padre lo tenía preocupado. La progresión de su Alzheimer se había acelerado la última semana y con antecedentes de problemas cardíacos, la cosa no pintaba bien. Si a eso le sumaba la enervante y siempre abarrotada Convención del Tatuaje de Londres… Después de tres meses sin que Brandon asomara la nariz por las ferias internacionales, se las había visto negras para evitar que la nube de fans, periodistas y fotógrafos lo asfixiaran. Así que mientras la «estrella» regalaba sonrisas por doquier, él y su equipo le abrían paso a empujones… Total, que había aterrizado en Mahón con un dolor de cabeza tremendo. Por suerte, al poco de llegar a la boda el malestar había empezado a ceder. Había conseguido cenar algo y lo había pasado bien, teniendo en cuenta las circunstancias. Pero, definitivamente, su cuerpo no estaba para juergas.

Al llegar al hall, los pensamientos de Declan quedaron momentáneamente interrumpidos por una visión que le resultó muy familiar. Una mujer hojeaba una revista mientras el empleado de la recepción que estaba frente a ella comprobaba algo en el ordenador. Vestía una camiseta negra sin mangas de estilo rockero y una falda larga plisada color rojo, a juego con su pelo que, para variar, hoy llevaba suelto. Y sus inseparables gafas de sol, por supuesto.

Que él recordara, nunca había conocido a alguien que se las arreglara tan bien para concentrar las miradas de todo el mundo en su pequeña persona, enseñando tan poco. Ni una pantorrilla asomando entre los pliegues de la falda, ni el borde de un provocativo sostén de encaje, nada. Apostaba la cabeza a que el escote de su moderna camiseta estaba a la altura justa; ni demasiado alto para desmerecer la prenda, ni demasiado bajo para enseñar el canalillo.

—Buenos días, señor Keegan. En un momento estoy con usted.

Declan respondió al saludo del recepcionista con una sonrisa y enseguida regresó su atención a Jana que ya había levantado la vista de su revista y lo miraba.

—¡Señor Keegan, dichosos los ojos! ¿Dónde te metes? Anoche te perdí de vista a medianoche y…

—Hola, guapa… —la interrumpió él—. Espera que voy a dejar a la criatura en el sillón y vuelvo.

Jana lo vio alejarse hasta una zona alfombrada con varios grupos de sillones de distintos estilos, dispuestos en torno a pequeñas mesas. Escogió uno que disponía de reposapiés y allí puso a Hugo. Ella sonrió al ver cómo el gigante fortachón mostraba un inusitado lado sensible utilizando un cojín a modo de almohada para el niño, quien siguió durmiendo a pierna suelta sin darse por enterado.

—Yo estaba en la playa —continuó Declan, ya de regreso junto a ella—. Fuiste tú quien desapareció con ese isleño tan bronceado que parecía recién llegado de África…

—El DJ —precisó ella, risueña—. No desaparecí, solo fue un rato. Y no me vengas con excusas; tú no estabas en la playa. Lo sé porque te estuve buscando.

Así que me buscabas… Qué interesante.

—¿Ese era el que nos machacó los oídos con el chunda-chunda toda la puta noche? Hay que joderse… De haberlo sabido lo habría encerrado en la cocina, a que se pusiera morado de bogavante y nos dejara tener la fiesta en paz.

Jana se echó a reír.

—Ese chunda-chunda es lo que se escucha hoy en todas partes, ancianito. Por si no te has enterado todavía, la música disco ya era una reliquia del pasado cuando yo iba al instituto.

Declan aprovechó el momento de distracción a cuenta de sus cuarenta años para comprobar su hipótesis sobre el escote. ¡Y bingo! Podía conservar su cabeza sobre los hombros con total orgullo porque había ganado la apuesta; ni rastro de canalillo a la vista.

—Y de eso, ¿cuánto ha pasado? ¿Quince minutos? Venga ya. Por más tinte o maquillaje que te pongas, sigues siendo un bebé, Jana —repuso con aires de superioridad y, a pesar de que la vio sonreír divertida, él enseguida cambió de tema—. Hablando de todo un poco, ¿no decías que ibas a dedicarte a la playa hoy?

—¿Playa, yo? —Jana frunció el ceño. El sol y su piel no eran lo que se decía buenos amigos. Pronto cayó en la cuenta de lo que sucedía—. Esta Harley es de lo que no hay… Ya te la ha jugado otra vez.

Declan sacudió la cabeza.

—Qué pesados están los dos con este asunto, ¿eh?

—Y que lo digas —repuso Jana justo en el momento en el que el recepcionista volvía a hablar.

—Aquí está su factura, señorita de Veen.

—Muy bien, gracias.

—Disculpe, señor Keegan —continuó el empleado—. La pantalla se había quedado congelada, pero ya está operativa otra vez. Dígame, ¿en qué puedo ayudarlo?

Declan fue el último en subir al avión. Para no perder la costumbre, gracias a su amigo, se había visto obligado a rehacer el plan de vuelo. El "enseguida vamos" se había convertido en un retraso de cincuenta minutos. Le había bastado con verles la cara para saber a qué se había debido. Desde que habían empezado a trabajar juntos, Brandon y Harley no hacían otra cosa que follar por los rincones y hacer insinuaciones sobre él y Jana con una insistencia que rayaba en la pesadez.

Donde las dan, las toman, pensó al ver aquel pintoresco panorama en la cabina del jet privado. A un lado, Jana consultaba el móvil con sus gafas de sol puestas (como si estuviera a plena luz del día) mientras Hugo, que usaba las piernas de la joven a modo de almohada, continuaba durmiendo como un tronco. Al otro, Brandon y Harley, cada uno muy formal en su sitio, estaban enzarzados en una de sus conversaciones compuestas de pocas palabras y muchas miradas incendiarias que todos sabían cómo acababan. Y junto a ellos, un señor ramo de novia lo bastante grande para ocupar su propio asiento.

—¿Ese también viene? —le preguntó a Harley. Disfrutó viendo como sus ojos brillaban de incomodidad mientras ella se esforzaba por parecer tan espontánea como siempre.

—Claro. Estoy segura de que Evel y su bomboncito lo hicieron a propósito. ¿Te imaginas lo que tendría que aguantar si se enteran de que lo he echado al río como hacen los hindúes?

—¿Los hindúes tiran los ramos de novia en el Ganges? —bromeó Jana, también decidida a aprovechar la ocasión de darle un poco de su propia medicina—. Creí que lo que arrojaban eran cadáveres.

Harley se habría comido a su socia con patatas allí mismo y sin añadir ni una pizca de *Ketchup*, pero ya bastante la alteraba aquel bendito ramo para alargar la conversación.

—Los hindúes pueden tirar lo que quieran, pero este se viene conmigo. Por lo menos hasta que a la pareja se le pase la novelería de su boda, tendré que lidiar con él. ¿Por qué, hay algún problema? —Los ojos de Harley se posaron sobre Declan diciéndole sin palabras que ya estaba bien de bromas.

Él restó importancia al asunto con un gesto.

—Qué va, solo preguntaba. Para evitar problemas, en la aduana diré que acabáis de casaros y el ramo es vuestro, que lo traéis de recuerdo. Así que si os preguntan, ya sabéis; venís de prometeros amor eterno en una cala menorquina, con una sangría en la mano y un pasodoble a modo de música nupcial.

Tras lo cual, se encerró en la cabina del piloto a desternillarse a gusto.

Jana, en cambio, no se cortó y disfrutó a fondo del momento. A pesar de todos sus esfuerzos por disimularlo, las mejillas de su socia habían adquirido un tono rojizo que delataba lo mal que le había sentado la broma de Declan.

En efecto, a Harley no le había gustado ni un pelo. Todo aquel asunto la tenía mucho más revuelta de lo que estaba dispuesta a admitir, pero sobre todo, le disgustaba por Brandon. Por cómo él pudiera tomar aquella intromisión directa en su independencia. Que pudiera sentirse obligado a decir algo, aunque solo fuera por evitar que su silencio diera más que hablar.

Mierda. Cómo odiaba que dieran por hecho que estar a gusto con alguien tenía que acabar, inevitablemente, firmando un acta de matrimonio. Había montones de fórmulas alternativas. Esa visión tan de «sota, caballo y rey» que parecía compartir la mayoría de la gente, le hacía hervir la sangre.

Pero cuando la mirada de Harley al fin se posó sobre Brandon, él continuaba igual. La noche anterior, cuando ella había regresado a la mesa con aquel ramo imposible de ocultar, no había hecho el menor comentario. Tampoco después.

Ni ahora.

En su rostro lucía una sonrisa tan irresistible como todas las suyas…

Y la misma mirada que le llenaba el vientre de mariposas.

BB no se había inmutado porque las bromas de la gente no eran tan inofensivas como pretendían serlo y él se jugaba mucho. Cada día que Harley permanecía en Londres era una pequeña victoria que celebraba en silencio por temor a que algo que dijera o hiciera diera al traste con todo. Aquella misma mañana habían amanecido juntos por primera vez, con todo lo que eso implicaba tratándose de Harley. No estaba dispuesto a permitirse el menor desliz. Nada iba a estropear lo mejor que le había dado la vida después de Hugo.

Al igual que había hecho la noche anterior, sus ojos se pasearon en silencio por el ramo y luego por Harley, *por toda ella*, sin perder un ápice de sensualidad.

—Abróchate el cinturón, preciosa. Volvemos a casa —le dijo, cuando al fin acabó su recorrido.

La vio obedecer de inmediato con una ligera sonrisa en la cara, y a continuación ponerse cómoda en el asiento para mirar a través de la ventanilla.

Un instante después, le llegó la confirmación de que había vuelto a acertar con su reacción; Harley exhaló un suspiro y empezó a hacer comentarios acerca de las vistas fabulosas que tenía la isla.

Hugo había llegado a la convención una hora después de que lo hiciera su padre y se había espabilado del todo tan pronto había puesto un pie allí, acompañado de Fay. Su ilusión era tal que no había parado de señalar las cosas que atraían su atención, todo excitado, y de saludar agitando la mano a los colegas de profesión de Brandon que había ido conociendo a lo largo de los meses. A Fay, su forma de ser le recordaba cada vez más a la de su hijo cuando tenía su edad, y aunque Brandon lo negara, el parecido físico también aumentaba. Hugo había dado un buen estirón durante el verano y ya empezaba a notarse que sería un jovencito de espaldas prominentes y buena masa muscular como su padre. Poco tenía que ver ya con el niño paliducho y delgado que había llegado de Nueva Zelanda diez meses atrás.

Una vez en el stand, se había puesto a dibujar y a portarse bien, tal como le habían pedido. Su hijo mayor había decidido que no le daría carnaza a los periodistas cambiando de actitud respecto de su vida privada, de modo que, a pesar de que ahora Hugo sabía que él no era su padrino, sino su padre, y de que el estatus de Harley ya no era la de una mera artista colaboradora, de cara a la galería las cosas seguían estando exactamente igual. Algo con lo que Fay estaba de acuerdo y el resto de los hombres Baxter, no. La llegada de Hugo a la familia no había estado exenta de discusiones y problemas, pero, de alguna forma, el niño los había acercado. Sin embargo, la vida de Brandon y la de su hermano Kyle circulaban por carriles muy diferentes, que no estaban destinados a cruzarse. Por esa razón, a Fay le sorprendió mucho reconocer la figura de su hijo menor y de su nuera abriéndose camino entre la gente para llegar al stand.

La sorpresa de B.B.Cox fue aún mayor. De hecho, había dejado de tatuar y toda su atención estaba sobre aquel tipo con el que estaba en guerra desde que tenía uso de razón.

—¿Qué pasa? —preguntó Harley, en voz baja. Estaba de pie a su lado, «aprendiendo del maestro» como él llamaba a las poquísimas ocasiones en que permitía que lo observaran de cerca mientras trabajaba en el stand.

Sus ojos siguieron la dirección en la que él miraba. Una sonrisa apareció en su rostro al ver a Gayle, la cuñada de Brandon. Venía acompañada de su marido.

—¡Eh, hola, bienvenidos! Pasad, pasad… —dijo haciéndoles señas con una mano para que entraran. Había usado el plural por puro compromiso; Kyle no le caía bien.

Pero enseguida se dio cuenta de que habría dado igual lo que dijera. Como siempre que estaban en un mismo lugar, los hermanos se mantenían la mirada sin pronunciar una palabra. A veces, le daba por pensar que tenía que ser una especie de apuesta a ver quién aguantaba más sin decir nada.

—Esto sí que es una sorpresa —comentó Declan que, muy cerca del tatuador, ofrecía una barrera física a *fans* y periodistas. Era la primera vez que Kyle pisaba el mundo profesional de su hermano y ya solo por la evidente popularidad de la que él gozaba, tenía que estar pasándolo muy mal.

Que Brandon no hiciera el menor comentario, fue suficiente respuesta para Declan; estaba igual de sorprendido que él, preguntándose qué se traía su competitivo hermano entre manos para dignarse a aparecer en un lugar que detestaba, en el que sabía que Brandon era el rey indiscutible. Notó, en cambio, que el pequeño de la familia no se había puesto nervioso al verlo, como le sucedía antes. Desde su mini escritorio ubicado en el rincón del stand más próximo a donde estaba su padre, Hugo se había limitado a saludar con un gesto a los recién llegados, y había continuado a lo que estaba.

—¿«Pasad», dónde? —ironizó Kyle—. Esto es como una manifestación. Yo me quedo aquí.

Solo lo oyó su mujer quien le dedicó una mirada molesta y empezó a abrirse paso hacia el interior del stand. Él acabó siguiéndola de mala gana.

—Ven, ponte aquí —ofreció Fay, indicándole que pasara detrás del mostrador, donde estaba ella.

—Tranquila, madre —repuso él—. Nos vamos enseguida.

Brandon no entendía qué hacía su hermano allí. Era el último lugar del mundo en el que el estirado de Kyle querría pasar una tarde de domingo. Pero lo que menos entendía era lo de su cuñada. Con su traje de falda color azul eléctrico y su collar de perlas estaba muy elegante, pero pegaba tanto allí como la reina Isabel II en un vagón del metro.

—Hola, Brandon… Cuesta reconocerte tan maquillado y vestido así —lo saludó Gayle, cuando al fin llegó a su lado.

Su tono había sido amable, amistoso incluso, lo que a BB le resultó aún más confuso. Desde el principio, ella había hecho a la perfección el papel de esposa que su marido y su suegro esperaban, por lo que sus intervenciones, siempre muy educadas, consistían en repetir lo que Kyle decía o guardar un correcto silencio. Tenía que haber una razón para que estuviera allí, comportándose con tanta normalidad.

El tatuador respondió con un ligero movimiento de la cabeza y una sonrisa aún más ligera. Un instante después su mirada se desplazó a Harley, cargada de preguntas.

—Aquí es B.B.Cox… O BB, que es más corto —apuntó ella, dedicándole a él una mirada cómplice.

—Oh… Mis disculpas. Intentaré recordarlo para la próxima vez.

¿Próxima vez? ¿Qué está sucediendo aquí?

El pensamiento de Brandon resonó tan alto en su mente que casi pudo oírse en el stand, pero las dos mujeres, tan dispares como podían ser, ya se habían puesto a conversar a instancia de Harley quien acababa de dejar claro por milésima vez que era capaz de comunicarse hasta con las piedras.

Y las sorpresas continuaron…

El mismísimo Perry Baxter había llegado una hora después de Kyle y su esposa. Al verlo con sus pintas de poderoso hombre de negocios, Declan pensó que no podía haber elegido un momento peor para ayudar a su hígado a sufrir un ataque biliar. Dos periodistas acaparaban a Brandon y a Harley, y ellos hacían lo que mejor sabían hacer aparte de tatuar; venderse como los dioses.

—Amigos, sé que me echáis muchísimo de menos, lo sé —dijo B.B.Cox—. Y yo a vosotros, creedme, pero nunca he dado entrevistas que no estuvieran programadas y no voy a empezar a hacerlo ahora. No solo por mí, es que Amy podría llegar a matarme si se entera… Y siempre se entera, ¿lo sabéis, verdad?

Se oyeron risas y comentarios procedentes de un grupo de periodistas que no habían podido pasar de la puerta del stand, atestado de gente, y conocían de sobra el celo feroz con que la publicista protegía la agenda profesional del tatuador.

—Está claro que lo sabéis… Así que os concedo una pregunta más y me retiro.

Lo que vino a continuación no fue exactamente lo que el tatuador había pedido.

«¿Cuándo vas a volver, BB? ¡Te extrañamos!».

«Hay rumores de que asistirás a la convención de Portsmouth, en primavera. ¿Puedes confirmarlo?».

«Amy nos ha dicho que estás trabajando en una nueva colección inspirada en tu maestro maorí, ¿cuándo vamos a poder verla?».

«¿Estarás en la mesa del jurado esta noche? Los organizadores dicen que les encantaría, pero no han confirmado si lo harás».

«¡Eso, ¿estarás en la mesa? No será lo mismo sin ti y lo sabes! ¡Eres el mejor tatuador del mundo, ¿cómo no vas a estar entre el jurado de la mejor convención del mundo, hombre! ¡No puedes faltar!»

El aluvión de preguntas se sucedía sin fin mientras Harley los animaba a continuar como si estuviera dirigiendo una orquesta.

B.B.Cox presenciaba el espectáculo con evidente satisfacción cuando una voz, que reconoció al instante, se oyó con claridad. Provenía de otro artista muy conocido, que lucía una frondosa barba, la piel cubierta de tatuajes y disfrutaba vistiéndose con andrajos de diseño llenos de rotos.

—Ya, ya, todos te extrañamos mucho y nos encanta volver a verte y todo eso, pero está claro que nadie quiere incomodarte y por eso no te preguntan lo que de verdad quieren saber. Pero a mí me pirran [1]tus miradas fulminantes y hace tiempo que no las veo, así que… Dinos, querido BB, después de ese soberbio morreo que dio la vuelta al mundo en primavera, ¿te has decidido a mostrar abiertamente tus preferencias o piensas

---

1Pirran: (coloq.) me encantan, me gustan mucho, me enloquecen.

seguir como siempre, rentabilizando esa lucrativa indefinición que te ha hecho tan famoso?

«Gilipollas envidioso», pensó Declan, de pie junto a su amigo.

—Chico, ya empezaba a echar en falta tu acidez —repuso Harley riendo—. ¿Dónde te habías metido? —Se había mostrado espontánea y divertida como siempre, pero el comentario de Sasha no le había hecho ninguna gracia. Intentaba relajar el ambiente. La relación entre los dos tatuadores se había enfriado a instancias de Brandon después de que el famoso vídeo grabado con un móvil se hubiera hecho viral.

—Lo sé, preciosa, lo sé —repuso él—, pero yo he estado aquí todo el finde, eres tú la que se ha tomado vacaciones. Por lo que me han comentado, estabas de boda o algo así…

Los ojos de Sasha regresaron a B.B.Cox, dejando claro que seguía esperando una respuesta suya. Él se estaba poniendo la chaqueta, una prenda gris oscuro hecha a medida, larga a media pierna de estilo *steampunk* con corte aristocrático.

Mientras sus dedos cerraban uno a uno los botones, BB pensaba en cuánto desearía poder explayarse a gusto, pero un rápido vistazo al mini escritorio de su hijo le hizo descartar la idea de inmediato. Hugo ya no dibujaba, estaba pendiente de lo que sucedía. Le hizo un guiño al que el pequeño respondió con una mueca cómica que a Brandon le pareció más nerviosa que otra cosa.

—Muy bien —dijo tras cerrar el último botón—. Veamos… Mi retorno no tiene fecha definitiva aún, pero antes de que empecéis a quejaros… —Acalló con un gesto de la mano el creciente rumor que se adueñó del stand—. Participaré en unos pocos eventos el próximo año y me ocuparé de que lo sepáis con tiempo. Uno de ellos será la convención de Portsmouth y sí, os puedo confirmar mi asistencia desde ya.

El rumor quejumbroso en un instante se convirtió en una algarabía que Brandon recibió de buen grado. Esperó a que la gente se calmara para continuar.

—Gracias, gracias, gracias... No sabéis cuánto me inspira saber que me echáis tanto de menos como yo a vosotros... Y sobre lo de esta noche... Sé muy bien que os gustaría verme en esa mesa, con el resto del jurado, pero hace meses, cuando me lo propusieron, decliné la invitación. Harley es quien representa mi marca, estaréis de acuerdo conmigo en que lo está haciendo de maravilla porque es una gran, gran, gran artista, y no sería justo ni profesional que después de haber dicho que no, ahora me subiera a ese escenario. Me encanta el protagonismo, lo sabéis, pero me he tomado un tiempo sabático y lo que toca ahora es aprender a ser un mortal a secas... ¡Por favor, no me lo pongáis más difícil, que ya me está costando horrores! —admitió con una esmeradísima afectación que provocó aplausos —. Y en cuanto a tu pregunta, Sasha... ¿Tú crees que es eso lo que todo el mundo quiere saber? Lo dudo mucho. Soy conocido por vivir mi vida como me place, pero no soy famoso por eso, ya quisieras... Siempre he hecho lo que me ha dado la gana y me he negado a usar mi vida privada como reclamo publicitario. Así seguirá siendo, no hay nada nuevo bajo el sol y la gente lo sabe mejor que bien. En cambio, lo que no sabe y estoy segurísimo de que se muere por averiguar es si tú, que siempre compites conmigo por todo, has conseguido catar eso que aquel día yo llamé «manjar de reyes». ¿Lo has hecho? ¿Sí... no? ¡Se admiten apuestas! —Sus ojos sobrevolaron brevemente los de Harley portando una carga doble de sensualidad. Le encantó lo que vio en ellos—. Ahí lo dejo... ¡No os olvidéis de contarme lo que Sasha os diga, ¿eh?! ¡Tengo mucho interés por saberlo!

B.B.Cox no había acabado de hablar, que los micrófonos y las miradas ya se habían vuelto hacia Sasha.

Después de todo tendrás tu minuto de gloria y será gracias a mí.

Esbozó una sonrisa triunfal al ver que, a pesar de que Sasha sacudía la cabeza burlonamente, el brillo en sus ojos hablaba alto y claro de que había quedado tocado por un contraataque con el que no había contado. Le estaba bien empleado, por bocazas.

Fue cuando BB se volvió hacia su hijo, que su mirada se cruzó con la de Perry Baxter. De no tener tantas tablas, probablemente, se le habría notado la estupefacción.

¿Qué coño hacía su padre allí? ¿Acaso el muy insensato pretendía provocar otro diluvio universal? Si él estaba allí, el fin del mundo se acercaba. Eso estaba claro.

En tal caso, se aseguraría de que no lo pillara con el estómago vacío.

—¿Nos vamos, colega? —dijo, haciéndole un gesto a Hugo—. Una pizza gigante nos está esperando y no sé tú, pero yo estoy famélico.

ENTRE-HISTORIAS 2

Domingo, 26 de septiembre de 2010.
Residencia de Brandon Baxter-Cox,
Knightsbridge, Londres.

Hacía un buen rato que Hugo se había ido a la cama y Brandon continuaba en su salón, dándole vueltas a los sucesos del día, intentando atar cabos, encontrarle alguna explicación lógica. A Gayle no la conocía demasiado bien, pero no le parecía de la clase de persona que iba con segundas intenciones. En todo caso, ella no le preocupaba; lo suyo era ejercer de buena esposa, así que su razón para ir a la feria era simple y llanamente la de acompañar a su marido. En cambio, los hombres Baxter eran harina de otro costal… Su padre y su hermano le habían dejado claro lo que opinaban sobre su forma de ganarse la vida hacía mucho tiempo y, que él supiera, eso no había cambiado. Desde la última discusión que habían tenido, se habían acabado las visitas a su casa para ver al niño cuando a ellos les daba la gana; ahora siempre sucedían con cita previa y en su presencia. Verlos en la feria más transgresora de la ciudad había sido una experiencia surrealista y dado que no se fiaba de ellos, le daba mucho que pensar. ¿Qué se traerían entre manos? Algo buscaban, eso era seguro. La cuestión era qué. Le daría completamente igual de no ser por Hugo...

Brandon exhaló un suspiro. Ya había reclamado la paternidad del niño ante las autoridades neozelandesas. En teoría era un mero trámite. En todo caso, las cosas estaban en manos de los abogados por lo que, si se trataba de una maniobra para intentar arrebatarle su custodia con subterfugios, era tarde. Esa vía estaba cerrada. Su padre y su hermano tenían que saberlo, seguro que Fay se lo había contado, así que... ¿a santo de qué se habían presentado en la feria?

Se puso de pie y se acercó al mueble bar a servirse un *bourbon* pensando que quizás no debería beber más alcohol. El fin de semana había sido intenso y todavía le dolía la cabeza. Tampoco era bueno seguir bebiendo sin haber quemado las calorías acumuladas.

Doblaría el entrenamiento por la mañana, se dijo. Ahora necesitaba relajarse y, a falta de sexo, un poco de *bourbon* era la siguiente mejor opción.

Echó un vistazo al reloj. Todavía quedaba una hora larga hasta la clausura de la convención y otra más aún hasta que él pudiera sumergirse en un baño de espuma con Harley entre sus brazos.

Dios, se le estaba haciendo eterno.

Una voz femenina lo sacó de sus pensamientos.

—Qué sorpresa. La última vez que te oí suspirar de esa forma todavía eras un niño. Creí que ya no lo hacías... Porque, ¿han sido suspiros, no?

Brandon se volvió hacia su madre con una sonrisa resignada.

—¿Me acompañas con un *bourbon* o prefieres algo más suave? —ofreció.

—No debería beber a estas horas -ni a ninguna otra, en realidad-, pero hay tantas cosas que según el médico no debería hacer, que me deprimo de solo pensarlo. Así que sí, te acompaño. Por favor, sírveme solo un chorrito con bastante hielo. ¡De algo hay que morir!

El tatuador se puso a prepararle la bebida mientras pensaba en que su madre estaba especialmente alegre aquel día… ¡Hasta había aceptado una copa! De repente, se le ocurrió que quizás fuera ella quien estaba detrás de todo. Sabía que sus padres habían tenido una discusión muy fuerte a cuenta de Hugo meses atrás y también sabía que si existía alguien en el universo ante quien Perry Baxter agachaba la cabeza, ese alguien era la mujer que desde el sofá lo miraba con su sonrisa de «madre realizada». ¿Habría sucedido algo más, algo lo bastante serio que explicara la presencia de Perry y Kyle Baxter en la convención?

—¿Y, eran suspiros o lo que sucede es que empiezo a imaginarme cosas y necesito añadir un psiquiatra a mi lista de médicos? —insistió Fay en tono de broma al tiempo que tomaba el vaso de cristal de manos de su hijo—. Gracias, cariño.

Brandon se puso cómodo a su lado, estiró las piernas y a continuación cruzó un tobillo sobre el otro. Dio un sorbo a su bebida.

Además de alegre, curiosa. Esto se pone cada vez más interesante.

—Se me ha ocurrido una idea… Yo también quiero enterarme de ciertas cosas así que… —Miró a su madre, risueño—. ¿Qué te parece si jugamos a las preguntas? Una pregunta por turno, el tema es libre, y no vale eludirlas ni mentir. ¿De acuerdo?

La sonrisa de Fay se hizo mucho más grande. Estaba encantada de verlo tan bien. Le parecía un sueño que su hijo mayor hubiera alcanzado al fin ese estadio en el que podía calificarlo de «feliz».

—De acuerdo, y como soy la única dama presente, empiezo yo. ¿Eran suspiros, Brandon?

—Eran suspiros. Nos hemos pasado los últimos tres días o bien a kilómetros de distancia, o bien rodeados de gente y —echó otro vistazo al reloj— todavía me queda una hora y media para caminar por las paredes hasta que entre por la puerta.

—Imagino que te refieres a Harley —comentó Fay rezumando picardía.

Brandon exhaló otro suspiro y asintió con la cabeza.

—Sí. Y ahora me toca a mí. ¿Qué hacía mi padre en la feria hoy?

—Lo que debe; cumplir con sus obligaciones de padre y de abuelo.

—¿Se lo has pedido tú?

Fay negó con un dedo en un gesto cómico.

—Disculpa, cariño, si lo he entendido bien, ahora es mi turno… No me parecieron suspiros de impaciencia, sino de otra cosa… Ansiedad, tal vez. Lo que me lleva a preguntarme el porqué. ¿Qué ha sucedido para que te sientas tan ansioso?

—No estoy *tan* ansioso, madre.

—Lo suficiente para suspirar…

Otro suspiro espontáneo llegó para corroborarlo, provocando que Fay le acariciara la barbilla enternecida y que él pusiera los ojos en blanco al comprender que estaba mucho peor de lo que pensaba.

Había dos asuntos que lo tenían inquieto, pero de uno de ellos no podía hablar. No pensaba compartir con su madre detalles de su vida íntima con Harley. Mucho menos aún, de su nefasto último año de matrimonio.

—Le tocó el ramo de novia —admitió—. Entre más de sesenta mujeres dando saltos para atraparlo en el aire, el bendito ramo tuvo que caer justo sobre los pies de Harley.

Miró a su madre y la vio sonreír con picardía. Y se resignó a la retahíla de bromas que tendría que escuchar.

Pero cuando Fay al fin se dispuso a hablar, lo que dijo no tuvo nada de bromista.

—¿Y eso te preocupa?

Por supuesto que le preocupaba, aunque no por las razones que ella estaría imaginando.

—Pregúntamelo cuando sea tu turno, ahora es el mío. —Los dos rieron—. ¿Le has pedido tú que vaya a la feria o lo ha hecho por inspiración divina?

—No he sido yo, no hemos hablado del tema. En su momento, fui muy clara y tu padre es un hombre inteligente, no necesita que le repitan las cosas. Sabe que no ha procedido bien y está intentando rectificar.

«Rectificar. Qué buena palabra», pensó Brandon. Si eso era lo que el todopoderoso Perry Baxter estaba intentado, tenía para rato; su lista de cagadas daba tres vueltas completas al planeta.

—En ese caso, ya puedes decirle de mi parte que si piensa seguir yendo a ferias de la tinta, afine mejor con el estilo de vestir. Hoy desentonaba muchísimo.

—¿Y desde cuándo te preocupa lo que vistan los demás? Esto es decididamente nuevo —apuntó Fay risueña.

—Por mí como si quiere imitar a Kyle y se pone pajarita hasta para ir al spa. Pero si piensa seguir asomando sus narices a mi mundo, al menos que lo haga sin llamar la atención. La prensa ya me persigue bastante.

—Yo tampoco afino mucho que digamos con mi estilo de vestir. ¿Debo entender que el mensaje también va dirigido a mí?

La expresión de Brandon se relajó en una sonrisa cargada de cariño.

—Eres una dama; no podrías desentonar aunque quisieras. —Tomó su mano y la besó afectuosamente—. Además, tú puedes hacer lo que te dé la gana y el que tenga algo que decir se las verá conmigo.

—Ah, ya entiendo; yo no desentono porque soy tu madre. Más lógico, imposible —apuntó Fay con dulzura y apuró el último sorbo de su bebida—. Ya es tarde y voy a marcharme, pero antes dejaré caer un par de ideas… Así como al pasar, por pura inspiración… Veamos, tu padre está decidido a poner todo de su parte para que las cosas entre vosotros cambien. Quizás nunca logréis tener una relación tan buena como la que tenemos tú y yo, pero cualquiera que sea el resultado, estoy segura de que será mejor que vuestros tira y afloja o vuestros largos períodos de guerra fría. A mí, desde luego, me vale. Puede que ahora mismo, en este momento, a ti no, pero esto no es solo por ti, Brandon. También es por Hugo. Ha perdido a su primera familia y esa es irrecuperable, pero la nuestra no. Podría tener una segunda gran familia, una que no acabara en ti o en mí… Si tú también pones de tu parte. Y en cuanto a Harley…

—¿También vas a darme consejos sentimentales, «así como al pasar, por pura inspiración divina»?

Fay se levantó del sofá y recogió su abrigo. Empezó a ponérselo con parsimonia mientras hilvanaba los pensamientos en su mente sin dejar de sonreír.

—No, Brandon, en absoluto. Hemos hablado de Perry, pero no me has preguntado qué hacía Kyle allí. Solo iba a decir que yo también había dado por hecho que se lo había pedido tu padre. Pero resulta que no ha sido así.

Unas pequeñas arrugas aparecieron en la frente de su hijo, que a Fay le encantó ver.

—¿No?

—No. Por lo visto, ninguno de los dos estaba al tanto de que el otro iba a ir. Yo no he sido, así que…

—¿Estás sugiriendo que ha sido Harley?

—¡Dios me libre y me guarde de hacer acusaciones gratuitas! —bromeó—. Pero dudo mucho que haya sido Hugo y en tal caso, ¿qué otras opciones quedan? Bueno, cariño, me marcho. Ahí te dejo; con un buen intríngulis que te mantenga entretenido hasta que llegue tu novia… Adiós, adiós…

—Por favor, no la llames así —se quejó él, y oyó las risas de Fay, alejándose por el pasillo. Un día se le escaparía delante de Harley y no quería imaginar cuál sería su reacción.

Brandon exhaló el enésimo suspiro del día.

«Qué suerte la mía», pensó.

Ahora estaba mucho más ansioso que antes.

—¿Quieres que te recoja dentro de un par de horas o piensas pasar la noche aquí? —Declan le hizo un guiño a Jana, que empezó a reírse con disimulo, y esperó a ver qué respondía Harley.

Había aparcado frente a la casa de Brandon y ella estaba a punto de bajarse.

—A ti te lo voy a decir… —se rió Harley ante otro más de sus reiterados comentarios con doble sentido—. Tú no te preocupes por eso. Tengo una misión importantísima para ti; asegurarte de que mi socia llega sana y salva a casa y de que se porta bien. Nada de drogas, ni borracheras ni amigos secretos en mi ausencia. ¡Si se acuesta con alguien quiero saberlo!

Harley salió del coche y cerró la puerta partiéndose de risa. Sabía que Jana iba a matarla por eso, pero Declan se lo había servido en bandeja. No había podido evitarlo.

—Soy guardaespaldas, no *babysitter*, preciosa. Si estás tan interesada en saber lo que hace la niña cuando no estás en casa, pon cámaras —le dijo a través de la ventanilla cuando ella ya se alejaba. Le hizo otro guiño a Jana que esta vez además de sonrisas, le mostró su dedo medio.

—¿«Niña»? ¿Esa es tu excusa? Ja, ja, ja… —exclamó Harley, despidiéndose con la mano—. ¡Quién te ha visto y quién te ve, chico…!

Declan continuó aparcado hasta que Sigfried hizo entrar a Harley y después de saludar con un destello de luces a aquel hombre tan necesario en la vida de su amigo, se puso en marcha. Seguía sonriendo a cuenta de sus pensamientos, pero notó que Jana ya había vuelto a poner su atención en el móvil.

Decidió pincharla un poco. De paso, intentaría averiguar qué se traía ella entre manos con el envidioso de Sasha Kozel, aparte de «negocios». Los había visto hablando un buen rato y aunque no estaba lo bastante cerca para oírlos, el lenguaje corporal daba a entender que la conversación era agradable.

—¿Te llevo a casa o tienes otros planes? Kozel ha invitado a media convención a un garito del Soho. Si quieres ir, no tengo ningún problema en llevarte —le ofreció. Vio por el espejo retrovisor que ella alzaba la cabeza. Sus inseparables gafas ocultaban sus ojos, pero estaba bastante seguro de haber hecho un blanco perfecto.

«Qué sutil», pensó ella. No sería *babysitter*, pero estaba claro que no se le escapaba una. Lo tenía todo muy controlado con sus ojos de águila.

Vale, a ver qué tal controlas esto.

Jana sonrió para sus adentros y, fiel a su estilo, obvió por completo la referencia que Declan había hecho sobre Sasha.

—Iba a invitarte a un café o algo… —repuso—. Por las molestias, ya sabes, pero después de lo que acabas de decir… Oye, te agradezco mucho que te hayas ofrecido a llevarme, pero ahora que lo pienso, ¿no es un poco tarde para ti? A esta hora, los ancianitos ya van camino de la cama con un vaso de leche caliente así que, por mí no te preocupes. Déjame en la esquina, que yo puedo pedir un taxi. Lo digo en serio.

Declan no había esperado esa respuesta. De repente, todas sus alarmas se habían disparado. Invitarlo, ¿dónde? ¿A su casa?

Guaaaaaaaaaauuuuuuu. ¿Lo dices en serio? Joder.

Pero enseguida descartó que ella tuviera otras intenciones. Le encantaba pincharlo, era el deporte favorito de los dos, solo que en este caso no se había dado cuenta de que la broma no era tan inofensiva como ella creía. Jana era una cría y no había caído en eso. Él, en cambio, tenía mucha vida a sus espaldas y sabía que había ciertos terrenos en los que era mucho mejor no poner el pie.

—No voy a picar, Jana —anunció risueño.

Y continuó conduciendo como si tal cosa.

—No sé a qué te refieres con eso. ¿Es algún juego prehistórico, de esos que jugabas con tus compañeras de clase cuando ibas al colegio, allá por la Edad de Piedra?

—Que no voy a picar, Jana —insistió, riendo—. Ya sabes cómo va el dicho ese de que «el que ríe el último…». ¿Sabes cuál digo?

—¡Venga ya, abuelito! ¡Déjate de risas, a ver si se te acaba cayendo la dentadura postiza!

Las pullas continuaron por parte de Jana cada vez que detectaba que él la miraba por el espejo retrovisor, pero Declan consiguió resistir sus ganas de entrar en el juego a pesar de que se moría por hacerlo.

Pronto llegaron a su destino y él volvió a detenerse, esta vez frente al edificio donde vivía Jana. No apagó el motor. Quería dejar muy claro cuál sería su siguiente maniobra; poner la primera marcha y largarse de allí cagando leches.

Jana recogió sus cosas sin perder la sonrisa. Era de satisfacción y tenía sobradas razones para ello. No solo le había ganado la mano; él la había dejado ganar. Y al hacerlo, le había demostrado que podía confiar en él. Que no era el típico «macho» incapaz de dejar pasar una oportunidad, daba igual quién fuera la mujer en cuestión. Por más empeñados que Harley y Brandon estuvieran en emparejarlos, eran amigos. Solo amigos. Lo cual suponía un alivio enorme. Después de años de mirarse por encima del hombro o, directamente, de ignorarse, la colaboración profesional de Harley con B.B.Cox les había permitido pasar más tiempo juntos. Así había descubierto que Declan no tenía nada que ver con la idea que ella se había formado de él. Lo pasaban bien cuando estaban juntos y habría lamentado tener que prescindir de esos buenos ratos, de su compañía.

—Muchísimas gracias por traerme. Eres un sol, de verdad…

Declan esperó el final de la frase sacudiendo la cabeza con resignación, sabía que no tardaría en llegar.

—¡Pero no te entretengo más, que se te va a enfriar la leche! —exclamó ella, y se alejó del coche a prisa, riéndose a carcajadas.

Ay, niña, si yo te contara... Pero no debía hacerlo. No cometería semejante estupidez.

El guardaespaldas se limitó a decirle adiós con la mano sin dejar de sonreír. Esperó hasta que Jana entró en el edificio. A continuación, subió el cristal y se alejó calle abajo.

Harley avanzó por el camino que conducía al salón privado de Brandon, canturreando sin ser consciente de que lo hacía. El último día de la convención había sido fantástico. Después de años de conformarse con vivirla en la distancia, a través de las revistas especializadas y de los vídeos que los aficionados colgaban en internet, soñando despierta con ser «uno de ellos», uno del centenar de artistas participantes en la exhibición del tatuaje más importante del mundo, su sueño se había hecho realidad. Los flashes de los fotógrafos, las preguntas de los periodistas, el interés del público, todo había resultado tan embriagador... Su arte al fin empezaba a ser reconocido. A destacar más que la voluptuosidad de sus curvas o la talla de su sostén.

Y ahora, a segundos de reunirse con el hombre que había convertido su sueño en realidad, estaba en las nubes. Sabía que todavía podía subir mucho más alto, pero la clase de altura que tenía previsto alcanzar aquella noche, no podía lograrse en solitario; para eso lo necesitaba a él.

Reprimió el impulso de desnudarse y alargó la agonía un poco más. Otra cosa que había descubierto junto a Brandon era que el liberador gesto de quitarse el sostén tan pronto llegaba a casa, era mucho más intenso si dejaba que lo hiciera él. Aquellas manos tan dotadas para el arte, procedían con increíble lentitud hasta que el sostén al fin caía al suelo. Entonces, se volvían tremendamente posesivas con sus pechos. Le encantaba que se los apretara, que la enloqueciera con sus mordiscos y sus masajes. Que se tirara horas jugando con sus pezones como si no existiera nada más, provocándole orgasmos salvajes mucho antes de llevarla a la cama. Un estremecimiento de deseo la recorrió entera al recordar que desde que estaba en Londres, se corría por lo menos dos veces antes de sumergirse en el habitual baño de espuma que compartían cada noche. Era el mejor amante que había tenido con mucha diferencia y en el plano físico, la relación que mantenían era una auténtica locura.

Si a eso le sumaba que Brandon también la encandilaba en todos los otros planos, la locura era completa. Y así estaba, loca por sus huesos. Cada día que pasaba, un poco más.

Harley se detuvo frente a la puerta del salón. Se estiró el vestido y se acomodó los pechos dentro del sostén, asegurándose de que sobresalían lo justo del borde de la copa. Sabía lo que a él le gustaba y hoy sería especialmente generosa. Sería su recompensa por haberse retirado galantemente, dejándole todo el protagonismo en el último día de la convención. Cuando estuvo conforme con el resultado, respiró profundamente y abrió la puerta.

Harley no encontró exactamente lo que esperaba al entrar en el salón. El lugar estaba a oscuras, sin embargo, tenía la sensación de que no estaba sola. Allí había alguien. Sonrió excitada al pensar que se trataba de alguno de los juegos de Brandon que solían acabar con los dos haciéndolo por toda la casa. El riesgo de saber que no estaban solos, que Sigfried o, peor aún, Hugo, podían pillarlos en plena faena, los ponía a cien. Eran unos polvos épicos.

—Ah, ya entiendo. Quieres jugar —murmuró ella.

Nadie respondió.

Ella continuaba junto a la puerta y solo atinó a cerrarla, no se atrevió a avanzar. No veía absolutamente nada. Ni siquiera se colaban algunos haces de luz de la calle a través de las persianas, lo que quería decir que también los estores estaban cerrados.

—Sé que estás ahí, BB. ¿Quieres encender alguna luz para que pueda ir hasta ti sin romperme la crisma? Venga, que me muero por follar…

Una sonrisa orgullosa apareció en el rostro de Brandon, que Harley no pudo ver.

«Esa es mi chica», pensó satisfecho. Le gustaba toda ella, cada centímetro, cada lunar, cada arranque de mal genio y cada sonrisa. Era así desde que había visto a Harley por primera vez. Pero su voraz apetito sexual… Eso lo volvía directamente loco.

El silencio continuaba y Harley buscó a tientas un interruptor de la luz que había cerca de la puerta. No habilitaba la iluminación en el centro de la estancia, como solía suceder en otras casas, sino una hilera de pequeñas lámparas que recorrían las cuatro paredes del salón, cerca del techo, ofreciendo luces de un tenue color azul.

Era mejor que estar a oscuras. Con un poco de suerte lograría llegar junto a él, sana y salva.

Pero cuando la vista de Harley se acostumbró a la penumbra y al fin vio al tatuador, la imagen la dejó sin respiración.

Completamente desnudo y con la nuca recostada contra el borde del sofá, su mano se movía arriba y abajo sobre su miembro, que estaba en plena erección, mientras sus ojos la miraban a través de unos párpados parcialmente entornados. Su postura, su actitud, la expresión de su rostro… Todo él destilaba erotismo y Harley se relamió de deseo ante aquella exhibición de pura testosterona.

Fue entonces cuando reparó en un detalle que la hizo estremecer; BB no llevaba puesto ningún condón. Sus habituales preservativos de fantasía, que a ella le provocaban tanto morbo, se habían quedado en la caja. Por lo visto, hoy no formaban parte del juego.

—Vaya. Y yo que pensaba que mi premio te iba a encantar —murmuró Harley, deslizando un dedo delicadamente por el contorno de su escote—, y resulta que tú ya has decidido tu propio premio.

«Oh, sí, ya lo creo que sí», pensó él. Este sería su deseo concedido de aquella noche; piel contra piel. Lo deseaba intensamente y si ella no estaba por la labor, lo soportaría, pero tenía que intentarlo. Entre ellos solo había sucedido una vez y para él había sido grandioso. No obstante, era un hombre observador y ya se había dado cuenta de que no se encontraba entre las formas preferidas de Harley. Por lo tanto, no cometería el error de dar las cosas por sentado.

—¿Puedo…? —murmuró. Su voz sonó alterada por el fuego que ardía en su interior.

Ella comenzó a avanzar con movimientos deliberadamente sensuales. Buscaba que sus ojos se regodearan en ella, que le demostraran cuánto la deseaban. Él hizo los honores.

—¿Conoces los riesgos del sexo sin protección o hiciste pellas[2] el día que dieron esa clase?

Ya había llegado junto a él y se colocó entre sus piernas, forzándolo a que tuviera que alzar el mentón para poder mantenerle la mirada.

—No hay nadie más que tú…

La tenue luz azulada añadía exotismo a aquel cuerpo exuberante y profusamente tatuado. Sus ojos, sin una pizca de maquillaje, resultaban aún más magnéticos. Aún más hermosos. ¿Existía algún ángulo desde el que ella pudiera mirarlo y no quedarse sin respiración? Qué hombre más bestial.

---

2 Hacer pellas: (coloq.) hacer novillos. Dejar de asistir a alguna parte contra lo debido o lo acostumbrado.

—Dime algo que no sepa, BB —lo interrumpió, derrochando vanidad—. Soy mucha mujer hasta para un superhombre como tú. Te dejo agotado. No podrías con alguien más aunque quisieras.

—Y no quiero —puntualizó él.

—Lo sé.

—Pero además, nunca lo hago sin condón —continuó él, defendiendo su idea con aquel tono insinuante y pausado que provocaba estragos en la libido de Harley.

—Tanto como nunca… ¿Qué hay de Hugo? —repuso ella, desafiante. En realidad, más excitada que desafiante, lo que quedó demostrado cuando apoyó una rodilla sobre el asiento y las manos sobre el borde del respaldo. Ahora no solo tenía más cerca el rostro de Brandon, también sus testículos y su otra mano, que continuaba machaconamente jugueteando con su miembro.

—Entonces, tenía veintiún años y era idiota… Y tú no estás en «uno de esos días». No corres ningún riesgo.

Ella no ocultó su asombro.

—¿Y qué sabes tú de eso, fanfarrón?

Notó que la mano libre de Brandon se colaba por debajo de su falda. Subía imparable disparando en ella un millón de sensaciones, a cual más enloquecedora.

—Suficiente. Porque resulta que ahora no soy idiota y porque cuando estás en «uno esos días», no paras de buscarme. Me tocas todo el rato...

La mano llegó a su destino, ella estaba mojada y él, que ya no podía más, introdujo dos dedos profundamente en su vagina. Cuando la oyó gemir, empezó a moverlos más rápido.

—Lo que ya es muchísimo decir —continuó. Su tono de voz adquiría más desesperación con cada palabra que pronunciaba —, porque siempre me estás tocando. Y me encanta que lo hagas, me vuelve loco, y cuando quieras te describo esos días tuyos con lujo de detalles, pero ahora lo que necesito es que respondas a mi pregunta y que NO lo hagas con otra pregunta… A menos que quieras que me dé un infarto, porque te juro que como no…

Harley le cerró la boca con un beso. Sus lenguas se enredaron en una danza apasionada y ella tomó el control de la situación. Con movimientos precisos, apartó las manos de Brandon y se subió el vestido. Sostuvo su erección apuntando al objetivo y solo abandonó sus labios un momento. Él abrió los ojos. Se miraron llenos de deseo y expectación.

—La respuesta es «sí, puedes» —susurró.

Y al instante siguiente, apartó la tira del tanga y descendió sobre el miembro masculino hasta que lo tuvo dentro por completo.

Por la mañana…

Brandon detuvo la alarma del reloj de un manotazo y un poco después, cuando su brumoso cerebro relacionó los acontecimientos, se sentó en la cama de golpe. Las persianas estaban levantadas, pero era temprano y el nivel de luz que venía de la calle dejaba la habitación en penumbras. Aún así, veía lo suficiente para comprobar que estaba solo. ¿Dónde estaba Harley?

Apretó los párpados intentando concentrarse y recordar. Habían tenido otra noche de locos. El sexo y el alcohol eran una mezcla explosiva si sucedía en compañía de Harley. Después de tres días de racionamiento, los dos estaban famélicos y se habían dado un atracón.

Apenas habían hablado, por lo que sus interrogantes continuaban. Todos menos uno; ella se había marchado, probablemente a la hora de las brujas como hacía siempre. Él había caído rendido así que no se había enterado de nada. Pero que ella se hubiera ido, venía a confirmar que una golondrina no hacía verano. El domingo había amanecido junto a ella en un lugar de ensueño. Hoy era lunes, estaba en Londres, y había vuelto a amanecer solo.

Exhaló un suspiro y se restregó la cabeza. Quedarse dormido no había sido el mejor colofón a una esperadísima noche de deseos concedidos con la mujer que amaba. No podía creer que hubiera sido tan desconsiderado, tan…

Ajjj… ¿Cómo has podido cagarla de esa forma? Eres imbécil, tío.

Otro bufido lo acompañó hasta el baño. Tenía que ponerse en marcha. Levantar a Hugo, conseguir despertarlo, algo que nunca era una tarea fácil, hacer que desayunara y llevarlo al colegio. Ya pensaría en una forma de compensar a Harley. De paso, también intentaría robarle un rato a la agenda para que pudieran conversar. Era su humor, su tono y su lenguaje corporal cuando charlaban relajadamente, lo que le ofrecía información valiosa acerca de ella y de cómo se sentía. Sabía cómo estaba antes de que le hubiera tocado el ramo y hubiera amanecido junto a un hombre por primera vez en seis años. Ahora, necesitaba saber cómo estaba la Harley «de después» de tantos movimientos sísmicos. Lo necesitaba desesperadamente.

Pero una sorpresa esperaba a Brandon en el baño. Concretamente en el espejo.

«Eres increíble, BB… Alucinante… ¡LA CAÑA TOTAL!
PD 1: Estoy loquita por ti.
PD 2: ¿Desayunamos juntos? Llámame».

Sus ojos recorrieron una y otra vez aquellos garabatos hechos con carmín como si no acabara de creer que fueran reales, que estuvieran allí.

—Diosss…. Yo sí que estoy loquito por ti —murmuró.

En el lenguaje ultraindependiente de Harley, las palabras del espejo venían a confirmar dos cosas; que él no había estropeado la velada quedándose dormido, y que, ramos de novia y amaneceres compartidos aparte, su relación avanzaba y estaban bien.

Sentía como si su corazón estuviera a punto de explotar; que esta vez no hubiera tenido que leer entre líneas ni interpretar mensajes subliminales, era todo un mensaje en sí mismo.

Esta vez, Harley había sido muy explícita.

Y Brandon no podía dejar de temblar de la emoción.

Entre-Historias 3

Lunes, 27 de septiembre de 2010.
Londres, Reino Unido.

Incluso después de haber desayunado, a Hugo le había llevado un buen rato despertarse del todo, pero para cuando iban en el coche, ya había vuelto a ser el niño de imaginación desbordante y sonrisa fácil que vivía planeando cosas que hacer junto a su padre. A Brandon le encantaba ver la transformación que había tenido en unos cuantos meses. Hasta había hecho amigos. La mayoría eran compañeros del colegio con quienes se reunía para estudiar una o dos veces por semana. Los días grises parecían haber quedado definitivamente atrás, algo por lo que daba gracias todos los días. No se cansaba de observarlo ni de escuchar sus ocurrencias. Le parecía un niño genial.

—¿Puedo quedarme contigo esta tarde haciendo los deberes? Hoy no tengo clases de refuerzo…

Brandon detuvo el coche en doble fila y puso los intermitentes. Se acomodó con la espalda contra la puerta para poder mirar a su hijo mientras hablaban. No quería perderse ni el más mínimo gesto cuando le recordara lo que él, evidentemente, había olvidado.

—Podrías, si no hubieras quedado con Fay para ir de compras.

Hugo abrió mucho los ojos.

—¿Era hoy? —Y al ver a Brandon asentir con la cabeza, se cubrió el rostro con las manos en un gesto de pura desesperación—. Ay, nooo… ¡Otra vez a comprar conjuntitos, nooo!

Brandon intentó mantenerse serio, pero la teatralidad de Hugo siempre lo hacía claudicar.

—¡No te rías! —se quejó el niño, enfurruñado—. Ya te quisiera ver a ti pasándote toooda la tarde en un probador… ¡No, no y no!

Brandon ya había tenido su ración de "tarde de probadores" cuando era niño y podía entender a la perfección lo que Hugo sentía. Sin embargo, en esta ocasión la experiencia no sería tan mala como el pequeño esperaba porque él había hablado seriamente con su madre y Fay había estado de acuerdo en cambiar el plan habitual por uno más acorde a los deseos del pequeño. Había sido muy claro con ella, así que estaba seguro de que Hugo no tendría que probarse más "conjuntitos preciosos", pero como no quería adelantar acontecimientos, se limitó a extender la mano para tocarle la cabeza cariñosamente.

Sin embargo, no llegó a hacerlo.

En una demostración más de lo enfurruñado que estaba, Hugo apartó la cabeza de un movimiento tan enérgico que acabó golpeándose contra la ventanilla, lo cual provocó una carcajada espontánea de Brandon. La primera reacción del muchacho fue dedicarle una mirada enojada, que solo duró un instante ya que su comicidad pudo más.

—¡Ups, vaya golpe…! —exclamó frotándose la zona dolorida. Enseguida, una sonrisa pícara iluminó su rostro—. Igual si me doy más fuerte, me sale un chichón y me libro de ir de compras, ¿no? ¡Me duele mucho, mucho, mucho, Fay! Mejor lo dejamos para otro día, ¿eh? No vaya a ser que me ponga malito y te asustes… ¡Sí, sí, venga; mejor lo dejamos para otro día!

Mientras Hugo daba una nueva demostración de sus grandes dotes histriónicas, su padre lo miraba destilando orgullo por los cuatro costados…

Y tronchándose de risa.

De hecho, mucho después de que Hugo hubiera entrado en el colegio, Brandon continuaba riéndose solo a cuenta de sus ocurrencias.

Después de dejar a Hugo, Brandon había regresado a casa a cambiarse y maquillarse. Ya vestido con su uniforme de B.B.Cox, bajaba en el ascensor hacia el garaje, cuando el móvil vibró indicando que había recibido un mensaje. Sonrió al ver de quién se trataba. Leyó:

«¿Y? ¿Desayunamos juntos o todavía tienes el postre en la garganta? ;)»

Era temprano, lo que quería decir que no solo él estaba ansioso por volver a verla. Cuando los dos estaban en la ciudad, él solía recoger a Harley en su casa a las nueve y media para desayunar. A veces lo hacían en una pequeña cafetería situada muy cerca de sus respectivos trabajos pero, por lo general, alguno de los dos encargaba el desayuno por teléfono y lo tomaban en su estudio. Descartó la idea de responder al mensaje y la llamó.

—Por supuesto. No he querido llamarte antes por si todavía estabas en la cama, recuperándote de lo de anoche. —Tras soltar su carga de profundidad, continuó sin darle tiempo a meter baza—. Justo iba a recogerte. En quince minutos me tienes allí.

Tal como él había dicho, a Harley le había costado salir de entre las sábanas. Se había duchado, pero todavía llevaba puesto el albornoz, esperando que la cafeína hiciera efecto para acabar de arreglarse. El postre había sido de órdago y, sumado a todas las emociones vividas durante el fin de semana, la había dejado literalmente de cama.

Pero aquella voz supermasculina, que le hacía cosquillas por todo el cuerpo, acababa de sacudirle la modorra. Y de qué manera.

—Muy bien —repuso, sonriendo ante las ideas que se le estaban cruzando por la cabeza, ahora totalmente alerta—. Aquí te espero, entonces.

A Brandon le extrañó que Harley no estuviera en la puerta del edificio. Se detuvo en doble fila y se apeó. Tocó el timbre de su piso.

—*¡Qué velocidad! Todavía no estoy lista. Sube, BB…*

—Subo en un minuto —repuso él—. Voy a aparcar.

Más extrañado que antes, Brandon regresó a su coche. Tenía que reconocer que no solo era extrañeza, también ansiedad. Había estado antes en casa de Harley, pero no era lo habitual. Sus encuentros, fueran íntimos o no, tenían lugar en otra parte. Conociéndola, daba por hecho que eso era un síntoma más de su gran sentido de la independencia, que no solo la hacía preferir conservar para sí su espacio más personal, sino también mantener su relación con él fuera de aquel piso que compartía con Jana. Por supuesto, no tenía nada que objetar al respecto.

Pero después de lo sucedido durante el fin de semana en Menorca…

Y en su salón privado la noche anterior…

¿Sería una señal de que el experimento estaba llegando a su fin, que Harley no solo empezaba a sentirse cómoda en Londres, sino también junto a él, hasta el punto de retirar las barreras que ella misma había puesto?

Brandon exhaló un suspiro cuando su corazón dio un redoble.

No quería ilusionarse antes de tiempo, así que apartó aquellos estimulantes pensamientos de su mente. En cualquier caso, se dijo, quería a Harley en su vida. El «cómo» le daba igual.

Al regresar a su casa, aprovechó que un vecino salía para entrar en el edificio y resistió la tentación de correr escaleras arriba hasta la segunda planta. En cambio, tomó el ascensor al que se dedicó a empujar mentalmente para que llegara más rápido a su destino mientras se reía de sí mismo y de la locura propia de un adolescente que parecía haberse adueñado de él desde que estaba con Harley.

Una vez frente a su puerta, se tomó unos instantes para comprobar que su indumentaria estaba como debía. Al fin, tocó el timbre.

—¿Listo para desayunar? —oyó que ella le decía.

Un segundo después, la puerta se abrió y Harley dominó completamente su campo visual. Apoyada contra el borde, tenía una mano en la cintura y en su rostro, una de sus sonrisas demoledoras. Por entre los lados del albornoz, se podía apreciar que solamente vestía un conjunto de ropa interior negro y unas medias de red con liguero. Los *stilettos* que calzaba añadían varios centímetros a su estatura.

Guau…

Los ojos del tatuador se tomaron su tiempo para regocijarse en el paisaje antes de regresar a los de Harley, visiblemente afectados.

Ella lo agarró por la hebilla con forma de calavera de su cinturón.

—Qué sorpresa, ¿no? —murmuró, tirando con suavidad de Brandon hacia el interior del piso.

Él movió la cabeza afirmativamente varias veces sin que sus ojos se apartaran de ella.

Complacida ante el evidente efecto de su presencia, Harley cerró la puerta tras de sí y se volvió hacia él.

—Tengo unas cuantas horas hasta que mi lado más femenino empiece a estar en «uno de esos días»… Y se me ha ocurrido pensar que quizás te gustaría aprovecharlas… —continuó—. ¿Qué dices, te apetece repetir el postre de anoche?

Él apoyó sus manos contra la puerta, a cada lado de ella, y hundió la nariz en su cuello aspirando profundamente.

—Digo que te amo con locura, Harley. Y que ya no puedo imaginar mi vida sin ti —le susurró al oído. Y se apartó apenas un poco para poder contemplarla por el rabillo del ojo.

Había una gran diferencia entre recurrir a la amiga imaginaria para hablar de sentimientos, y hacerlo de tú a tú, cara a cara. Y una diferencia aún mayor entre decir «estoy loco por ti», una frase tan utilizada por todos y para todo, que ya había perdido su significado, y la confesión que acababa de hacer. Toda una confesión que había salido de lo más profundo de su ser, sin más y, desde luego, sin pasar por su cerebro. Necesitaba comprobar que no se había salido de la carretera por exceso de velocidad.

Vio que ella tenía los párpados cerrados, pero su rostro lucía aún más hermoso que siempre con aquella sonrisa de puro deleite. La sintió apretarse contra él y empezar a devolver sus caricias…

Y decidió que eso era suficiente para él, que en aquel momento no necesitaba más. Podía esperar. Toda la vida, si hacía falta.

Pero Harley no había permanecido callada por ninguna otra razón más que la de tomarse tiempo para disfrutar a fondo de la indescriptible sensación de sentirse unida a un hombre otra vez después de tanto tiempo. Él ya jugaba con la tira de su sostén, que desplazaba suavemente para poder besar la piel que había debajo, decidido a aprovechar aquel regalo inesperado, cuando ella rompió su silencio.

—Espero que sea tu corazón el que habla y no lo que tienes entre las piernas, como suele sucederos a los tíos. Porque si no es así, te aviso que estás en un problema.

Brandon continuó dejando pequeños besos, esta vez sobre el rostro de Harley. Se sentía embriagado por sus palabras, por su cercanía, por sus propios sentimientos. Ella tampoco había acudido a la amiga imaginaria. La conversación que estaban manteniendo era tan real que le daba miedo moverse y que todo se evaporara como si fuera un sueño. Al fin, la miró de frente, muy cerca de su rostro.

—Un problema… —repitió, devorándola con los ojos.

Ella asintió de forma apenas perceptible.

—Un día me acosté pensando que el sexo contigo era demasiado bueno para pasar sin él, y lo siguiente fue despertarme una mañana y darme cuenta de que no era solo el sexo contigo, eras tú. Y al siguiente, estaba de vuelta en una ciudad llena de recuerdos dolorosos a la que no tenía pensado regresar, embarcándome en una locura de experimento. Por ti. ¿Y sabes lo mejor? El sábado, después de pasarme dos días en esa isla fingiendo divertirme, caí en la cuenta de que, aunque Londres sigue pesándome mucho, me encanta mi vida de ahora. La profesional y, en especial, la personal. Y resulta que el nexo de todo, lo que mantiene mi mundo girando en su órbita, eres tú. No sé cómo lo has hecho ni en qué momento exactamente ha sucedido... Pero ya no quiero estar sin ti. No imagino mis días de otra forma y empiezo a sentirme muy, muy involucrada en esto que tenemos. Mucho, de verdad. Y ya me conoces, soy intensa para todo... Así que sí, BB; si no ha sido tu corazón el que hablaba, estás en un serio problema.

Brandon inspiró profundamente. Sentía la emoción extenderse por cada célula y cada terminación nerviosa, haciéndolo vibrar de forma intensa, sostenida, como si todo él se hubiera convertido en un diapasón. Disparándole el corazón y los sentidos, sumergiéndolo en un torbellino de sensaciones únicas. Abrazarla con todas sus fuerzas fue un acto de pura necesidad. Igual que responder al contacto lo fue para Harley, que se pegó a él y apretó los párpados, totalmente embriagada por lo que sentía.

—¿Sabes?   —murmuró él—. Voy a querer detalles. Mi vanidad es muy grande y te aseguro que cuando se trata de ti, ninguna adulación es suficiente, así que esta vez habrá muchas preguntas... Pero ahora, no. —Buscó su mirada—. Ahora...

Ella le puso un dedo sobre los labios, reclamando silencio. No hacía falta que se devanara el seso buscando una forma delicada de decir lo que deseaba porque los dos deseaban lo mismo.

—Tienes menos de una hora para hacer conmigo lo que te plazca, ¿qué tal si dejamos el romanticismo para después?

—Joder, oírte es como escuchar mis propios pensamientos... —Sus labios descendieron por el pecho de Harley, abrasando cada centímetro de piel a su paso—. ¿Cuándo te has colado en mi cerebro y cómo es posible que yo no me haya enterado? Esto es de locos...

Lo era, pensó ella, totalmente de locos. Conocía los recovecos de su mente tan bien como él conocía los suyos. Jamás le había sucedido algo semejante con otra persona.

—¿En serio? Vaya novedad... Cuéntame algo que no sepa, BB.

Eso fue lo último que logró decir Harley antes de que el cronómetro se pusiera en marcha con cincuenta excitantes minutos por delante para dar rienda a su pasión.

Brandon le había anunciado que habría preguntas, pero no las había habido. Al menos, no de la clase personal que Harley esperaba, y eso la había tenido en vilo todo el día. Eran más de las siete y compartían una cena frugal, solos, en la espaciosa cocina de la planta baja, mientras esperaban la llegada de Hugo. El nuevo plan de Fay para aquella tarde incluía que el niño cenara con ella y con Perry, en su casa. Algo que al padre de la criatura no le había gustado nada y desde que se había enterado, el tema de conversación había girado en torno a eso. Lo que Harley no acababa de ver claro era si la falta de preguntas de naturaleza personal se debía a las circunstancias, o si se trataba de una más de las tácticas de Brandon para ganarse su corazón, que tan buen resultado le habían dado hasta el momento.

—Ha sido una maniobra y no se irá de rositas —aseguró él—. Claro, como ayer pasé de todos y llevé a mi hijo a comer a su pizzería favorita, hoy mi madre se saca de la manga «una cena con los abuelos». Pero la idea de estas salidas *no es* forzarlo a hacer cosas que no le gustan y mi padre, definitivamente, no le gusta… Esto no voy a tolerarlo. Ni hablar.

Harley conocía los enfados de B.B.Cox, la estrella. Su genio era legendario en el mundillo de la tinta. Esto era diferente. Era el padre de Hugo quien hablaba. Su enfado de ahora era mucho menos espectacular que los de naturaleza profesional que había presenciado, pero el brillo tormentoso en sus ojos anunciaba que Fay Cox se llevaría un buen rapapolvo. A la par que la ternura que su reacción le provocaba, Harley descubrió que esta otra faceta de Brandon también la cautivaba. Con una sonrisa pícara, untó una tostada con paté y se la acercó a la boca.

Él esbozó una especie de sonrisa y, consciente de que apenas le había salido una mueca, ladeó la cabeza y le besó la mano. A continuación, empezó a saborear la tostada.

Harley aprovechó el inciso para intentar tranquilizarlo.

—Hugo es un crío genial, seguro que se lo pasa bomba con sus abuelos —y al ver la ceja enarcada de Brandon, asintió con la cabeza risueña—. Vaaale, tanto como pasárselo bomba, no, pero estoy segura de que prefiere eso a los «conjuntitos preciosos». Además, será solo un rato, ¿cuánto puede tardar en comer una hamburguesa? No es para tanto. No hace falta que te pongas en plan padre protector —añadió con picardía.

Él se limpió la boca con la servilleta, esbozó una sonrisa suficiente y la miró como si fuera a desafiarla a un duelo, pero cuando habló dijo algo muy distinto.

—¿Eso hago? —Sacudió la cabeza y se respondió a sí mismo con actitud resignada—: Sí, eso hago.

Ella le frotó un hombro cariñosamente.

—No te agobies, BB. Por lo que sé, es normal. Además, si te sirve de algo, solo te pones en ese plan cuando se trata de tu padre o de tu hermano... O, al menos, esa es la impresión que me da... —dejó caer.

Se refería a que Perry y Kyle Baxter jamás formaban parte de las conversaciones del tatuador. Nunca los mencionaba. Los escasos datos que él le había ofrecido al respecto hacía meses, cuando Harley había sacado el tema, se reducían a que tanto uno como el otro tenían una naturaleza demasiado controladora para un alma indómita como la suya. A ella le habían valido porque, al igual que Brandon, toleraba mal la intromisión familiar en su vida.

De hecho, Harley había dado su explicación por suficiente hasta el día anterior. Concretamente, hasta que había visto a Brandon abandonar el stand acompañado de su hijo y de su séquito, sin dirigir una sola mirada a los hombres de su familia. Se había comportado como si ellos no estuvieran allí. Sumado al enfado de hoy, las cosas ya no le cuadraban. Empezaba a estar bastante segura de que había algo gordo cociéndose entre bambalinas.

Brandon no tenía previsto hablar de sus batallas con la patética otra mitad de su familia, pero Harley estaba en lo cierto; le bastaba pensar en Perry o en Kyle para ponerse de malhumor. Su relación nunca había sido buena, pero desde que Hugo había llegado a Londres, se había sentido asediado por ellos. Como en una permanente campaña de acoso y derribo. Nunca les perdonaría que, siendo su propia familia, le hubieran puesto las cosas tan difíciles en el peor momento de la vida de Hugo. Por terrible que fuera, la verdad era que se avergonzaba de ellos.

—Hablando de Kyle Baxter… Según mi madre, no fue el mandamás quien lo invitó para que fuera a la convención. Ninguno sabía que el otro iría. Ella tampoco habló con él, así que me pregunto cómo llegó hasta allí.

—¿En limusina? —propuso Harley, risueña.

Él permaneció mirándola, reclamándole silenciosamente que se dejara de gracias y respondiera a su pregunta.

—Invité a Gayle, no a tu hermano.

—¿A Gayle?

Las arrugas que se habían formado en la frente del tatuador hablaban de su nivel de estupefacción. La última -y única- vez que las había visto en un mismo lugar, databa de dos meses atrás y lo único que Gayle le había dedicado a Harley aquella noche eran miradas. Insistentes, eso sí. Después de las presentaciones, no habían cruzado una palabra. ¿En qué momento se habían hecho amigas?

—En realidad, no fue una invitación propiamente dicha… Estábamos en la *boutique*, había clientes y alguien me preguntó si asistiría a la convención y yo dije que no, que ese fin de semana tenía una boda. Después, cuando nos quedamos solas, ella sacó el tema otra vez. Estaba claro que le interesaba porque hacía muchas preguntas sobre cómo era el ambiente y qué tal eran los otros espectáculos, ya sabes, las actuaciones en vivo... Total, que le dije: «es una pasada, pero soy del gremio así que no esperes objetividad. ¿Por qué no vas y lo averiguas por ti misma?».

«Y ella fue y lo averiguó por sí misma», pensó el tatuador sin salir de su asombro. Pero había una cuestión aún más asombrosa.

—¿En la *boutique*?

Harley se echó a reír. Le encantaban sus preguntas superbreves y a la vez tan llenas de significado. Valían igual que un discurso y sumadas a la expresión de «no entiendo nada» que las acompañaba, mostraban a la perfección lo que Brandon estaba pensando aunque no lo dijera en alto.

—Sí, a veces, va. —Notó que él la miraba con los ojos muy abiertos—. Ya sé que cuando la ves piensas «esta tía es una estirada», pero no es así. Es superagradable y tan educada...

Exasperantemente educada. Lo de «superagradable» aún no había tenido ocasión de comprobarlo, pero lo que intrigaba a Brandon de verdad eran sus visitas a la *boutique*. Claramente, el *grunge* no era su estilo.

—¿Cómo es eso de que «a veces, va»?

—Le gusta la ropa que diseña Jana y se la ha estado recomendado a sus amistades. Por lo que me ha dicho mi socia, cada vez que va, suele llevarse algo para una sobrina...

El asombro de Brandon alcanzó su máxima cuota.

—¿Eso te ha dicho?

Harley se encogió de hombros.

—Bueno, se lo dijo a Jana, no a mí... Con ella habla más, porque yo generalmente estoy en mi taller con algún cliente. ¿Por?

—Porque Gayle es hija única.

Harley frunció el ceño, pero enseguida le restó importancia.

—No sé… Igual dijo «prima» y Jana lo entendió mal…O fui yo la que lo entendió fatal. —Esbozó una sonrisa pícara—. Cuando llego a casa, mi cabeza no da para más; tenerte contento es agotador…

Él también esbozó una sonrisa. En su caso, fue ligerísima. No estaba para bromas. Toda aquella historia le parecía cada vez menos inofensiva y menos casual. Además, tenía otra pregunta.

—¿Por qué nunca me has comentado nada de esto?

El ceño de Harley volvió a arrugarse. Ahora nadie le quitaba de la cabeza que algo muy gordo se estaba cociendo entre bambalinas.

—¿Que Gayle ha estado en la *boutique*? —El gesto de Brandon fue tan explícito que esta vez quien abrió mucho los ojos fue Harley—. Eh, ¿qué pasa, BB? Es un negocio, por allí se asoma muchísima gente. Sin ir más lejos, Fay se da una vuelta todas las semanas… Además, después de esa noche en la pizzería creo que a toda tu familia le ha quedado bastante claro que somos pareja y me pareció de lo más natural que tu cuñada se pasara por la tienda. Y que volviera, si le gustó lo que tenemos. ¿Por qué no? Si hubiera sido tu padre o tu hermano… No, eso no me habría parecido tan natural —admitió, riendo—. En todo caso, es con Jana con quien trata generalmente… Y a ti y a mí siempre nos falta tiempo para hablar de nuestras cosas… Pero si quieres que te cuente con pelos y señales todo lo que hace cada vez que va, podemos negociarlo… Por el precio adecuado creo que me las arreglaré para acordarme de contártelo. —Un guiño llegó para ponerle el broche de oro a una frase que había sonado especialmente sugerente.

Harley lo había hecho a propósito. La expresión de Brandon había cambiado por completo y de repente, se había dado cuenta de que eso que para ella era de lo más normal, a él le resultaba preocupante. Ignoraba el porqué y ya se ocuparía de averiguarlo, pero ahora quería que se tranquilizara. Ya bastante alterado lo tenía la «cena con los abuelos» de su hijo.

Sin embargo, no tuvo ocasión de comprobar si su truco había funcionado o no, porque en aquel momento se oyó la voz de Hugo anunciándose con un «¡ya estoy en casa, papiiiii!» que atrapó toda la atención del tatuador.

Un instante después, el pequeño entró corriendo en la cocina y se abrazó a Brandon como si hiciera siglos que no lo veía.

Su hijo estaba desquiciado, pensó Fay. Le estaba resultando muy difícil reconocer en él al hombre inteligente que siempre había creído que era. Y también le estaba costando horrores disimular lo mal que le sentaba todo aquel asunto. Lo que decía no tenía el menor sentido.

—No es así, Brandon. No hay ningún complot de ninguna clase. Por supuesto que me pareció de muy mala educación que ayer no aceptaras tomar un café con ellos, ni dedicarles siquiera cinco minutos de tu preciado tiempo, pero creo que a estas alturas deberías saber que yo estoy de tu parte. Mi salida con Hugo lleva planificada más de una semana. La idea era que después de volver del acuario, cenaríamos en casa, solos él y yo, porque Perry estaba en Manchester. Pero la reunión programada para mañana a primera hora se canceló en el último momento y regresó a la ciudad. Como te imaginarás, no iba a pedirle que se fuera a cenar a un restaurante… Te avisé en cuanto me enteré, pero si me permites la franqueza, no tenía por qué hacerlo. Es su abuelo, no un enemigo. Empieza a preocuparme mucho esta obsesión tuya por mantenerlo alejado de Hugo… Y ahora, si has acabado con tu interrogatorio, me gustaría irme a casa. ¿Has acabado ya?

A pesar del evidente e inusual enfado de su madre, Brandon tenía sus ideas muy claras al respecto y así lo manifestó.

—Fui muy explícito aquel día y no he cambiado de opinión. Si mi padre quiere pasar tiempo con mi hijo, que me llame primero y yo le diré cuándo y dónde. Otro tanto con Kyle. No quiero más excepciones, ¿de acuerdo?

Fay exhaló el aire en un suspiro exasperado. Estaban en el pasillo que conducía a la salida y nunca aquellos diez metros se le habían hecho tan largos.

—Estás sacando las cosas de quicio, Brandon. Pero quédate tranquilo, no se me ocurrirá volver a invitar a Hugo a cenar en casa de sus abuelos. ¿Algo más?

—No, nada más. Buenas noche, madre.

Fay Cox recorrió la distancia que la separaba de la puerta con la vista al frente y abandonó la casa sin pronunciar una palabra más.

Brandon sabía que ella estaba tan enfadada como él, pero si hubiera tenido alguna duda, verla marcharse sin responder al saludo habría sido suficiente evidencia.

Harley no quería interrumpir, así que esperó hasta último momento para acompañar a Hugo a su habitación, pero se estaba haciendo tarde. Avanzaron por la casa mientras conversaban. El salón estaba vacío y no se oían voces. Supuso que Brandon habría llevado a Fay hasta su casa, pero al abrir la puerta que comunicaba con el pasillo, lo vio. Estaba a mitad de camino, con la nuca apoyada contra la pared y aspecto de haber pasado un mal rato.

Enseguida, él los miró y sonrió. Hugo ya corría hacia su padre.

—¿Y Fay? ¿Se ha ido? —le preguntó el pequeño.

Brandon asintió. Se inclinó y levantó al niño en brazos. Hizo un gesto de dolor.

—¿Seguro que has comido una hamburguesa solamente? Pesas una tonelada.

—Bueeeno… A lo mejor fue más de una —admitió el pequeño, riendo.

—Tú sigue comiendo así y te voy a tener que llevar al gimnasio a entrenar conmigo… ¿Qué, ya estás listo para ir a la cama?

—Sí —repuso Harley. Por más que Brandon intentara disimular, estaba claro que necesitaba un respiro y ella había decidido dárselo sin preocupar al niño. Se aclaró la garganta de forma teatral—. Hoy me toca a mí empezar con la lectura y después, será tu turno, guapo. Que sepas que he estado entrenando mi voz y pienso dejar el listón muuuy alto, ¿verdad, Hugo?

—¡Sí, sí, sí!… Me parece a mí que como no espabiles, papi… —concedió el pequeño, sacudiendo la cabeza a un lado y a otro como le había visto hacer a su abuela.

—No te preocupes, no pienso ponérselo fácil.

Brandon lo devolvió al suelo y dos segundos después, Hugo ya estaba corriendo escaleras arriba.

—¡Vamos, Harley, te echo una carrera! ¡Si te gano, me debes un helado muy grande… De cinco sabores por lo menos!

Ella se echó a reír. Saliendo el primero, ganaría seguro.

—Este niño es un listo. Me pregunto a quién habrá salido tan competitivo —comentó, al pasar frente a su padre.

Pero en aquel preciso momento, Brandon no estaba pensando en Hugo, sino en ella y en lo que había hecho para que él pudiera recuperarse del disgusto. La detuvo tomándola por el codo.

—Gracias por cubrirme, nena. Prefiero mantenerlo al margen de esto, no quiero que sufra…

En un primer momento, Harley le acarició la barbilla enternecida. No había podido evitarlo. Esa otra faceta suya tan terrenal, tan humana, le provocaba una intensa ternura, pero sabía que Brandon odiaba sentirse vulnerable. A ella le pasaba igual y, de haber estado en su lugar, lo último que esperaría de él sería ternura.

—De «gracias», nada —repuso—. Ya pensaré en un agradecimiento en condiciones. Seguro que algo se me ocurre.

Había sonado a la misma Harley de siempre, haciendo las mismas proposiciones de siempre. Brandon asintió, aliviado, y una sonrisa seductora hizo acto de presencia al fin en su rostro.

ENTRE-HISTORIAS 4

Viernes, 8 de octubre de 2010.
Boutique J & H.
Soho, Londres.

Harley se levantó de su escritorio y fue a servirse el tercer café de la mañana. Últimamente, su agenda se había convertido en una locura y con el Salón del Tatuaje de Perpiñán a nueve días, había dejado aquella mañana libre de citas para poder dedicarla al diseño del nuevo tatuaje que quería presentar a los franceses. Pero apenas conseguía avanzar porque su mente no estaba en el boceto, sino en otras cosas. Cosas serias.

Desde hacía varios días sabía que llegaba el momento de tomar decisiones. Era como un runrún que sonaba de fondo en su cabeza, aumentando el tono a medida que se acercaba el momento. Siempre había creído en su intuición y las veces que la había ignorado en el pasado, no le había ido bien, de modo que no tenía intención de hacerlo ahora. Pero no era sencillo. Tenía varios frentes abiertos y resolverlos, pasaba por hacer cosas que no deseaba hacer.

Harley exhaló un suspiro. Añadiría otro azúcar a su café, era lo mejor. Hoy necesitaba ración doble de energía. Había quedado con Brandon en revisar los bocetos por la tarde, en su casa, y al paso que iba no tendría nada para enseñarle.

El sonido del móvil la arrancó de sus pensamientos con una sonrisa; era el tono de llamada de Brandon. Estaba en Southampton, renovando el color de los tatuajes a uno de sus clientes VIP.

—¿Echándome de menos tan pronto? —lo saludó y volvió a sentarse a su escritorio, olvidándose por completo del runrún y del café que había dejado a medio servir. Instintivamente, se quitó el bolígrafo con el que mantenía su cabello recogido en la cima de la cabeza y al darse cuenta de la tontería que había hecho, agradeció que él no pudiera verla.

—*Claro, ¿tú, no? Pienso en todo lo que podríamos estar haciendo en tu mañana libre de citas y yo aquí, a ciento treinta kilómetros, esquivando los pellizcos de Lawrie... Le cobraré un diez por ciento más por el estrés...*

Harley rió de buena gana. Conocía a Lawrence Covington por referencias. El tipo era el dueño de una importante emisora de radio y un admirador confeso del arte de B.B.Cox, que le hacía publicidad gratuita cada ocasión que se le presentaba. Pero también sabía por Brandon que su pasión por él iba mucho más allá del arte, lo cual, por otra parte, no era ninguna sorpresa.

—Así que si esta noche descubro un moretón en tu trasero, ya sabré de quién es la culpa... Por favor, cóbrale otro diez por ciento extra de mi parte, porque estropear las vistas de ese culo fabuloso es un auténtico delito.

—*Guaaaaaau... Gracias...* —La voz del tatuador sonó intensamente masculina, supersensual.

—De nada. Pero no se te ocurra hablarle a él en este tono, porque te encadena a la cama y no vuelves a Londres nunca más.

El silencio duró unos instantes y Harley tentó suerte.

—¿Sigues ahí? —Lo oyó inspirar hondo y sonrió—. Ah, vale, ya veo que respiras…

—*De acuerdo* —repuso él—, *vamos a hacer una cosa. Yo no uso este tono con nadie más que tú y tú…*

—¿Yo qué? —lo pinchó, cada vez más interesada en la conversación.

—*Dejas de tentarme, Harley. Porque no te imaginas lo capaz que soy de dejar a este tipo a medias y largarme de aquí. Y lo estoy diciendo muy en serio.*

La sonrisa orgullosa que brillaba en el rostro femenino quedó patente en el tono de su voz cuando volvió a hablar. Tanto que para Brandon fue como si, en realidad, la estuviera viendo.

—Vale, intentaré ser buena… —Tras una breve pausa intentando morderse para no decirlo, Harley claudicó—: ¡Es que saberlo es la caña, BB! Saber que todos esos tipos *y tipas* —enfatizó— se quedan con las ganas por mi culpa, porque mientras ellos se mueren por llevarte a la cama, por un roce… hasta por una mirada, tú te mueres por mí y solo por mí… ¿Te haces una idea del subidón que me da cada vez que lo pienso? —Y coronó la frase con una genuina carcajada de gozo.

Brandon conocía muy bien la sensación. Dondequiera que ella estuviera, acaparaba miradas y no solo las masculinas. Aunque, en su caso, el subidón se veía seriamente mermado cuando su enorme vanidad le recordaba que no había razón para desplegar las plumas como si fuera un pavo real ya que, de cara a la galería, él no era su hombre. A nivel profesional, Harley era solo su colaboradora estrella, la encargada de representar la marca B.B.Cox mientras durara su tiempo sabático, y a nivel personal era un gran interrogante al que ninguno de los dos hacía referencia aunque les preguntaran directamente al respecto. Procuraban ser discretos y, a pesar de que en ocasiones las cámaras los habían captado juntos por la calle, a veces en compañía de Hugo, no revelaban ninguna noticia de interés para las revistas de cotilleo ya que jamás se tocaban en público. Él quería seguir manteniendo su vida privada al margen de la prensa; ella quería que se hablara de su talento y que nadie pusiera en duda que estaba en el circuito profesional de la tinta por mérito propio. Los dos habían estado de acuerdo y, sin duda, continuaba siendo una decisión muy inteligente. Pero, últimamente, se le estaba haciendo pesado cumplir con su parte del trato, y no dejaba de preguntarse...

Brandon apartó aquel pensamiento de su mente y se concentró en la conversación que mantenían.

—*Me hago una idea. Es como el mío cuando pienso en Sasha.*

—Bueno, él no se quedó precisamente con las ganas, BB —repuso ella, desafiante.

Saberlo, en su momento, no le había hecho ninguna gracia a Brandon. Detestaba la idea de que sus manos la hubieran tocado, pero ya no escocía tanto. Ahora era él quien la tocaba, quien le robaba el aliento, quien la hacía reír y la cautivaba. Quien la enamoraba... Él y nadie más. Sasha lo intuía y se retorcía de envidia.

—*Claro que sí. Sé cómo funciona su cerebro y créeme cuando te digo que las ganas lo están desquiciando... ¡Qué subidón!*

Los dos rieron durante un rato tras lo cual, Brandon fue al grano.

—*Hoy mi madre cenará en mi casa, así que no estaremos solos. Tus bocetos para la convención los miraremos mañana, si te parece...*

—¡¿Habéis hecho las paces?! —exclamó, sin dejarlo acabar—. ¡Muy bien!

Desde el día de la discusión, Fay iba a buscar a Hugo al colegio y pasaban la tarde juntos en casa de Brandon, pero se aseguraba de haberse ido antes de que él llegara del estudio. Madre e hijo sentían adoración el uno por el otro, de modo que Harley sabía que los dos lo estaban pasando mal.

—*En realidad* —aclaró el tatuador—, *fue ella la que ha hecho las paces conmigo. Porque fue ella quien la cagó y luego la remató, enfadándose. Yo solo me limité a recordarle que, cuando se trata de mi vida, las reglas las pongo yo y no voy a tolerar que nadie se las salte.*

Una gran sonrisa dominó el rostro de Harley.

—Tú también te enfadaste, BB —le dijo. Oyó que él bufaba.

—*Es que me alucina la facilidad con que se olvida cómo eran las cosas en su casa cuando yo era un niño. Había normas. Muchas. Y a quien se las saltaba, se le caía el pelo. Pero resulta que ahora que las normas son mías, «estoy sacando las cosas de quicio». No es así. Por supuesto que no. Pero, ¿y qué, si lo fuera? Tengo tanto derecho a decidir lo que quiero para mi hijo como mis padres lo tenían entonces con Kyle y conmigo.*

—Lo que dices suena razonable —apuntó Harley.

—*¿Verdad que sí?*

—Sí, pero lo que me has contado que te dijo tu madre también suena razonable… Y eso me hace pensar que no tengo todas las piezas de este rompecabezas… —Lo oyó bufar de nuevo y continuó—: ¿Sabes lo que creo? Que con este asunto de tu hermano y de tu padre estás haciendo lo mismo que yo hago con mis pesadillas… Son nuestros demonios. Intentar ignorarlos y vivir como si no existieran no va a resolver nada. Hay que hacerles frente, BB.

Aunque ni ella misma acababa de creerlo, era cierto. Lo había dicho palabra por palabra. Y era la pura verdad. Estaba harta de que un pasado que debía estar muerto y enterrado tuviera tanto poder sobre su presente.

—*¿Estás insinuando que quieres que hablemos de tus pesadillas…? ¿Que vas a contarme si sigues despertándote sobresaltada o si lloras al pasar por ese banco dónde él te besó por primera vez?* —Exhaló el aire en un suspiro—. *Joder, espera que me siento antes de que me dé un patatús…*

Ella sonrió. Sin embargo, no fue una sonrisa feliz como las que solía tener cuando hablaba con él. Se trató, más bien, de un gesto triste, melancólico.

—No fue en un banco… —repuso.

Ambos permanecieron en silencio unos instantes, intentando recuperarse del giro inesperado que había dado la conversación.

Brandon había pasado de sentir que se le anudaba el estómago ante la idea de tener que mostrarle esa parte de su vida que llevaba años intentando ignorar, a que se le aflojaran las rodillas al comprender que ella le estaba abriendo la más tenebrosa de sus puertas e invitándolo a entrar.

Harley seguía sin creer del todo que lo hubiera hecho. Un sentimiento de renovada valentía mezclada con nerviosismo y mucha incredulidad se adueñó de ella. Su propia reacción la había tomado completamente por sorpresa, pero la de Brandon...

—¿«Espera que me siento antes de que me dé un patatús»? —repitió, tronchándose— ¡Es lo menos glamoroso que te he escuchado decir jamás!

—*Porque es lo menos glamoroso que he dicho jamás, Harley. ¡Qué horror!* —reconoció él, pero enseguida devolvió la conversación al asunto que más le interesaba—. *A ver, para que yo me aclare, ¿ha sido una propuesta...?* —Durante los dos segundos que duró su pausa, Brandon se debatió entre el deseo de sacar partido de la coyuntura, o darle la ocasión de echarse atrás. Al fin, se recordó que no quería que nada de lo que sucediera entre los dos fuera forzado. Por eso continuaba sin hacerle las «preguntas personales» que en su momento había anunciado que le haría. Necesitaba saber que todo lo que venía de Harley nacía de sus sentimientos, de sus deseos. Espontáneamente. Sin presiones de ningún tipo. — *¿O se ha tratado de un desliz muy inoportuno?*

—¿Lo dices para demostrarme qué grande eres o porque estás tan asustado como yo y quieres rajarte?

Él soltó una carcajada.

—*¿Por qué? ¿Vas a proponerme que echemos un tupido velo a este asunto y nos rajemos juntos?*

Su risa le acarició el corazón. «Eres increíble, BB. El tipo más alucinante que he conocido en mi vida», pensó. Era muy consciente de que se repetía, que era como si se hubiera quedado sin adjetivos. Pero seguir usándolos cada día para referirse a él era, en sí mismo, lo más increíble de todo. Había conocido a infinidad de hombres, antes y después de James, y ninguno había sobrevivido a las veinticuatro primeras horas. Brandon, en cambio, continuaba invicto, inspirándole el mismo pensamiento día tras día. En él, las palabras «increíble» y «alucinante» cobraban otra dimensión.

—Nada de rajarse, BB. Es hora de dar la cara. Lo que digo es que estoy dispuesta a compartir contigo mis demonios, si tú estás dispuesto a hacer lo mismo con los tuyos… A intentarlo, al menos —añadió, consciente de que lo que había propuesto no les resultaría nada fácil a ninguno de los dos.

Brandon no dudó un solo instante. Sus rodillas volvieron a convertirse en un flan.

—*Hecho.*

—Hecho, entonces… —Harley respiró hondo, sentía el corazón latiendo en la garganta. Era una sensación extraña que supo que él también sentía cuando lo oyó inspirar profundamente—. Tengo una hora libre a eso de las tres. ¿Tomamos un café?

—*No sé a qué hora llegaré a Londres. Te llamo y lo vemos. Y ahora te tengo que dejar, mi cliente ya viene. Un beso, nena.*

—Otro para ti… ¡Y cuida esa retaguardia, ¿eh?!

Harley sonrió complacida al escuchar que él se reía. Volvió a poner el móvil sobre la mesa y durante unos minutos se dedicó a repasar mentalmente la conversación que acababa de mantener. Había vivido de espaldas a sus demonios durante seis largos años y ahora, por primera, una voz en su interior le decía que ya estaba bien de esconder la cabeza bajo el ala, que había llegado la hora de hacerles frente de una vez por todas. No sabía exactamente qué tenía que hacer. No había ningún manual que explicara el proceso. Pero tenía la certeza de que no tardaría en averiguarlo.

Se puso de pie decidida y agarró la cazadora y el bolso. Guardó su móvil en un bolsillo.

Por lo pronto, se dijo, había algo de lo que pensaba ocuparse ya mismo.

Harley maldijo por dentro. Bendita intuición que se presentaba como ramalazos de clarividencia, impulsándola a la acción, para dejarla completamente a oscuras diez minutos más tarde y con la sensación de que lo que estaba a punto de hacer no tenía ni pies ni cabeza.

El impulso la había conducido hasta la galería de arte de Sylvia Swynton y ahora que estaba de pie junto al escaparate, caía en la cuenta de que se había saltado un paso. Uno muy importante.

Y para colmo, se había puesto a llover.

Harley se refugió bajo el toldo en forma de arco de la entrada. Sacó el móvil y, dándole la espalda a la galería, se dispuso a hacer una llamada.

—Hola, guapete —se anticipó—, ya sé que estás de luna de miel y no quiero interrumpirte, que seguro que te estás poniendo las botas con tu bombocito, pero tengo algo que decirte… Escucha, estoy en la calle y llueve, así que seré breve…

—*¡Harley! ¡Qué alegría!* —la interrumpió Evel—. *No te preocupes por las interrupciones… Lamentablemente, mi luna de miel se ha terminado. Ya estamos en casa, acabamos de llegar. Todavía no nos ha dado tiempo a deshacer el equipaje… Cuéntame, nena.*

Harley puso los ojos en blanco. ¿Ya estaban en casa? Qué suerte.

—¿No llegabais el domingo?

—*Nop. Teníamos la vuelta para el ocho, que es hoy… ¿Estás bien, Harley?*

Él había sonado algo extrañado, lo cual era comprensible porque ella no había sonado nada alegre.

—Sí, sí… Disculpa, es que… De acuerdo, a ver… Esto es un «ahora o nunca» y quiero que sea «ahora». Estoy frente a la galería de tu madre. He venido a verla porque he tomado una decisión sobre el piso del Soho y no quiero que, como siempre, seas tú el que esté en medio, ocupándose de todo. Pero tampoco quería mantenerte al margen, por eso te he llamado antes de hablar con ella. Ahora, vuelve con tu bombocito. Ya te contaré cómo ha ido después…

—*Espera, espera, espera… ¡De eso, nada! Quédate donde estás, que voy ahora mismo. En diez minutos me tienes allí.*

—Evel, no… Ya he dicho que no te quiero en mitad de esto…

—*A ver, nena… Llevo años esperando este momento y no pienso perdérmelo. No voy a ocuparme de nada de lo que tú no quieras que me ocupe, eso puedes tenerlo muy claro, pero sea lo que sea que hayas decidido, quiero estar ahí cuando lo digas en voz alta. Diez minutos, Harley. ¡Espérame!*

🏍️ 🏍️ 🏍️

Los diez minutos se habían transformado en el doble cuando Evel llegó a la galería de arte. Tampoco se había presentado solo, sino acompañado de su mujer. Harley llevaba unos minutos en el despacho de su madre, quien la había visto al salir a despedir a un cliente y, lógicamente, había insistido en que entrara.

Casi al mismo tiempo que su nieto había llegado Angela Swynton y para entonces, las ganas de Harley de echar a correr eran insoportables. Tanto que Evel, el primero en notarlo, la rodeó con sus brazos y le dijo al oído:

—Ánimo, preciosa. Esto es pan comido para ti. Gracias por esperarme.

Harley soportó estoicamente los abrazos y carantoñas que las mujeres le dedicaron a la pareja, a la que no habían visto en dos semanas, y durante varios minutos presenció aquel intenso intercambio de afecto un tanto incómoda. La única «intensidad» que recordaba de su tiempo en la familia era la de las broncas o, peor aún, la del desdén. No fue hasta que Abby intervino, que la reunión se encauzó en la dirección correcta.

—Estamos retrasando a Harley… ¿Por qué no venís a casa a cenar y os ponemos al día de todo?

—Claro —convino Evel—. Una idea perfecta, bombón. Luego, llamaré a mi padre para decírselo.

—Podrías venir tú también, Harley —ofreció Sylvia buscando el consenso de su nuera, quien se lo dio de inmediato.

—Y Brandon y Hugo, por supuesto —añadió Abby, ilusionada—. Sería genial. ¡Tenemos toneladas de fotos que mostraros, ¿verdad, Brian?!

«¿Una cena con la alta plana de los Rowley? Gracias, pero no». Harley intercambió miradas con Evel quien enseguida se echó a reír.

—Creo que será mejor que nos centremos en el tema que nos reúne aquí… —propuso él—. ¿Cuál es esa decisión que has tomado, Harley?

Ella suspiró aliviada. Al fin tenía la palabra para decir lo que había venido a decir y después, largarse de allí para no volver jamás.

—Sí, gracias… Gracias también por la invitación, pero BB tiene un compromiso esta noche y yo estoy preparando un viaje de trabajo. Lo dejaremos para otra ocasión. Bien, vamos con el tema —respiró hondo y lo soltó sin más—. Quiero vender mi piso del Soho... Tal como está. No sé cuántas cosas de James pueden quedar aún allí, pero si le interesa conservar algo, Sylvia, es todo suyo… Llévese lo que quiera. Solo le pido que lo haga cuanto antes, para que pueda ponerlo a la venta… Básicamente, esta era la razón de mi visita.

No había acabado de decirlo cuando una sensación de ligereza se apoderó de ella. Era como si hubiera estado cargando un fardo pesadísimo y, de repente, un alma caritativa se lo hubiera quitado de los hombros. Suspiró sin darse cuenta y un instante después sintió la cálida mano de Evel, apretando cariñosamente la suya. Lo miró. Él sonreía y sus ojos le hablaban de satisfacción. Siempre había confiado en él y aquella sonrisa vino a aportar su granito de arena, confirmándole que se trataba de una gran decisión.

—Gracias, Harley —repuso Sylvia. Su voz sonó genuinamente agradecida. Harley notó que Angela asentía con la cabeza, confirmando las palabras de su hija—. No te preocupes. Iremos este mismo fin de semana. Te agradezco mucho que nos brindes la ocasión de recuperar un poquito de James. Es un gran gesto de tu parte.

—Un gesto que no nos merecemos —corroboró la abuela de Evel—. No te he dicho nada hasta ahora… Fue un *shock* saber lo sucedido y en la boda estábamos todos con la emoción a flor de piel… No me pareció el momento idóneo para sacar a relucir un asunto tan doloroso… Pero quiero que sepas que si hay algo que lamentaré eternamente, es que no hayamos sido para ti la familia que debimos ser. Ruego a Dios que el daño que te hemos hecho no sea irreparable y que ojalá, algún día, tengamos la ocasión de compensarte.

Harley respiró hondo. Evel miraba a su madre y a su abuela con orgullo y ella no deseaba ser cruel, pero no estaba de humor para oír disculpas ni arrepentimientos. En su opinión, llegaban demasiado tarde. No estaba allí para hablar del pasado, sino para resolverlo. Para dar el carpetazo final. Y aunque, probablemente, ninguna de aquellas dos elegantes damas hubiera caído en la cuenta, le daba completamente igual lo que pensaran o lo que sintieran. Su gran gesto, como lo habían llamado, no era por ellas, sino por sí misma y por Evel, el único

Rowley que le importaba. No tenía nada que añadir y no pensaba fingir al respecto.

—Se hace tarde —dijo a secas—, así que voy a marcharme.

Ya se había puesto de pie, cuando Angela volvió a hablar.

—Por supuesto. ¿Tienes ya decidido cómo vas a venderlo? Si quieres, puedo pedirle a mi yerno que se ocupe.

—Claro que sí —convino Sylvia—. Si aún no has acordado nada con una inmobiliaria, podemos ocuparnos de todo. Lo haremos con mucho gusto.

Harley miró a Evel, él se limitó a sonreír.

—Muy bien… Lo pensaré, gracias —repuso—. Y ahora sí, me voy.

Sin embargo, Harley no había regresado al trabajo. Había acabado almorzando con Evel y Abby en una *trattoria* de la zona donde, además de hacerle engordar medio kilo con las tentadoras delicias del menú, habían estado a punto de desquiciarla repitiéndole a cada rato "¿te dijimos o no que nuestro ramo te traería suerte?". Los dos estaban tan contentos por su decisión, que le había resultado imposible dejarlos. Incluso cuando al fin había llegado su taxi a recogerla, había tenido que prometerles que acordaría con Brandon una fecha para ir a cenar a su «nidito de amor» para que la dejaran marcharse.

Se sentía pletórica, todopoderosa. Había obrado por impulso, siguiendo los dictados de algo tan intangible como su intuición, y el nerviosismo había sido el protagonista principal. Ahora, había júbilo. Acababa de darle una contundente estocada a sus demonios. No había acabado con ellos. *Aún no.* Pero era un comienzo.

Harley entró en la *boutique* envuelta en aquel halo de Mujer Maravilla que la acompañaba desde hacía un par de horas. Junto a la caja registradora, Jana sonrió.

—¿Qué ha pasado? Tienes cara de haber ganado la lotería….

—¡Mucho mejor que eso! —exclamó ella.

No estaban solas. Había varias clientas husmeando entre los expositores, pero a Harley le dio igual. Fue hasta la cadena musical, subió el volumen y le tendió la mano a su socia en un gesto sumamente teatral de invitarla a bailar.

—¡A mover ese esqueleto, nena, que hay mucho que celebrar! ¡Vas a flipar cuando te lo cuente!

—¿Quéee? ¡Venga, dímelo, la intriga me está matando! —se quejó Jana sin dejar de reír. Su amiga estaba exultante e intuía que algo verdaderamente importante sucedía.

—¿Quieres que te lo diga? ¡Entonces, baila! ¡Baila, Jana! —Harley agarró las manos de su socia y empezó a contonearse con movimientos exagerados. Al fin, ella la imitó.

—¿Vas a decírmelo o no? En serio, no me tengas así… ¡dímeloooooooo! —reclamó Jana tras dar una última vuelta sobre sí misma.

Entonces, Harley se detuvo. Miró a su socia con una sonrisa imposible y al fin le susurró algo al oído. El rostro de Jana pasó de la alegría al asombro en un santiamén.

—¡Toma yaaaaaaaaaaaa! ¡Eres una campeona, Harley! ¡ERES LA MEJOR!

Las amigas se abrazaron riendo y dando saltos.

—¿A que sí? —repuso ella, feliz consigo misma—. ¡Soy la caña!

Y un instante después, Jana y Harley volvieron a bailar en mitad de la tienda mientras reían bajo la mirada risueña de sus clientes, algunas de las cuales se unieron al momento de alegría, dando palmas y moviéndose en el sitio al son de la música.

ENTRE-HISTORIAS 5

Mientras tanto en Southampton…

Declan estaba sentado al volante esperando que Brandon se despidiera de su cliente. Sabía que, de haber dependido de él, ya estarían camino de Londres, pero de alguien como Lawrence Covington, que se ganaba la vida hablando por los codos, no podía esperarse brevedad. A juzgar por su lenguaje corporal, Brandon estaba a punto de meterlo de nuevo en la casa de un empujón y salir corriendo. «¡Hay amores que matan!», pensó. Menos mal que su amigo no lo estaba viendo partirse de risa, que si no le tocaría aguantar su rabieta todo el viaje.

En aquel momento, el móvil sonó indicando que había recibido un mensaje. Lo sacó del salpicadero y activó la pantalla. Era de Jana. Leyó:

«¿Te has enterado del notición? ¡Es la booooomba!»

Declan sonrió sin darse cuenta. Sus dedos volaron sobre el teclado.

«¿Que papá y mamá se van de fin de semana y te dejan la casa para ti sola? Claro que me he enterado. ¿Por quién me tomas?»

Se echó a reír imaginando la cara de Jana al leer su respuesta. Y tal como esperaba, enseguida recibió la suya:

«¿Quién se va de fin de semana? ¿De qué estás hablando? ¡Estás como una cabra, chico! Jajaja»

«Eso mismo digo yo… ¿De qué estás hablando, guapa?», escribió Declan. Tras una breve pausa, le llegó la respuesta:

«Vaya, vaya, vaya con el enteradillo que no se entera de nada… ¡Pues yo sí! ¡SUFREEEEEEEEEEEEEE!»

Declan sacudió la cabeza divertido. Podía imaginar su sonrisa burlona aunque no la estuviera viendo. Seguro que la muy payasa estaría dando palmas a cuenta de dejarlo con la miel en los labios. Se disponía a responder cuando Brandon subió al coche y ocupó el asiento del acompañante.

—Arranca y larguémonos de aquí. Si tengo que aguantarlo un minuto más, le voy a… —Brandon soltó un bufido—. Dios, qué pesadez.

BB no había completado la frase. Su amigo lo hizo:

—¿Meter la máquina por el culo? Da miedo, lo reconozco. A cualquiera se lo daría, pero creo que en este caso vas a necesitar pensar en algo un poquito más doloroso porque está loco por ti… ¡Te adora, chaval! —dijo, riendo y al ver cómo lo miraba su amigo, añadió—: Menuda cara de querer matar a alguien llevas hoy… Todo un cambio a tu cara de hombre realizado de los últimos meses. Sí, señor.

Brandon se quitó la chaqueta y volvió a ponerse el cinturón de seguridad. A continuación, buscó su móvil en el bolso.

—Pues tú tienes la misma de siempre. La de reírte mucho con Jana, pero no comerte ningún colín[3] con ella.

—¿Por qué hablamos de Jana?

—¿Crees que no me he dado cuenta de que te estabas riendo? Tenías el móvil en la mano, tío, hablabas con ella. Y no intentes negarlo.

—¿Por qué voy a intentar negarlo? Me reía ¿y qué? No es la única mujer con la que hablo y me río.

—Vaya, la has llamado «mujer»… Vamos avanzando —comentó Brandon mientras volvía a conectar su móvil. Solía silenciarlo para evitar las interrupciones cuando estaba tatuando pero, por lo visto, aquel tipo lo había alterado tanto que directamente lo había apagado.

Una sonrisa se dibujó en el rostro del tatuador al ver aquel mensaje lleno de emoticonos y signos de admiración. Harley solo le avanzaba que tenía que darle un "notición", no especificaba qué.

—¿Pero a ti qué te pasa, chaval? —se quejó Declan—. No sé de dónde sacáis todas esas estupideces, pero me flipa mucho que las soltéis sin más. ¿Habéis caído en el pequeño detalle de que ella es la mejor amiga de Harley y yo, uno de tus dos mejores amigos?

Al no recibir respuesta, el guardaespaldas miró brevemente lo que hacía su amigo. Miraba la pantalla con una sonrisa por lo que no hacía falta que nadie le dijera de quién era el mensaje.

—Hablaba contigo, ¿sabes? —insistió, molesto.

Brandon no se dio por aludido.

—¿Jana te ha dicho algo de un "notición"?

____

3 No comerse un colín / Comerse una rosca: (coloq.): no tener éxito al ligar. No tener pareja ni sexo durante mucho tiempo.

Declan se rió con sorna.

—Joder, tío… ¿En serio no has escuchado una sola palabra? No me lo puedo creer.

—¿Te ha dicho algo o no?

—No me ha dicho de qué va —repuso el guardaespaldas de mala gana.

—Pues estamos invitados a cenar en su casa mañana… —dijo BB con una sonrisa que no le entraba en la cara al leer el siguiente mensaje. Intentó hablar con Harley, pero la llamada se desvió a su buzón de voz.

El humor de Brandon había cambiado en un instante. Volvía a sentirse pletórico. No tenía la menor idea de cuál era esa gran noticia, pero que Harley decidiera celebrarla organizando una cena con amigos en su casa le parecía un signo de que su vida empezaba lentamente a recuperar la normalidad.

Pero en la respuesta de Brandon había algo que a Declan no le cuadraba. Frunció el ceño.

—¿«Estamos»? —preguntó.

Brandon se rió. El solo hecho de que Declan se hubiera parado a pensar en la amistad que los unía, era una prueba de que para él Jana significaba mucho más que ninguna otra mujer de su vida. Aunque raramente se refiriera a ella con la palabra «mujer».

—Sí, «estamos».

Brandon no podía dejar de mirar a Harley. Lo había intentado, ya que no estaban solos, pero sus ojos regresaban a ella una y otra vez. Estaba radiante. No tenía que ver con su vestuario. Iba de pantalones y camisa vaquera. Tampoco estaba relacionado con su maquillaje, ni con su permanente sonrisa. Era una mujer impactante, daba igual la ropa o el color del lápiz labial que escogiera y, en todo caso, a él le gustaba tanto que hasta sus combinaciones imposibles habían empezado a resultarle menos estridentes que antes. Se trataba de otra cosa. Hoy brillaba con una luz potente que surgía de su interior. Toda ella era un panorama fabuloso.

No habían tenido ocasión de hablar con calma sobre la gran noticia. Ambos habían tenido una tarde ajetreada de trabajo, pero la frase de Harley todavía resonaba en su cabeza:

«La noticia oficial es que Jana y yo nos mudamos de piso gracias a un dinero que no esperaba. La extraoficial, y exclusiva para ti, es que desde hoy tengo un demonio menos del que ocuparme porque, aquí donde me ves, me lo he cargado yo solita».

Estaba ansioso por saber más, pero tendría que esperar. Intentó concentrarse en la conversación que su madre mantenía con Harley y muy pronto encontró un tema que atrajo toda su atención.

—¿Y tus padres qué opinan de que hayas regresado a Londres?

—Tenemos una relación poco convencional, la verdad. Desde hace años, vivimos en países diferentes y yo siempre me he movido mucho, así que no es fácil mantenernos al día de noticias. Nos basta con saber que estamos bien, sin demasiados detalles…

—¿No saben que estás viviendo aquí?

La sorpresa era patente en el rostro de Fay y Brandon no estaba por la labor de permitir que interrogara a Harley.

—Madre, por favor…

—Estamos conversando, cariño. Si Harley considera que mi pregunta es inadecuada, seguro que puede decirlo por sí misma.

—Claro que puede. La cuestión es ¿desea hacerlo? —repuso él, decidido—. Los extrovertidos vais por la vida pensando que todo el mundo es como vosotros, pero no es así. Hay personas a las que no nos gustan las preguntas de tipo personal. Podemos responderlas, por supuesto, pero nos incomoda tener que hacerlo. ¿Aprecias la diferencia, madre?

Fay la apreciaba perfectamente. Llevaba tantos años lidiando con el celo de Brandon por su privacidad, que había alcanzado niveles de maestría. Era él quien no parecía comprender cuánto había cambiado su vida en el último año. Ya no estaba solo, tenía un hijo y una infinidad de responsabilidades derivadas de ello, incluida la más especial de todas; crear un entorno adecuado para Hugo a todos los niveles, no solo el económico. Sin embargo, mantenía una relación sentimental con una mujer de la que apenas sabían su profesión y su estado civil, y de esto último se habían enterado de forma muy indirecta. Dejando a un lado la gran inteligencia del niño, que seguramente ya se había dado cuenta del lazo especial que unía a su padre con Harley, ¿quién era ella? ¿Y qué le responderían cuando fuera el niño quien hiciera las preguntas? Tenía el máximo respeto por la vida privada de otras personas, pero ambos habían dejado atrás la adolescencia hacía mucho tiempo. Eran adultos y su relación no era entre dos, sino entre tres; no había lugar para tanto individualismo.

Fay le ofreció una sonrisa conciliadora a Harley. Hugo había dicho que ya era mayor para bañarse solo y aunque normalmente se anunciaba con suficiente estruendo, prefirió echar un vistazo a la puerta para asegurarse de que continuaban a solas antes de hablar.

—No era mi intención incomodarte y espero no haberlo hecho. A mis ojos, eres la novia de Brandon y hay muchísimas cosas que me gustaría saber de ti. Es curiosidad y ganas de conocerte, Harley, no de juzgarte. Y sí, ya lo sé, cariño —dijo anticipándose a la reprimenda de su hijo, que ya se había puesto rojo de vergüenza—. Entre vosotros podéis llamaros «amigos», «pareja» o lo que queráis, pero, por favor, no le pidas a una mujer de la generación del cincuenta y dos que se refiera a

Harley como «la amiga de mi hijo». Porque no sois amigos, cariño.

—Para no tener la intención de incomodar, lo has hecho de maravilla —dijo él, sacudiendo la cabeza alucinado.

A Harley no le incomodaron ni le sorprendieron las palabras de Fay Cox. Era toda una señora que se las arreglaba a la perfección para dar su opinión sin perder la sonrisa, y le gustaba mucho. Hablar de sí misma era un hábito que había perdido al empezar a salir con James, harta de que todo lo que decía se convirtiera en un arma arrojadiza con la que los Rowley le asestaban por la espalda cuando menos lo esperaba, y los sucesos de su último año de matrimonio la habían convertido en alguien hermético por necesidad. Podía entender que aquella mujer sintiera curiosidad. De hecho, estaba disfrutando del momento. Le había encantado que Brandon defendiera su derecho al silencio y lo que más le había gustado de todo era que ahora tenía muy claro el por qué de la ausencia de «preguntas personales».

Harley frotó cariñosamente el hombro del tatuador. El gesto no pasó desapercibido a Fay, ya que la pareja se acariciaba constantemente con la mirada y con las palabras, pero rara vez lo hacía de forma física.

—No te apures, BB… Me parece bastante normal que tu madre tenga curiosidad por saber quién es la suertuda que se ha ligado al tío bueno de su hijo… Bueno, no lo piensa con estas palabras, claro, pero la idea es esta…

Fay no pudo evitar reírse ante la frescura de Harley ni enternecerse al notar cómo había cambiado la expresión de su hijo cuando ella había empezado a hablar. Brandon se había ido de casa siendo muy joven y entre las tantas cosas que se había perdido de él estaba esta; verlo enamorado. Era todo un espectáculo.

—Gracias por lo de «tío bueno» —repuso él, desplegando sus plumas como un pavo real—. Es muy inspirador.

Ella le hizo un guiño cargado de sensualidad.

—Lo sé, BB —y, consciente de que no era el momento de que se enredaran en una de sus sugerentes conversaciones, volvió a mirar a Fay—. Sí, mis padres saben que estoy en Londres. Como digo, no tienen todos los detalles… En realidad, ahora que lo pienso, están como un mes y medio atrasados en las noticias, pero el próximo fin de semana estaré en Francia. Mi madre vive allí y mi padre viajará también para que podamos cenar en familia, así que aprovecharé para ponerlos al día.

—¿No viven juntos?

—Madre, voy a empezar a exigir que te pongas una mordaza para venir a visitarme… —dijo, exasperado. A lo que ella respondió arrojándole un beso cariñoso.

—Uy, qué dices… —repuso Harley—. Eres su hijo, BB, y ninguna mordaza le impedirá someterme al tercer grado. —Le hizo un guiño a Fay y su respuesta, la misma que daba siempre, no tardó en llegar—: No, no viven juntos. Se quieren muchísimo y son muy buenos amigos, pero aparte de mí han hecho muy pocas cosas juntos en la vida.

El baño había excitado a Hugo en vez de relajarlo como sucedía con la mayoría de los niños. Era la primera vez que lo hacía solo y entre eso y la invitación de Harley a cenar en su casa al día siguiente, el pequeño se había acelerado. Al regresar al salón, con su pijama de Superman y su cabello revuelto por las prisas con que se lo había secado, Brandon había tenido claro que aquella noche le costaría más de lo habitual conseguir que se durmiera. Generalmente, no le importaba que Hugo diera tantas vueltas antes de caer rendido. Ese rato que estaban juntos, echados uno junto al otro en la cama, sentía que recuperaba parte del tiempo de su infancia que se había perdido y lo disfrutaba a fondo. Pero aquel día en particular, la ansiedad por estar a solas con Harley y saberlo todo acerca de su gran noticia, lo estaba volviendo loco.

—Espera, espera, Harley… ¿Habrá pizza para cenar? —preguntó Hugo. Ella dejó el libro que le habían estado leyendo a dos voces sobre el escritorio infantil y regresó sobre sus pasos riendo.

Brandon dejó caer la cabeza, derrotado.

—¿Quieres dejar de hacer preguntas y prepararte para dormir? —Volvió a arroparlo por enésima vez—. Ya es tardísimo para ti. Mañana no va a haber Dios que te saque de la cama…

—Sí, sí, papi, enseguida me duermo… —repuso el pequeño, pero sus ojos se desviaron de inmediato a Harley, reclamando una respuesta.

—No sé qué habrá en el menú —dijo Harley, que había vuelto a sentarse junto a él, sobre la cama—, pero si a tu padre le parece bien, puedo proponerle a Jana que haga una pizza especial para ti…

Los ojos de Hugo cambiaron de foco de inmediato.

—Tu padre opina que es hora de dormir —repuso Brandon —. Ya hablaremos del menú mañana. Y para que te animes, voy a contarte un secreto: cuanto antes te duermas, más probabilidades tienes de que me apiade de ti y tu cena de mañana no incluya ni coles ni ensalada.

—¡¿Ni una hojita de lechuga, en serio?! —quiso saber el niño todo excitado.

Brandon asintió con la cabeza, tronchándose de risa por dentro.

—Ni una.

—¡Yupiiiiiiiiii! ¡Ya estoy dormido! —exclamó, y se tapó hasta arriba con la manta.

Harley lo despeinó cariñosamente.

—Eres genial… —le dijo.

—Buenas noches, peque. —Brandon se inclinó a besar la cabeza de su hijo—. Que descanses.

—¡Adiós, adiós a todos, que tengo mucha prisa por dormirme!

Y a continuación, por debajo de las mantas, emergió solo una mano del niño, despidiéndose.

La pareja abandonó la habitación infantil entre risas y gestos de silencio. Tomados de la mano, se dirigieron hacia el salón privado del tatuador y una vez allí Brandon rodeó a Harley fuertemente con sus brazos y exhaló un suspiro.

—Diossss, lo que voy a decir tiene cero *glamour*, pero... ¡al fin, solos! —susurró en su oído.

Ella rió bajito.

—Te lo perdonaré por esta vez...

Brandon volvió a suspirar. Buscó su mirada, pero en cuanto sus ojos repararon en aquellos labios perfectos pintados de rojo carmín, le fue imposible contenerse. Empezó lamiéndolos, saboreándolos como el manjar que eran, y muy pronto, los devoraba como si no hubiera un mañana.

Harley raramente lograba contenerse cuando Brandon se dejaba llevar y esta ocasión no fue una excepción. Puso sus brazos alrededor del cuello masculino y el beso se volvió más profundo y más largo.

—Viviría besándote... —admitió él en un murmullo. Enseguida volvió a la carga y durante unos instantes su lengua se enredó con la de Harley en un baile sensual que los puso al límite. Él la aplastó con su cuerpo contra la puerta. Ella le rodeó la cadera con una pierna y cuando todo parecía indicar que el sexo era inminente, él se detuvo. Echó la cabeza hacia atrás y respiró profundamente por la boca un par de veces. Al fin, enfocó en ella—: Creo que puedo esperar si tú puedes hacerlo...

¿Puedes…? ¿O vas a matarme por cortarte el rollo de esta forma… *tan poco glamorosa*? —añadió con un punto de incredulidad. Estaba alucinando consigo mismo por haber sido capaz de clavar los frenos intempestivamente.

Ella sonrió. Apoyó la nuca contra la puerta y apretó los párpados porque en realidad tenía un gran subidón y no le apetecía parar. No solo estaba relacionado con el momento, sino con él; nunca le apetecía que parara. Nunca tenía bastante de él en ningún sentido. Y lo que sentía ahora era una prueba fehaciente de la forma drástica en la que él se las había arreglado para convertirse en favorito en las distintas facetas de su vida. Desde el principio, lo había preferido para el sexo, era su amante preferido con diferencia. Pero desde hacía tres meses, también era el hombre, el amigo, el compañero… La persona con quien deseaba compartir sus victorias. Y hoy ella había vencido. Había ganado una batalla muy importante, y aunque deseaba dar rienda suelta a la locura que él y solo él le inspiraba, también necesitaba compartir su gran noticia con él.

Exhaló un suspiró y volvió a mirarlo.

—Pienso cobrármelo con intereses de usurera, ¿te queda claro? —murmuró acompañando cada palabra con un golpecito de su dedo en el pecho masculino.

Él esbozó una sonrisa satisfecha y la condujo hasta el sofá, donde se acomodaron uno junto al otro, mirándose. Estaban tan cerca, ahora que podían hacerlo, que sus cuerpos se rozaban al menor movimiento. Brandon descansó su brazo sobre el borde del sofá, junto al cabello de Harley con el que se dedicó a juguetear porque sencillamente le resultaba imposible no tocarla. Ella puso su mano sobre el muslo de él exactamente por la misma razón.

—¿Preparado?

Brandon asintió enfáticamente.

—Preparado. Cuéntamelo todo —pidió.

La pareja había hablado y hecho el amor, y vuelto a hablar hasta tarde. Ahora, desnudos uno junto al otro en la cama continuaban conversando a ratos porque ninguno de los dos deseaba dar por finalizada la velada.

Para Harley había sido una liberación contarle lo sucedido con lujo de detalles, sin guardarse siquiera las cosas que había pensado durante los escasos cuarenta y cinco minutos que había pasado en la galería de Sylvia Swynton. Durante años había tenido que ser deliberadamente escueta, cuando no hermética, sobre todo lo que tenía que ver con James Rowley y su familia. ¿Con quién podía permitirse soltar lastre? Con Evel, desde luego, no. Con su propia familia, tampoco; sabían de la misa la media e incluso con lo poco que les había contado los había hecho sufrir suficiente. A Brandon, en cambio, sentía que podía contárselo todo, que podía ser ella misma con sus sombras, con sus luces, con sus arrebatos… Podía mostrarse tal como era. Y lo había hecho. Ahora se sentía como nueva.

Brandon había disfrutado viéndola teatralizar la escena de la reunión familiar en la galería, imitando las voces, igual que hacía cuando entre los dos le leían un cuento a Hugo por las noches. Pero, sobre todo, había gozado al comprender que ella debía sentirse especialmente cómoda junto a él para permitirse un relato tan detallado sobre algo que la había desgarrado por dentro durante años.

—¿Por qué dices que no les gustaste desde el principio? Eres una persona fabulosa y dudo mucho que a los diecisiete fueras diferente. Me cuesta imaginar un padre o una madre que no esté encantado de que seas la pareja de su hijo… —Esa era una del millón de preguntas que se agolpaban en su mente, pero ahora que se estaba oyendo no le parecía tan buena idea haberla hecho—. Si es mucho preguntar, dímelo. No lo tomaré a mal.

Estaban echados de lado, compartiendo la misma almohada y todo resultaba tan íntimo que Harley tenía la sensación de que la conversación fluía a pesar de tocar temas escabrosos. Detestaba hablar de los Rowley, de su pasado junto a ellos, pero Brandon hacía que sincerarse con él fuera fácil. La escuchaba con atención, sin apartar sus ojos de ella.

—Estaba saliendo con Evel cuando conocí a James y me pasó algo parecido a lo que te pasó a ti con Anika… Solo que él nos pilló *in fraganti*. Su familia nunca me lo perdonó.

—Guau…

Harley sonrió algo incómoda al ver su expresión. Era una mezcla de «¿me tomas el pelo?» con «joder, habría pagado por verlo».

—Sí, «guau»… Ya lo creo que sí. Se organizó un lío tremendo entre los hermanos, el asunto llegó a oídos de la familia y entonces fue mucho peor. Evel lo encajó, sé que sufrió porque me quería, pero es un gran tipo e hizo lo que hacen los grandes tipos… Éramos unos críos inconscientes y nos lo montamos fatal, le debíamos al menos decírselo cara a cara, pero lo que a Evel lo sacó de sus casillas no fue tanto el hecho en sí, sino la forma en la que reaccionó James cuando él lo enfrentó. En vez de disculparse o, no sé… agachar la cabeza y aguantar la bronca como correspondía, se encogió de hombros y lo acusó de ser un mal perdedor… ¿Te lo imaginas? Se portó muy mal con Evel. La familia, en cambio, cargó contra mí. Era como si James no hubiera traicionado a su hermano, ¿sabes? Como si la única responsable fuera yo. Su hijo era una joya y querían a alguien refinado para él, de su mismo nivel social y yo, claramente, no daba la talla. Pero desde aquel día, me colgaron el cartel de «indecente» y me hicieron la vida imposible.

Hizo una pausa para organizar sus ideas. Recordarlo ahora, con la perspectiva del tiempo, traía emociones nuevas, aclaraba cosas que entonces parecían tan contradictorias y arrojaba luz sobre otras en las que no había reparado.

—Evel adoraba a James. Como todo el mundo. Dondequiera que estuviera, James era la estrella del rock, un tipo carismático que lo tenía todo y con quien todos querían congraciarse, a ver si les contagiaba un poco de su buena suerte. Pero en la vida real no era tan así… La verdad es que envidiaba a muerte a su hermano, quería todo lo que él tenía solo porque él lo tenía… De hecho, me confesó que la primera vez que flirteó conmigo lo hizo porque se había enterado de que yo era su chica… Evel no lo sabe, nunca se lo he dicho… Igual que no sabe muchísimas otras cosas… James era su ídolo y no seré yo quien lo baje del pedestal. No puedo ser yo. Gracias a mi estupidez adolescente y a lo que pasó años después, la noche que me fui de mi casa con lo puesto, le hice suficiente daño para las próximas siete vidas. Ya no más. Ahora solo puedo darle alegrías —admitió con una ligera sonrisa de arrepentimiento.

Brandon extendió una mano y le acarició la mejilla.

—Seguro que hoy le has dado una bien grande.

Harley apretó su rostro contra aquella mano que la hacía sentir tan comprendida, tan querida.

—Tendrías que haberlo visto; estaba feliz. Aunque… Bueno, teniendo en cuenta que acaba de volver de su luna de miel, seguro que buena parte de su felicidad es por otra cosa… Pero sí, creo que una parte pequeñita del mérito es mía… Por cierto, los tortolitos quieren que tú, Hugo y yo quedemos para cenar un día en su casa. Se han puesto muy pesados con el tema y he tenido que prometerles que lo hablaría contigo, o todavía seguiría en esa *trattoria*, inflándome a tiramisú —dijo riendo.

—Claro, encantado. La que ahora vive viajando eres tú, yo estoy de año sabático —repuso él con picardía—, así que comprueba tu agenda y escoge una fecha.

Harley había retenido la mano que Brandon había puesto sobre su mejilla. La acarició suavemente.

—¿No te importa, de verdad? Quiero decir… —Sabiendo lo que sabía, ¿no le importaba sentarse a cenar con una copia exacta del ex marido de la mujer que amaba? ¿Estar en su casa, que con toda seguridad continuaría poblada de fotos de James? ¿Oír anécdotas del pasado que, por muy inofensivas que fueran, destacarían el hecho irrefutable de que Evel y ella tenían un pasado en común, uno del que Brandon no formaba parte aunque estuviera padeciendo los efectos secundarios en sus propias carnes? Francamente, le parecía mucho pedirle a cualquiera.

Él la silenció poniéndole un dedo sobre los labios.

—No tienes que explicarme nada. Escoge una fecha y ya está.

—Ay, qué ganas de comerte a besos… —murmuró ella, envuelta en un suspiro.

—¿Y qué te lo impide? Por mí, encantado, ya lo sabes…

Ella se incorporó de la cama antes de que la tentación fuera tan grande que no pudiera evitarla. Empezó a recoger sus prendas que estaban esparcidas por toda la habitación, sabiendo que los ojos de Brandon la seguían atentamente. A él le encantaba mirar y se ocupó de ofrecerle una buena panorámica. No podía quedarse. No *debía* hacerlo, aún no estaba preparada para eso, así que ese sería su premio de consolación.

—Eran las doce cuando conseguimos llegar a la cama —explicó—, y de eso hace, ¿cuánto? ¿Dos horas? Mi primera cita de mañana es a las diez y antes de eso querré un desayuno de princesa árabe contigo… Si empiezo a comerte a besos ahora… —lo miró mientras se abrochaba el sujetador con movimientos deliberadamente sensuales—, llegaré a la cita tarde y hecha unos zorros, y como no habré tenido ninguna clase de desayuno, no hablemos ya de uno de princesa árabe, pasaré el resto del día famélica perdida… ¿Y sabes lo malo que es eso para mi belleza?

Lo último que Brandon deseaba era estropear el momento, pero su necesidad de que ya no hubiera más despedidas nocturnas crecía a un ritmo preocupante. Pensó en cuál sería la segunda mejor alternativa a tener que pasar por una nueva despedida y cuando la idea apareció en su mente, una sonrisa brilló en su rostro, ayudándole a salvar el momento.

—¿Me permites que te lleve a tu casa, al menos?

La pregunta no era nueva. La había formulado antes y cada vez, la respuesta había sido «no, gracias». De ahí que, por lo general, se decantara por pedirle un taxi. Pero esta noche, no. Esta noche necesitaba más que conformarse con dejar que un desconocido se ocupara de algo que él se moría por hacer.

Harley dejó de abrocharse la camisa y alzó la vista con una sonrisa desafiante.

—¿Te preocupa mi seguridad o es solamente por galantería?

Era por ambas razones… y por otro millón más, todas relacionadas con lo que sentía por Harley, la mayoría de las cuales no podía admitir en aquel momento. Sin embargo, había una que podía confesar:

—Mmm… ¿Me crees capaz de tanto altruismo? *Nah…* Es pura ambición. Soy el primer hombre al que miras cuando sales de casa por la mañana y te estoy esperando en el coche. También quiero ser el último que veas antes de que te vayas a dormir.

Ella se estremeció. Lo que él había llamado ambición no era otra cosa que necesidad de acapararla, a ella, a sus pensamientos, a sus sentimientos… Posesión pura y dura, como cualquiera de los hombres que había conocido antes que él. Pero hasta en eso BB era diferente. Lo expresaba de otra forma. *Lo mostraba de otra forma.*

—¿En serio? ¿No es otro intento de acabar la noche echando un polvo en el ascensor de mi edificio, con lo que te ponen a ti los ascensores?

El corazón de Brandon empezó a acelerarse. ¿Estaban aumentando sus posibilidades de obtener una respuesta diferente esta vez?

—No son los ascensores, Harley. Eres tú quien me pone a mil.

Ella se cruzó de brazos. Lo miró divertida.

—Deja de hacerme la pelota y responde.

—¿Y qué quieres que te diga? ¿Que no? —Ya no había sonrisas en su rostro, sino sensualidad a raudales—. Me queda cuerda para rato y nos encantan los rincones con poco espacio y poca luz. Por no hablar, de lo mucho *muchísimo* que nos gusta hacerlo en un ascensor… Y el de tu edificio todavía no lo hemos estrenado. Ahí lo dejo.

Ay, Brandon…

Si antes se moría por comérselo a besos, ahora se moría por que él se la comiera a ella.

—No vas a bajarte del coche, BB —le dijo señalándolo con un dedo como si fuera culpable de un pecado capital—. No te hagas ilusiones.

Él tuvo que contenerse para no saltar de la cama y estrujarla entre sus brazos.

—¿No quieres acabar la noche corriéndote en el ascensor? Después, dormirías como un angelito…

—*No vas a bajarte del coche* —insistió con una sonrisa imposible.

Brandon saltó de la cama. Esta vez, sí. Empezó a vestirse con premura. Sus palabras, en cambio, sonaron de lo más relajadas cuando volvió a hablar:

—Bueno, ¿qué puedo decir? Tú te lo pierdes, preciosa.

ENTRE-HISTORIAS 6

Sábado, 9 de octubre de 2010.
Piso de Harley y Jana.
Londres.

La pareja no había estrenado el ascensor del edificio aquella noche. En cambio, se habían quedado conversando en el coche un buen rato y cuando al fin habían logrado despedirse, faltaban dos horas para el amanecer. Para Harley había sido un final a la altura de un día perfecto y el sábado, con una sesión de trabajo con Brandon para discutir los diseños que presentaría en la feria de Perpiñán por la mañana y una cena en casa con personas muy queridas por la noche, se perfilaba como otro día inolvidable.

Lo último que Harley había esperado era lo que sucedió; despertarse gritando como una posesa, aterrorizada por un sueño del que no recordaba apenas nada.

Jana entró en la habitación de su amiga como una tromba. Estaba a punto de marcharse a trabajar cuando la oyó gritar.

—¡Harley! ¡Tranquila, tranquila, ya estoy aquí! —Enseguida llegó junto a ella. Notó que tenía el rostro desencajado y estaba bañada en sudor. Jadeaba como si se estuviera ahogando y por puro instinto Jana corrió a abrir las ventanas de par en par—. Malditas pesadillas que no te dejan en paz… Con lo bien que estabas…

Pero Harley no escuchó el final de la frase. Cuando las náuseas fueron tan intensas que un sabor a hiel le llenó la boca, saltó de la cama y salió disparada al baño. Llegó por los pelos y arrodillada frente al inodoro, se puso a vomitar mientras Jana, que había ido detrás suyo, le sostenía la cabeza.

Las arcadas doblaban su cuerpo una y otra vez, aunque no todas acababan provocando el vómito. Sin embargo, se las arreglaban a la perfección para hacer que la cabeza pareciera expandirse y retraerse de dolor, y que su corazón latiera desaforadamente.

—Ay, nena, qué mal cuerpo debes tener… Toma, enjuágate la boca —dijo Jana, al cabo de un rato, tendiéndole un vaso de agua.

Con movimientos inseguros, Harley consiguió sentarse sobre la alfombrilla de baño y apoyó la espalda contra el borde de la bañera. Respiró hondo varias veces antes de agarrar el vaso. Se sentía muy mareada, totalmente revuelta y con la cabeza a punto de explotar. El dolor era pulsátil, iba al compás de su corazón solo que con mucha más intensidad. Al fin, se hizo un buche, escupió el agua en el inodoro y apretó el botón de la cisterna.

Jana agarró el albornoz de Harley del colgador que había detrás de la puerta y con él en la mano fue a sentarse sobre el borde de la bañera, junto a su socia. Le colocó la prenda por encima de los hombros. Harley solía dormir desnuda y aquella mañana solo llevaba puesto un tanga. Tenía que estar helada.

—Gracias… —dijo ella. Se lo puso y lo cerró lo mejor que pudo. Se abrazó el estómago que ahora además de estar revuelto, dolía como si alguien se lo estuviera estrujando.

Jana acarició el cabello de su amiga, enmarañado y parcialmente húmedo debido al sudor.

—¿Se te va pasando?

Harley asintió despacio. En realidad, no era así. Hacía un tiempo desde la última vez que se había despertado sobresaltada en mitad de la noche y aunque evitaba hablar del tema, lo cierto era que había empezado a hacerse ilusiones con que quizás ya no volvería a suceder. De modo que al terror que había regresado con renovados bríos, y a los efectos secundarios que traía consigo, tenía que sumar el desánimo de comprobar cuánto se había equivocado. Las pesadillas habían vuelto y de qué manera. Era como en los viejos tiempos; despertarse atenazada por un miedo cerval, con el corazón a dos mil latidos por minuto y ni un solo recuerdo coherente. ¿Conseguiría librarse de ellas alguna vez? En aquel momento, sentía que no, que jamás lo haría. Era una batalla perdida.

En aquel preciso momento, se sentía hundida.

«Bueno, estoy sentada en el suelo del baño después de haber echado el hígado por la boca gracias a las mismas pesadillas que vienen jodiéndome la vida desde hace años. Anímate, chica, el día no puede empeorar», pensó.

Pero el timbre, que sonó en aquel mismo momento, le confirmó que había vuelto a equivocarse.

—¿Qué hora es? —le preguntó a su socia, alarmada.

—Las nueve, Harley. Me temo que es Brandon.

De nada habían valido las advertencias de Jana, las palabras «ha vuelto a tener una pesadilla» actuaron como una catapulta que condujo a Brandon directamente hasta el baño.

Abrió la puerta sin llamar y Harley, que alzó la vista pensando que se trataba de Jana, le mostró el rostro de la desolación, la de alguien que había vuelto a ser atacada por sorpresa en su momento más vulnerable.

—Brandon, noooooo… —atinó a decir.

Jana entró detrás de él, sumamente contrariada.

—Lo siento, Harley. Le dije que… —Soltó un bufido—. Pero no me hizo ni puñetero caso —y mirando a Brandon con el gesto muy serio, añadió—: ¿Acaso estás sordo?

Harley se sentía demasiado agotada para aguantar el enfado de Jana por más justificado que fuera.

—Está bien, está bien… No te preocupes. Ve a abrir la *boutique*, yo no tardaré.

—¿Seguro?

—Sí, seguro. Ve tranquila, Jana.

—Vale, me voy… Y tú, Brandon, hazte mirar los oídos. Te dije que no era un buen momento y que Harley te llamaría y estás aquí… Así que está claro que no funcionan nada bien. —Y a continuación, desapareció del baño.

Él no se dio por aludido. Le parecía bien que Jana intentara proteger a su amiga, pero toda su concentración estaba puesta en dos asuntos. Primero, sobreponerse a una visión de Harley que tan poco tenía que ver con las que ella le había ofrecido hasta el momento. Y segundo, en tomar las riendas de la situación porque debía hacerlo.

—¿Cómo que «Brandon, noooo»? «Brandon, sí» —repuso él con tono seguro, en cuanto Jana se marchó—. Por supuesto que sí.

Avanzó hasta Harley, se puso de cuclillas frente al inodoro en cuya tapa ella se había sentado y tomó su rostro entre las manos. Le apartó delicadamente las hebras de cabello húmedo que se habían adherido a su frente y a sus mejillas. Notó que tenía los ojos llorosos y una palidez superlativa que destacaba sus profundas ojeras.

Ella lo dejó hacer sin oponer resistencia, pero él tuvo claro que de haberle quedado una pizca de energía, lo habría echado de aquel baño sin miramientos. Estaba agotada. Doblegada por las circunstancias. Y él, que conocía de primera mano la experiencia, era la persona más indicada para estar allí. En todo caso, la amaba y no deseaba estar en ningún otro lugar más que a su lado.

—Solo es resistencia, nena. Los coletazos de un demonio herido de muerte que se rebela ante la idea de estar perdiendo la batalla. Nada más.

Ella inspiró hondo. A continuación, liberó su rostro de aquellas manos que normalmente adoraba tener sobre su cuerpo y que en aquel preciso momento la hacían sentir muy vulnerable.

—Y eso lo sabes porque eres un experto en parasomnia, ¿verdad? No quiero que estés aquí. No quiero que me veas así, BB. ¿Podrías marcharte y dejarme sola, por favor?

Consciente de que se estaba ganando una bofetada o algo peor, él volvió a tomar el rostro de Harley entre sus manos.

—Sí, podría, pero no voy a hacerlo. Cabréate, si quieres. Lo soportaré.

La vio respirar hondo. Su enfado crecía y BB lo sabía, pero continuó.

—No quieres que te vea así… ¿«Así», cómo? ¿Hermosa, alucinante, *deseable…*? Una capa de rímel o unos labios pintados no cambian en nada lo que eres. Y desde luego, no alteran en absoluto lo que siento cuando te miro. Deberías saberlo muy bien porque a ti te pasa exactamente igual conmigo. Para ti soy un dios, con o sin maquillaje. Con o sin ropa. Siempre soy un dios, ¿o no?

Por toda respuesta, Harley volvió a respirar hondo. Si no se sintiera tan baja de forma, le explicaría que en un mundo gobernado por el sexo masculino, al femenino se lo juzgaba según otros patrones. No era tan libre de decidir sobre su aspecto como él daba a entender.

—Bien, asunto aclarado. Vamos con el siguiente —dijo Brandon—. Tú sufres de «parasomnia», menudo nombre para una simple pesadilla; yo sufro de «trastorno explosivo intermitente», otro nombre que se las trae y viene a decir que soy un tipo con un genio de aúpa. Qué novedad, ¿verdad? Mira, por una vez, lo que la prensa dice es cierto...

Harley no se había dado por aludida ante su tono irónico, solo lo miraba, pero a Brandon le bastaba; había conseguido atrapar su atención.

Y aprovechó la coyuntura.

—No es una postura ni es otra pieza de mi disfraz de B.B.Cox, como la mayoría de la gente cree. Llevo años en tratamiento médico. Por eso sé de qué va esto.

Brandon hizo una pausa para darle pie a hacer algún comentario. No lo hubo, pero le pareció que la mirada de Harley se dulcificaba un poco, que sus ganas de matarlo por haberla pillado en un momento tan bajo empezaban a diluirse. También era posible que sus deseos de que eso sucediera le estuvieran jugando una mala pasada. Fuera lo que fuera, lo aprovecharía. Era su turno de mover.

—No te lo esperabas, ¿eh? —Le hizo un guiño seductor—. Quedamos en sacar a nuestros demonios a tomar el fresco, ¿o te he entendido mal? Bueno, esta es mi contribución a la causa. No son todos los que están ni están todos los que son, pero es un comienzo.

La confesión de Brandon había captado la atención de Harley. Definitivamente, la había tomado por sorpresa. Sin embargo, lo más sorprendente con mucho había sido su propia reacción. Junto a James había aprendido a temer los accesos de ira de un hombre y conocer la dolencia de Brandon debería provocarle miedo ante la idea de estar otra vez junto a un ser irascible. Pero no era así en absoluto. No podía dejar de pensar en el calvario por el que Brandon debía haber pasado todos esos años, luchando por aprender a controlarse, por impedir que esa parte de sí mismo echara a perder su vida, mientras presenciaba como la prensa lo tomaba a broma y le dedicaba grandes titulares. Se sentía identificada con él, con su lucha silenciosa, con su valentía. Sabiendo lo que ahora sabía, él le parecía mucho más grande que nunca.

Ajeno a sus pensamientos, Brandon se debatía ante la duda. La pausa había sido lo bastante larga y ella permanecía en silencio. ¿Era una buena señal? No tenía la menor idea. Decidió continuar.

—Hoy te enfrentas con calma a una situación que un mes atrás te habría hecho perder los nervios, y te sientes como si estuvieras en la cresta de la ola. Piensas «lo tengo controlado, soy un campeón», y al día siguiente se te cae una gota de café en la camisa y, en un segundo, te conviertes en el *Increíble Hulk*… —le acarició la punta de la nariz—. O te despiertas aterrada por una nueva pesadilla, como en los viejos tiempos. Así funciona, Harley. Esto es bueno, aunque ahora no te lo parezca.

Ella exhaló un suspiro.

—¿En serio? No sé qué decirte… La idea de irme a dormir vuelve a ser terrorífica —repuso con tono cansino—. Además, estoy como si me hubieran apaleado… Me duelen hasta las pestañas.

Pero esta vez, Harley hizo algo que disolvió las dudas de Brandon; apoyó su frente contra la suya. Aliviado, él empezó a frotarle los brazos en lo que fue más una caricia que un gesto de ánimo.

—¿Sabes? Estás de suerte, nena. Tengo el remedio perfecto.

Ella lo miró con desconfianza. No tenía cuerpo *para eso*. En realidad, no tenía cuerpo para nada.

—Como se te ocurra proponerme…

BB la silenció poniendo un dedo sobre sus labios. A continuación, se incorporó.

—No te muevas de ahí, que enseguida vuelvo.

Unos instantes después reapareció con una caja que llevaba sobre la palma de la mano, a modo de bandeja. Volvió a agacharse frente a Harley y abrió la tapa. Unos bombones de aspecto delicioso quedaron a la vista.

—¿Esta es tu idea de un desayuno de princesa árabe? —preguntó ella.

El tono había sido sarcástico, pero una ligerísima sonrisa se dibujó en su rostro. Había sido diminuta y había durado lo que un suspiro. Aún así era un signo positivo. Brandon se sintió renacer.

—¡Qué dices! Me ofendes. El desayuno lo tienes delante —dijo señalándose a sí mismo—, con un nuevo traje de *Madame Demonia* especialmente diseñado para mí. Fabuloso, ¿a qué sí? Esto era solo un tentempié para reponer fuerzas. No hay nada que un buen trozo de chocolate no pueda arreglar; no soy una chica, pero esto lo sé.

Harley volvió a suspirar. Esta vez era por Brandon. Porque en aquella mañana especialmente oscura para ella, se las seguía arreglando para ser el haz de luz que entraba por la ventana y le recordaba que había cosas por las que merecía la pena seguir luchando, que un mundo apasionante la estaba esperando fuera.

Porque habiendo podido escoger hacerle caso y dejarla sola, lamiéndose sus heridas, había hecho justo lo contrario.

Porque con cada gesto y con cada palabra, seguía demostrándole que estaba allí para quedarse, independientemente de las circunstancias.

—Eres el hombre más increíble que he conocido jamás.

Él escondió su creciente emoción tras una sonrisa seductora.

—Es cierto. Me alegro de que te hayas dado cuenta. Aunque has tardado lo tuyo, ¿eh?…

—Lo digo de verdad; no existe nadie como tú. Eres alucinante, un gigante… Y estás conmigo. Tengo mucha suerte.

—Vaya, no esperaba tanto de unos bombones… La próxima vez, serán dos cajas, a ver qué tal —dijo él en un nuevo intento de mantener la emoción bajo control.

Pero Harley lo dejó con la palabra en la boca al volver a apoyar la frente sobre la suya y decirle, en un murmullo:

—Gracias por no hacerme caso y quedarte aquí. Por ser parte de mi vida… Por hacerme sentir mi propia fortaleza en vez de intentar consolarme… Esto ha sido un bache en el camino, solo eso. Y habrá más. Pero soy una fiera, estoy harta de llevar los demonios de mi pasado a cuestas y da igual lo duro que me aticen, podré con ellos. Gracias por recordármelo, BB.

Brandon tragó saliva. Deseaba estrujarla entre sus brazos, decirle que la amaba y que todo saldría bien, tranquilizarla… Y a la vez, ardía en deseos de hacerle el amor, de borrar a base de orgasmos las horas terribles que había pasado. Con ella siempre era igual; un cóctel de emociones irresistibles.

Pero no se dejó llevar por la ternura ni tampoco por la pasión.

Se apartó solo un poco para poder mirarla con una ceja enarcada. Ella ya había empezado a sonreír.

—¿«Gracias»? —le dijo—. De eso nada, preciosa. Ya me lo cobraré a su debido tiempo. Y será con intereses de usurero.

Brandon iba camino del aparcamiento cuando decidió que antes de recoger su coche, pasaría por la *boutique*. Quería hablar con Jana a solas y sabía que Harley estaría ocupada con un cliente durante al menos una hora más, así que aprovecharía para hacerlo en ese momento. El suceso matutino los había dejado sin desayuno a los dos. Habían tomado un tentempié a mediodía en un pub de la zona, había sido apenas media hora ya que ambos tenían que regresar al trabajo, pero se notaba que Harley no se había recuperado. A pesar de lo cual, había descartado de plano su sugerencia de dejar la cena para otro fin de semana. Insistía en que estaba bien y que ninguna pesadilla le impediría disfrutar de una cena en buena compañía aquella noche, por lo que el plan se mantenía. Pero él sabía que Harley no estaba bien y que tampoco lo estaría los próximos días, y eso lo tenía muy inquieto.

Cruzó la acera y entró en la tienda donde una docena de clientas inspeccionaban los distintos diseños que poblaban los expositores. Como solía sucederle a menudo, todas las miradas se concentraron en él. No pudo evitar pensar que si había un lugar en el que un sujeto vestido con un elegante traje gótico de tres piezas y maquillado hasta las cejas desentonaba completamente, era en la *boutique grunge* J & H. Pero enseguida su atención se centró en el fortachón de barba que, cerca de la caja, conversaba con Jana. Lo conocía muy bien; era su guardaespaldas. Tenía la broma en la punta de la lengua, cuando Jana lo dejó con las ganas.

—Entra, entra… Aquí sí que puedes pasar libremente —le dijo, rezumando ironía.

—He intentado apoyarte, tío, pero la cosa está que arde —intervino Declan. Para una vez que era él quien podía meterse con su amigo, no pensaba andarse con miramientos.

En realidad, Declan solo estaba al tanto parcialmente de lo que había sucedido. Jana le había contado que Harley se encontraba indispuesta por la mañana, pero no le había dicho el porqué. Lo ocurrido durante su último año de matrimonio continuaba siendo un asunto que solo Jana y Brandon conocían.

Pero entonces se oyó una voz que estridente y con un punto de histeria decía:

—¡¿Eres ese tatuador tan famoso?! ¡Dios mío! ¡Mi sobrino te adora! —exclamó una de las clientas, acercándose al tatuador. Cuarentona, moderna y dueña de unos labios muy carnosos gracias a la cirugía estética—. ¿Me firmas un autógrafo? Por favor, dime que sí —le rogó, y acto seguido, descubrió su hombro.

Declan bajó la cabeza, estaba a punto de soltar una carcajada y no quería hacerlo en su cara. Jana, en cambio, se rió a gusto. Sabía que Brandon detestaba que los *fans* le pidieran firmas en alguna parte de su anatomía. Y con Harley a tres metros, tatuando a un cliente en su taller, lo último que le apetecería era que saliera y lo viera inclinado sobre el hombro de otra mujer. Seguía enfadada con él y quería aportar su granito de arena para incomodarlo un poco más.

Brandon no se dio por aludido. Hizo su papel, esmerándose a fondo.

—¡Faltaría más! Por supuesto que te doy un autógrafo… Pero no ahí —dijo, echando mano de todo su amaneramiento mientras señalaba delicadamente el hombro femenino con su dedo enfundado en un guante de cuero negro—. En la piel, solo uso tinta de tatuar… Pero mira —tomó uno de los folletos de Harley que había junto a la caja y el bolígrafo que le entregó Jana. Garabateó su firma artística junto a la fecha y se lo entregó acompañado de una de sus sonrisas cautivadoras—. Si te gustan los tatuajes, habla con esta artista. Se llama Harley, ¿ves? Está aquí mismo, ese es su estudio… Escucha bien lo que te digo; muy pronto llevar un tatuaje suyo será tendencia… Yo que tú aprovecharía… Entrégale este folleto y dile que vas de mi parte, seguro que te va a encantar. ¡Hace unos diseños fabulosos!

—¿Un tatuaje? No sé… ¿Tú crees? —repuso ella, interesada.

—¡Claro, mujer, por Dios! A ver, está claro que los tatuajes no son para todo el mundo, pero a ti te quedaría fantástico… Tienes un tipazo y tu estilo es megamoderno, y cuando uno tiene algo bonito, lo que debe hacer es resaltarlo… ¡Anímate, ya verás como después de que pruebes con uno, repites seguro!

—Ay, ¿en serio? ¿Te gusta mi tipo? Qué amable, gracias… Bueno, a ver si me animo… Yo creo que lo haré —dijo halagada mientras guardaba el folleto en su bolso con el mismo cuidado que si fuera oro en polvo.

—Genial… Ahora, si me disculpas…

—Claro, claro… Gracias de nuevo…

—Ha sido un placer.

Jana y Declan, que habían seguido la conversación del tatuador con la clienta, intercambiaron miradas. Los dos estaban pensando lo mismo: Brandon tenía una capacidad sin precedentes de transformarse a placer con la misma facilidad que se apretaba un botón.

Él se adelantó a sus comentarios.

—Te iba a preguntar qué haces aquí, Dec, pero voy mal de tiempo, así que lo dejaré para luego —A continuación, miró a Jana—: ¿Podemos hablar un momento en privado?

Ella se levantó de su taburete alto y sin esconder que continuaba contrariada, se encaminó hasta la puerta en silencio. Él la siguió y una vez en la calle, fue directo al grano.

—Lamento lo de esta mañana. También es tu casa y no debí pasar de la puerta. Te pido que me perdones, Jana.

Ella se cruzó de brazos. A través de sus gafas, lo miró impaciente, sin saber muy bien qué responder. Las malas experiencias la habían vuelto susceptible a cualquier tipo de imposición masculina. Por otra parte, no podía ignorar el hecho evidente de que él no era un hombre cualquiera; conocía a Harley como nadie y su presencia, su cercanía, obraba milagros en ella. Y especialmente aquel día, su amiga los necesitaba.

—Estoy preocupada por ella… —repuso Jana—. No creo que deba estar sola en Perpiñán hasta que yo llegue el domingo, así que he decidido que el próximo fin de semana la tienda estará cerrada. Le voy a pedir a Amy que cambie las reservas para que podamos irnos juntas el viernes.

Brandon exhaló un suspiro.

—Dios, me has quitado las palabras de la boca… No sabía cómo pedírtelo… Ni si debía… Pero sí, por favor, hazlo. Seguro que Harley se enfadará, pero todos nos quedaremos más tranquilos, incluso ella porque, si te digo la verdad, no creo que quiera estar sola.

—No te preocupes por eso. No se enterará. Me inventaré una reunión con alguno de los expositores galos, y listo. Me tranquiliza que estés de acuerdo, saber que no es una de mis paranoias persecutorias atacando de nuevo… Harley es fuerte y todo eso, pero esta mañana la ví muy mal…

Él también la había visto muy mal y estaba preocupado, pero no deseaba añadir más leña al fuego.

—Se recuperará —la tranquilizó—, pero es mejor que estemos pendientes de ella estos días. Gracias, Jana. Me has quitado un peso de encima. —Sonrió—. Pero aún no me has dicho si me perdonas…

—Te perdono… Pero la próxima vez te pondré una zancadilla si vuelves a intentarlo, ¿vale? Y ahora vuelvo dentro, que ya hay gente esperando en la caja.

Jana había sonreído y eso quería decir que las cosas volvían a estar como siempre entre los dos.

—Gracias… Y sí, vale —dijo él, complacido—. Nos vemos esta noche.

Hugo había ido todo el viaje hablando por los codos. La escuela de dibujo a la que asistía desde hacía unos meses había organizado un festival dedicado al cómic aquel sábado y uno de sus bocetos había ganado el tercer premio. Estaba exultante, haciendo planes sobre qué personajes escogería para sus próximos dibujos y comentando sobre los nuevos amigos que había hecho en el festival. Brandon disfrutaba del momento como un buen padre orgulloso de su retoño. Había permitido que el niño añadiera otra actividad a su cargada agenda escolar tomando clases de dibujo, pero era consciente de que Hugo pasaba por un pésimo momento. Le estaba costando mucho recuperarse del duro golpe que había supuesto la pérdida de sus padres e iba mal en los estudios. Pero al igual que él, Hugo vivía dibujando y Brandon había pensado que quizás aprender más sobre algo que le encantaba hacer, lo ayudaría a superar el mal trago. Y así había sido. La alegría que su hijo despedía por los cuatro costados era una prueba fehaciente. Algo que hoy agradecía especialmente, ya que tenía que hablar con él de un tema importante.

—¡Hola, hola, Sigfried! Dejo las cosas en mi cuarto y ya podemos irnos, papi. ¡Estoy listo! —exclamó el pequeño que pasó frente al mayordomo a toda velocidad cuando él les abrió la puerta.

—Hola, Hugo, qué alegre se te ve… Buenas tardes, señor.

Brandon se quitó la chaqueta.

—Buenas tardes, Sigfried. ¿Ha llegado mi madre? —preguntó al tiempo que le entregaba la prenda.

—Su madre no vendrá. Ha llamado para avisar que este fin de semana estará en el campo. Por lo visto, el señor Baxter ha regresado de su viaje antes de lo previsto. Me ha dicho que intentó llamarle a usted también, pero su móvil no estaba conectado. Le ha dejado un mensaje de voz.

En tal caso, él tendría la casa a su entera disposición para pasar el mayor tiempo posible con Harley… Si conseguía resolver el asunto pendiente que tenía con Hugo.

—Muy bien. Luego la llamaré. Gracias.

Brandon fue a la habitación de su hijo. Lo encontró buscando algo en su armario del modo que lo hacían los niños; desordenándolo todo.

—Si me dices lo que buscas, acabaremos antes y no hará falta dedicar una hora a volver a poner las cosas en su sitio. ¿Te has fijado en el desastre que estás organizando, peque?

Él soltó una de sus risitas pícaras.

—Sí, menudo lío… Busco mi disfraz de *Spiderman*, lo había dejado aquí…

—¿Te refieres a ese que no te quitas ni para dormir?

—Es que me gusta taaanto… ¿Dónde está, lo has visto?

Brandon lo tomó de la mano y suavemente tiró de él, alejándolo del armario.

—Para empezar, no lo habías dejado "aquí", sino en el suelo, donde lo dejas todo… Y para seguir, sí lo he visto; «alguien» que creo que conoces, un tipo musculoso que tiene muchos tatuajes y también adora disfrazarse, aunque no concretamente de Hombre-Araña, lo recogió del suelo y como olía fatal, pero que muy, muy, muy mal, lo puso a lavar…

El niño había pasado de las risas a la desolación en un santiamén.

—Ay, nooo… ¿Y ahora qué me pongo?

Brandon se echó a reír. No podía evitarlo. El histrionismo de su hijo le llegaba al alma.

—Pues no sé, colega, ¿alguno de los conjuntitos preciosos que te compra tu abuela?

—¡No te rías! ¡Yo quería ponerme mi disfraz!

—Vaaale. Ve a ver si ya está seco. —No había acabado de decirlo, que Hugo corría escaleras abajo, por lo que Brandon alzó el tono de voz—: ¡Pero no toques nada, pídeselo a Sigfried!

Ya se imaginaba a Hugo desparramando las prendas limpias de la sala de lavado, igual que había hecho con las de su armario.

Mientras el niño estaba en la planta baja, Brandon aprovechó para volver a ordenar su ropa. De paso, también pensó en cómo plantear el asunto del que quería hablar con él. Se sentía raro ante la idea de tener que hablar de su vida privada y encima, hacerlo con un niño. Pero ese niño era su hijo y quería que Hugo supiera que contaba con él para todo, que siempre lo haría.

A la carrera, como se había marchado, Hugo regresó feliz con su disfraz flameando como si fuera una bandera.

—¡Menos mal que ya lo habían lavado! ¡Enseguida me lo pongo y nos vamos! ¡No tardo nada!

—Primero lávate bien las manos y la cara, Hugo, que hay más pintura en ti que en tus dibujos.

—¡Sí, señor!

—Y mientras tú haces todo eso, vamos a hablar un rato —propuso Brandon. Cerró las puertas del armario y siguió al pequeño dentro del baño.

Pero cuando llegó junto a él, Hugo estaba de pie en mitad del baño con su disfraz en una mano y una expresión compungida en su rostro.

—Ya sé que no te gusta que deje las cosas tiradas… Pero se me olvida, papi —le dijo poniendo morritos.

En su mente infantil, Hugo continuaba asociando que «hablar con él» era sinónimo de llamarlo al orden por algo que no hacía bien. Se preguntó el porqué de esa asociación. Le partía el alma que se sintiera culpable cuando no hacía otra cosa más que traer luz a su vida. Se moría por abrazarlo fuerte pero, en un intento de restarle importancia al tema, permaneció recostado contra el marco de la puerta.

—Ya, y como en eso también te pareces a mí, se te seguirá olvidando tres o cuatro años más. No pasa nada, peque. Luego lo recoges y ya está. Eso sí, intenta ordenarlo antes de que lo vea tu abuela porque a ella, definitivamente, no le da igual y no te librarás del rapapolvo. ¿Entendido?

En el rostro del niño volvió a brillar una sonrisa.

—¡Entendido!

Brandon se quedó mirando cómo su pequeño se aseaba, salpicando de agua y jabón todo lo que estaba en un radio de un metro a su alrededor, mientras decidía cuál era la mejor manera de abordar el asunto que se traía entre manos. Tenían que irse y ya no podía demorarlo más.

—Mmm… Habrás notado que Harley viene muy a menudo —empezó a decir.

Le resultó irónico darse cuenta de que para estar hablando con un niño se sentía de todo menos relajado.

—Claro, es tu novia... ¡Chico con suerte! —repuso Hugo, riendo. Y siguió estirando una de las piernas del disfraz que se había arrugado alrededor de su tobillo.

Brandon bajó la cabeza. La primera frase había conseguido que se pusiera rojo y lo sabía porque le ardían las mejillas. La segunda le había provocado una mezcla de alivio y orgullo, porque sí, en efecto, era un chico con suerte y tenía ganas de gritarlo a los cuatro vientos. La cuestión era que había empezado a hablar del tema, su hijo había vuelto a sorprenderlo dándole una respuesta con la que no había contado, y ahora no sabía cómo seguir.

—Muy bien… Verás, a veces nos quedamos trabajando hasta tarde después de que tú te vayas a dormir y me preocupa un poco que se vaya sola a casa a esas horas, ¿sabes? Así que había pensado preparar una de las habitaciones para que esos días que nos retrasamos con el trabajo, pase la noche aquí… ¿Qué te parece, Hugo?

El pequeño continuó poniéndose el disfraz y se tomó su tiempo para responder. Estaba pensativo, inusualmente calmado, y en su rostro había una expresión extraña que Brandon no logró descifrar. No sabía qué pensar.

—¿Es tu novia y no quiere dormir contigo? —dijo, finalmente. Su rostro se llenó de picardía—. ¡Ya lo sé... Es porque roncas!

El alma volvió al cuerpo del tatuador, que soltó una sonora carcajada.

—¡Qué dices! Yo no ronco, chaval.

—Sí, roncas… Los hombres roncamos, papi.

¿Y en qué momento su pequeño se había convertido en un «hombre»? Qué crío más genial.

—Otros hombres puede, los Baxter no. Soy un Baxter, tú eres un Baxter, ¡y en esta familia no ronca ni Dios!

Padre e hijo se rieron a gusto. Pero entonces, Brandon notó que Hugo volvía a quedarse pensativo.

—¿Qué pasa, peque?

El niño se encogió de hombros, al fin alzó la vista y lo miró brevemente.

—Yo no soy un Baxter... Mi apellido es Thorn, como el de mi... otro papá.

Brandon sintió un vacío enorme en el estómago. Intentaba resolver un asunto privado y los nervios del momento lo habían llevado a hacer una broma estúpida que había puesto sobre la palestra otro asunto mucho más delicado. Había reclamado la paternidad de Hugo ante las autoridades neozelandesas, se trataba de un mero trámite burocrático ya que la documentación que probaba el parentesco había sido emitida en Nueva Zelanda poco después de su nacimiento. Cuando la obtuviera, los abogados harían los trámites oportunos en el Reino Unido para inscribir a Hugo como hijo suyo. Y sería entonces, cuando él se convirtiera legalmente en su heredero, cuando llegaría el momento de hablar del tema ya que sería necesario emitir nuevos documentos para el niño que reflejaran su nueva filiación. Ese momento acababa de adelantarse a «ahora mismo». Con todo lo que ello implicaba; de cara al público, Hugo conservaba aún su estatus de ahijado.

A ver cómo te las arreglas ahora.

—Claro que eres un Baxter, Hugo. Eres mi hijo, llevas mis genes aunque tu apellido sea Thorn. Por lo tanto, no roncas —bromeó.

El niño asintió varias veces con la cabeza pero no dijo nada. Brandon respiró hondo.

—Además, en cuanto lleguen unos papeles que hemos pedido a Nueva Zelanda, te inscribiremos aquí como hijo mío y entonces serás un Baxter en toda regla. Podrás ser Hugo Baxter, si quieres. O Hugo Baxter Thorn... O seguir siendo Hugo Thorn, sin más... ¿Y sabes lo mejor? No tienes que decidirlo ahora. Cuando seas mayor de edad, si te apetece, te cambias el apellido.

—¿Sí? ¿Voy a poder llamarme igual que tú?

El rostro de su hijo se había transformado por completo y Brandon sintió que la tensión de su cuerpo se evaporaba, dejándolo blandito como un flan.

—Claro, si quieres…

—Vale. Me lo voy a pensar —repuso Hugo. A pesar de sus palabras propias de un adulto, la sonrisa se le tragaba la cara y le daba aquel aire travieso que tanto enamoraba a su padre.

—Muy bien —convino Brandon—. Ya me dirás lo que decides.

—¿Y entonces, si no roncas, por qué Harley no quiere dormir contigo? —continuó el niño, como si tal cosa.

«Qué bien. De un asunto espinoso a otro asunto espinoso sin darme tiempo a respirar», pensó Brandon.

—A ver, Hugo… Que sea mi novia, no implica que tenga que dormir conmigo. Son dos cosas distintas. No vivimos juntos ni estamos casados. Ella tiene su casa, y tú y yo tenemos la nuestra. ¿Está claro hasta aquí?

—¡Clarísimo! —exclamó el niño, lanzando un suspiro de alivio cuando al fin consiguió ponerse las mangas y calzarse el disfraz.

—Te voy a decir algo, pero no se lo puedes contar a nadie. Nadie, nadie, ¿vale, Hugo?

El niño miró a Brandon con total interés, dejó de ocuparse del disfraz, y asintió con la cabeza dos veces.

—Harley tiene pesadillas. Está en tratamiento pero todavía no se ha curado del todo. Como te imaginarás, no debe ser nada agradable despertarse gritando en mitad de la noche y que los que están contigo se lleven un susto de muerte, por eso ella siempre se marcha a su casa… Aunque sea tardísimo. Y no sé si funcionará esta idea de prepararle una habitación aquí… Igual nos da las gracias y no la usa nunca, quién sabe… Pero tal vez funcione, ¿no? ¿Qué te parece?

—¿Tiene pesadillas? Pobre Harley…

—Que no se te escape, ¿eh, peque?, que me dejas sin novia —bromeó él. Aunque, en el fondo, no era tal broma.

—Nooo…. ¡Soy una tumba!

—Genial. Entonces, ¿qué? ¿Me ayudas a elegir una habitación para ella?

—¡Sí, sí, sí…! Y también podríamos adornarla, como hizo Fay con la mía, ¿no? —De pronto, el niño se quedó dudando unos segundos. Después se echó a reír—. Pero, mejor sin tantos cojines… ¡Son un montón… Nunca sé dónde ponerlos!

«¿Así de fácil? ¡Te adoro, Hugo!», pensó el tatuador que se incorporó del marco donde había estado apoyado y chocó los cinco con él.

—Hecho, colega. Y ahora, vámonos a casa de Harley y Jana, que tenemos que echar una mano con la cena…

—Sí, sí, venga…. ¡Vámonooos! —repuso, pasando como una exhalación frente a su padre con su disfraz de *Spiderman*… Y descalzo.

Brandon aún continuaba en el mismo sitio, tronchándose de risa a cuenta de las reacciones supersónicas del pequeño, cuando oyó que él le anunciaba alegremente a Sigfried que aquella noche no cenaría allí porque una pizza le estaba esperando en casa de Harley.

ENTRE-HISTORIAS 7

Sábado, 9 de octubre de 2010.
Piso de Harley y Jana, por la tarde.
Londres.

La razón de que Brandon encontrara a Declan en la *boutique* no era la que él suponía. Jana le había dicho que cerraría antes para poder comprar las cosas para la cena y él se había ofrecido a acompañarla. Sin dobles intenciones ni malos entendidos. Pura y simple cortesía. La mujer daría de comer y de beber a cuatro adultos y a un niño aquella noche, qué menos que ayudarle a cargar las bolsas de la compra.

Pero lo que a priori había creído que sería un trámite rápido, les había llevado casi dos horas. Jana hablaba con todo el mundo, hacía mil preguntas a los comerciantes del mercado, catando gustosa los trocitos que ellos le ofrecían a probar. Se notaba que disfrutaba del momento. Algo que Declan, que siempre la había tenido por ese tipo de personas a quienes solo les interesaba su trabajo, había encontrado realmente sorprendente. Una sorpresa más a la más sorprendente de todas; que le gustaba cocinar y había organizado una cena en su casa. En realidad, Declan cayó en la cuenta de que esa no había sido la más sorprendente, sino que lo hubiera invitado a él a la cena. Pero como seguía sin entenderlo del todo, prefería no pensar en ello.

Probablemente, Jana lo llamaría «cavernícola» si se enteraba y quizás se lo contara, por pincharla, que era algo que le encantaba, pero ella no daba el tipo de «mujer de su casa» para nada. Le costaba imaginársela con un delantal de cocina. ¿Se habría diseñado uno de estilo *grunge* para que hiciera juego con el resto de su indumentaria? La risa salió sola en cuanto la imagen apareció en su mente.

Pero como solía suceder cuando estaban juntos, fue ella quién lo pinchó primero.

—Sí, yo estaba pensando lo mismo —dijo ella en respuesta a su carcajada, mirándolo por encima del hombro mientras abría la puerta del piso—. Caminando detrás de mí cargado de bolsas pareces el chófer de Julia Roberts en *Pretty Woman*.

—Ya. Solo que en vez de zapatos de *Jimmy Choo* y trajes de *Channel*, llevo la lista de la compra, incluyendo dos pollos de corral y una mortadela boloñesa de kilo y medio —La oyó reír y eso lo animó a soltar otra pulla—. Pues… Tú no te pareces nada a Julia Roberts… Te faltan como diez centímetros, ¿no?

Ella dejó las llaves en el pequeño mueble de la entrada y entró en la casa encendiendo luces.

—Guau… ¡La has visto! Y yo que pensaba que me preguntarías de qué estaba hablando. ¿Te gustan las pelis románticas? Qué sorpresa.

Dejó el abrigo y el bolso en el sofá y a continuación, se quitó las gafas y las puso sobre la mesa pequeña que había frente a los sillones. Se dio la vuelta para coger algunas de las bolsas que él llevaba.

—Dame —le dijo—, que te ayudo a llevarlas a la cocina.

Pero Declan permaneció inmóvil. Ella alzó la vista.

—¿Holaaa…? Te hablo a ti, ¿me das alguna bolsa?

Él se quedó mirándola con el ceño fruncido y al fin dijo en alto lo que estaba pensando.

—¿Por qué vives con esas gafas puestas, se puede saber? Tienes unos ojos alucinantes.

Ella se echó a reír.

—Chico, menudas salidas tienes… No sé si darte las gracias o soltarte un «¿y a ti qué te importa?»… Venga, dame algunas bolsas y vamos a la cocina, que como no me ponga con esto ya, cenaremos a medianoche.

Después de repartir la carga, los dos pusieron rumbo a la cocina. Declan había estado allí una vez antes, el día que Harley y Jana se habían trasladado desde el hotel donde se alojaban. Él se había ocupado de llevarlas y apenas se había quedado unos minutos. El piso estaba bien conservado, pero no conjuntaba con la personalidad de sus actuales ocupantes. El mobiliario era de colores claros y estilo muy clásico, y las cortinas que decoraban los dos grandes ventanales del salón comedor tenían demasiados encajes. El estilo de la cocina era aún más clásico con los muebles de color blanco con molduras y tiradores de concha, y las vitrinas para la vajilla antigua. Lo que más destacaba allí era la mujer del pelo a dos colores, rosa y rojo, que iba guardando en su sitio los artículos que él sacaba de las bolsas.

—Prefiero las de acción, pero me he tragado mi buena ración de *romanticonadas*, como cualquier tío de este planeta. Y ahora dime, ¿por qué no mandas a la mierda esa colección de gafas molonas[4] que tienes? No te hacen falta, Jana. Te lo digo en serio.

Rara vez la había visto sin ellas y cuando lo había hecho, habían sido segundos, el tiempo que demoraba en limpiar los cristales y volver a ponérselas. Ni siquiera se las quitaba cuando estaba en la *boutique*. Era la primera vez que podía verle los ojos

---

4 Viene de «molar» (coloq.); gustar, resultar agradable o estupendo.

el tiempo suficiente para apreciar su inmensa belleza. Tenían forma almendrada y largas pestañas, aunque quizás esto último fuera un efecto del maquillaje. Pero la intensidad que desprendían y su color achocolatado eran cien por cien naturales. Resultaban impactantes.

—Sí que me hacen falta. Parecen de sol, pero son de ver. Guárdame el secreto —admitió riendo.

Él la miró dudoso. Sin embargo, la sonrisa que brillaba en su rostro traicionaba sus intenciones.

—¿Eres medio cegata? Pues espero que veas lo suficiente para distinguir lo que echas en la cazuela porque mañana tengo que trabajar.

Jana sacudió la cabeza, risueña. Sabía que aquella sonrisa ladina escondía la enésima pulla de la tarde.

—Tranquilo, que de cerca veo bien… Las llevo, principalmente, porque tengo hipersensibilidad a la luz… —sonrió coqueta—. Y porque, como bien dices, son muy molonas. ¿Trabajas mañana? Es domingo. Pensé que yo era la única pobrecita que no tiene festivos…

—¿Y por qué no los tienes?

—Porque la mayoría de mis clientes trabajan o estudian de lunes a viernes y aprovechan el fin de semana para ir de compras. Si no abro la tienda, se van a gastar su dinero a otro sitio. ¿Cuál es tu excusa?

—Que tengo un empleado idiota. Confundió gentileza con coqueteo y ayer le tiró los tejos a la encargada de las relaciones públicas de uno de mis clientes más importantes. Hasta que consiga a alguien que lo sustituya, tendré que ocuparme personalmente.

—Ya. Confundir el tocino con la velocidad es algo muy masculino, te diré…

—Bueno… Es que las señales no suelen estar demasiado claras que digamos. Lo llamé idiota no porque las confundiera, sino porque sabe de sobra que en el trabajo siempre debe tomarlas como si fueran señales de gentileza. Aunque, en realidad, no sean de esa clase.

—Discrepo. Siempre he sido meridianamente clara con mis intenciones y cada dos por tres acabo teniendo que pararle los pies al imbécil de turno que decide interpretarlas como le da la gana. Por no mencionar… —Jana calló de repente. Exhaló un suspiro y se dio la vuelta. Empezó a prepararse para cocinar—. Bueno, a ver, ¿por dónde empiezo? Ah, sí, primero, las patatas…

«Mierda», pensó Declan, «no puedo creer que una broma acabe en esto». Fue hasta donde estaba ella. Se apoyó de espaldas contra la pila, a su lado.

—Mírame —le pidió.

Mirarlo sin la protección que le concedían sus gafas, y que él descubriera lo incómoda que se sentía era lo último que quería, ¿pero qué otra cosa podía hacer? Odiaba que Per siguiera apareciéndose de repente, metiéndose en mitad de sus días, como si el muy cabrón no estuviera muerto.

Jana le sostuvo la mirada, rogando que nada en su expresión delatara lo mal que se sentía.

—Eres meridianamente clara —aseguró él—. Lo sé porque llevo meses viéndote hacer contactos comerciales en las ferias. Lo que digo es que, por lo general, no son tan claras. Y en cuanto a tu ex… Era un enfermo, habría dado igual en qué idioma le hablaras. Estaba desquiciado y nada de lo que pasó fue culpa tuya. Nada, Jana, ¿estamos?

Ella hizo un movimiento tan ambiguo con la cabeza, que podía tomarse como un «sí» o como cualquier otra cosa. Se sentía totalmente fuera de lugar. No tenía la menor idea de por qué había salido ese tema, pero que lo hubiera hecho le había dejado un sabor muy amargo en la boca.

—¿Me sirves una tónica mientras pelo las patatas? —dijo en un intento de romper aquel incómodo silencio.

Él se puso manos a la obra de inmediato, decidido a echar un tupido velo sobre esos últimos segundos tan raros.

—Puedo hacer mucho más que eso —repuso—. Puedo servirte tu tónica y después ponerme a pelar patatas contigo. ¿Cómo lo ves?[5]

—¿Sin gafas? Pues no muy bien, la verdad —bromeó ella, siguiéndole el juego. Observó que él sonreía mientras le preparaba su bebida, para después volver a dejarlo todo en su sitio con movimientos enérgicos y precisos.

—¿No decías que de cerca veías bien? —Declan se detuvo frente a Jana y le extendió el vaso, del que ella bebió un buen sorbo.

—¿Y tú te crees todo lo que te digo? ¡Qué ingenuo!

Y coronó su frase con un guiño que, para alivio de Declan, le confirmó que el mal momento había pasado.

Hugo estaba tan excitado que no había querido subir en el ascensor. Cuando Brandon finalmente llegó a la segunda planta, el pequeño ya estaba delante de la puerta y en cuanto lo vio, se pegó al timbre como si no hubiera un mañana.

—Hugo, deja de tocar el timbre, por favor.

—Es por si está muy ocupada y no nos oye… —se justificó el niño, poniendo cara traviesa—. ¡Harley, abre, que somos nosotros!

Brandon despeinó cariñosamente la cabeza de su hijo. Le encantaban sus ocurrencias, la espontaneidad con que se mostraba siempre, incluso en sus momentos tristes que, afortunadamente, ya eran agua pasada.

---

5 Expresión coloquial equivalente a «¿qué te parece» o «¿qué opinas al respecto?».

—Si no se había enterado a la primera, ahora lo tendrá clarísimo —bromeó Brandon—. Creo que se lo hemos anunciado a todo el edificio.

Sin embargo, no fue Harley quien los fue a recibir, sino Declan. Otra vez.

Pero no un Declan cualquiera, uno con una pinta muy inusual.

Brandon recorrió la larga figura de su amigo sin ocultar que estaba a punto de soltar una carcajada.

—No sabía que se tratara de una fiesta de disfraces… Lo digo, porque no hay ninguna otra circunstancia en la que yo esperaría verte con un delantal de cocina —fue el saludo del tatuador.

—¡Hola, Declan, qué bien, tú también estás disfrazado, así no soy el único! —exclamó Hugo, que entró como una ráfaga y después de abrazar las piernas del guardaespaldas, siguió hacia el interior de la casa.

—Si fuera una fiesta de disfraces, tú estarías jodido, amigo mío. ¿Dónde has dejado tu traje de vampiro?

—A diferencia de ti, yo voy disfrazado la mayor parte del año. Hoy, por una vez, me apetecía algo distinto.

«Y tan distinto», pensó el guardaespaldas. Hoy vestía unos pantalones grises poblados de bolsillos y cremalleras, una camiseta negra con la imagen de un cementerio antiguo estampado en rojo y blanco en el pecho, botas militares y una cazadora de estilo aviador. Las únicas reminiscencias a B.B.Cox, el tatuador, eran que llevaba el cabello recogido en una coleta baja y una línea de eye-liner perfilando sus ojos.

—Pasa, pasa, no te quedes ahí… El disfraz no era obligatorio, así que… —bromeó Declan, haciéndose a un lado.

—¿Las chicas están en la cocina? —preguntó Brandon. Oía solo dos voces; la de su hijo hablando con Jana.

Declan le señaló el perchero para que dejara su abrigo mientras le explicaba la situación.

—Harley llega con retraso. Por lo visto, su cliente era más sensible al dolor de lo que decía y la cosa ha ido más lenta de lo esperado... Pero no creo que tarde mucho ya.

Brandon, que seguía a Declan hacia la cocina, se detuvo un momento.

—¿Cómo que se retrasa? La llamé hace media hora para ver si quería que fuera a recogerla y me dijo que ya venía de camino.

Declan le quitó importancia con un gesto.

—Con lo que se enrolla tu chica, no me extrañaría nada que le estuviera dando palique a alguno de sus muchísimos conocidos londinenses.

Brandon asintió con la cabeza. Probablemente, fueran tonterías suyas. O quizás su constante necesidad de verla, que conseguía que un minuto le pareciera un siglo. Declan tenía razón, Harley se habría encontrado con alguien por el camino y estaría de cháchara.

Lo cual, bien visto, le brindaba la ocasión de concentrarse en otro tema.

—Así que... ¿Jana y tú habéis estado solos todo este tiempo? —Vio que Declan ponía los ojos en blanco y le encantó—. Qué interesante.

Los aperitivos estaban servidos y Harley seguía sin llegar.

La ansiedad de Brandon había alcanzado un punto en el que empezaba a costarle ocultarla. Hugo no paraba de hablar, contándoles a Jana y a Declan lo bien que lo había pasado en el festival de arte que habían organizado en su escuela de dibujo y alardeando de su merecido tercer puesto en los premios. Declan atendía con atención el relato del pequeño y esto era algo que a Brandon no le extrañaba. Desde el primer momento habían congeniado muy bien. Era como si el lado infantil que todo hombre conservaba en un rincón de su corazón, resurgiera con fuerza cuando estaba junto a Hugo. Se notaba que lo pasaba en grande con el pequeño. Lo más probable era que no hubiera caído en la cuenta de que Harley llevaba un retraso de cerca de una hora. Lo que no le cuadraba del todo era que Jana, siempre aprensiva con este tipo de situaciones, no pareciera afectada lo más mínimo. Atendía la conversación, interviniendo de tanto en tanto, sin rastro de preocupación o ansiedad. ¿Cómo era eso posible? En circunstancias normales, estaría llamando a los hospitales, preocupada por su amiga. Que no lo estuviera haciendo solo podía significar una cosa; que el retraso no era inesperado para ella. Formaba parte del plan.

La cuestión era cuál era ese plan. ¿Qué se traían las amigas entre manos?

Brandon no tardó en averiguar que, en efecto, el retraso de Harley estaba previsto. Diez minutos más tarde, se oyó la cerradura y a continuación su voz que decía:

—Lo siento, lo siento, lo siento… Se me ha hecho tardísimo. ¿Estáis famélicos ya o puedo entrar sin riesgo de que me deis un bocado?

—Más o menos. Estábamos decidiendo a quién nos íbamos a comer primero —comentó Declan. Le hizo un guiño a Jana quien enseguida respondió:

—No le hagas caso a este patán, tenemos los aperitivos en la mesa y al pollo todavía le quedan unos minutos.

—Pero todavía no hay rastros de mi pizza —señaló oportunamente Hugo quien hasta el momento había visto desfilar bandejas con canapés y empanadillas, pero nada que tuviera tomate y mozzarella—. «Ahí lo dejo», como dice mi papi.

Las carcajadas recibieron a Harley que, en aquel momento, entró en el salón y no lo hizo sola.

—Aquí tenéis al responsable de mi retraso. Señoras y señores, con todos ustedes, Laurens Vogels —dijo ella señalando al cincuentón amigo de todos los allí presentes—. ¡Y ahora decidme que este tipo no ha hecho un pacto con el diablo! Miradlo bien… ¡Está igual!

El paso del tiempo trataba muy bien al holandés. La misma abundante cabellera poblada de canas, la misma barba frondosa que no tenía un solo pelo fuera de su sitio y el mismo estilo elegante pero *chic* que lo convertía en alguien capaz de acaparar la atención antes siquiera de haber pronunciado una palabra.

—Lo tengo, por supuesto que sí, pero los detalles son confidenciales y no pienso compartirlos con vosotros… —concedió él mientras empezaba a repartir los abrazos de rigor entre sus amigos.

—No puedo creer que hayamos estado hablando esta tarde y no me dijeras nada —le recriminó Declan, pero enseguida se levantó de la mesa y se fundió en un abrazo con su amigo.

—Compraron mi silencio, lo siento —se excusó el holandés, evidentemente feliz de volver a verlos.

Harley reparó en Brandon. Él contemplaba la escena con una sonrisa complacida, pero todavía no había dicho una sola palabra y ella, que lo conocía muy bien, sabía el porqué.

—Yo también sé sorprender, BB. Y viendo lo bien que se te da a ti dejarme alucinada, he tenido que esmerarme en condiciones. No te lo esperabas, ¿eh? —Su voz había rezumado ternura, no la sensualidad habitual. Todos lo notaron, pero para Lau la impresión fue mayor. No pudo evitar pensar en cuánto había cambiado la relación de la pareja en apenas unos pocos meses.

Brandon le tiró un beso desde el otro lado de la mesa a cuenta de los que se moría por darle sin público, pero continuó en silencio. Lau ya estaba frente a él y los amigos se abrazaron.

—Me tienes muy olvidado —fue todo lo que murmuró el holandés.

Era cierto. Seguían en contacto, pero no tanto como solían hacerlo antes de que Harley se instalara en Londres. Su vida había cambiado y, a pesar de estar de año sabático y de que sus actividades se habían reducido drásticamente, la comunicación con él no había aumentado en relación al tiempo disponible.

—Lo siento, amigo mío. Rectificaré, te lo prometo. Estás genial, Lau… Me alegra muchísimo volver a verte.

Él se limitó a restarle importancia con un gesto y se centró en el más pequeño de la familia. Se agachó a su lado y lo miró afectuoso.

—¿Y tú? Yo creo que te deben regar por las noches. Cada día estás más alto… Fíjate qué espalda —dijo dando dos golpecitos a la espalda del niño—, si ya te estás pareciendo a tu padre…

—Claro, soy su hijo —repuso el pequeño, todo orgulloso, que enseguida fue a demostrarle su cariño, echándole los brazos alrededor del cuello.

Declan no desaprovechó la ocasión.

—Lo cual quiere decir que serás un retaco, chaval.

Brandon miró a su amigo con ironía.

—Disculpa, ¿a un metro ochenta y cinco le llamas «retaco»?

—Así se ven las cosas desde mis casi dos metros…

—No exageres; metro noventa y siete, si no recuerdo mal —precisó Brandon.

—¿Necesitáis una regla? —preguntó el holandés con sorna—. *Bah*, vosotros sí que seguís igual, compitiendo a ver quién es el mejor… De acuerdo, mientras vosotros seguís con vuestras mediciones, yo voy a abrazar a una personita que adoro.

Jana lo recibió con una sonrisa feliz. Aquel hombre era más que un amigo, y tanto Harley como ella le debían muchísimo.

—Qué bien se te ve, querida Jana.

—Gracias… Londres me está sentando muy bien… ¡Y tú estás fantástico, como siempre! ¡Qué alegría volver a verte, Lau!

—¿Londres? —Fue Brandon quien hizo la pregunta y le encantó ver como Declan volvía a poner los ojos en blanco.

—Sí, Brandon; «Londres»… Lo creas o no esta ciudad tiene *cosas* muy, muy interesantes… —repuso Jana, subrayando que el término se refería más bien a los hombres londinenses.

—¿Ah, sí? —No pudo evitar decir Declan—. En ese caso, gracias por la parte que me toca —añadió con picardía.

Jana lo miró con fingido desdén.

—No se por qué lo dices… No me refería a ti… Además, ¿no eres irlandés?

Brandon ya se estaba riendo ante el contraataque de Jana cuando Harley intervino.

—¿Este, irlandés? ¿Con ese inglés barriobajero que ni siquiera yo entiendo a la primera? —repuso Harley, divertida—. ¡Si Declan es irlandés, yo soy Marilyn Manson!

La cena había consistido de tres platos; pollo en pepitoria servido con una guarnición de patatas duquesa y acompañado de una ensalada Waldorf, y una pizza margarita que Hugo había devorado hasta la última porción. Volver a reunirse después de tanto tiempo había sido un momento que los amigos habían disfrutado a fondo, compartiendo novedades y risas. Hugo estaba tan excitado que Brandon no había querido estropear su alegría enviándolo a dormir cuando llegó su hora. De hecho, eran las once de la noche cuando Jana trajo el postre y el niño se puso a aplaudir calurosamente a aquel *trifle*[6] coronado por trocitos de fresas, moras y frambuesas.

—Ay, qué buena cocinera eres, Jana… ¡Tiene que estar buenísimo! ¡Ñam! —celebró el pequeño.

---

6 Trifle: postre inglés que combina bizcocho, licor, crema, fruta, mermelada de frutas, gelatina y nata, generalmente, dispuesto en capas.

—Gracias, cariño, pero es comprado. Si lo preparaba yo, ibais a tener que esperar a mañana para tomarlo como desayuno… Tiene *whisky*, pero me aseguraron que solo le han puesto un poquito.

Cuando Hugo se percató de que aquella aclaración iba dirigida a su padre, su mirada cambió de dirección, temiendo estar a punto de quedarse sin postre.

—Lo que no mata, engorda, colega —intervino Declan, apoyando la causa del pequeño.

—Menudo consuelo —repuso Brandon. Su hijo lo miraba con cara de pena y finalmente, claudicó—: Bueno, supongo que nadie me acusará de inducirlo al alcoholismo por un trozo de *trifle*, ¿no?

—¡Biennnnnnnn! —exclamó el niño, que se puso a soltar puñetazos al aire como si se estuviera enfrentando a un adversario imaginario, provocando las risas de todos.

Harley esperó a que las risas cesaran y Jana volviera a sentarse, ya que tenía algo que anunciar.

Había ido a la galería de Sylvia Swynton siguiendo un impulso que le decía que el próximo paso a dar era poner la palabra «fin» a su historia con James Rowley, deshaciéndose de una vez por todas del piso en el que habían vivido. Y exactamente de la misma forma había surgido la certeza de que lo que tocaba hacer a continuación era que Jana y ella se buscaran un nuevo hogar. *Su lugar* en Londres. Fay Cox había sido muy amable al cederles una de las viviendas que normalmente alquilaba por cortos periodos de tiempo para que ellas no tuvieran que preocuparse del tema hasta que decidieran acerca de su futuro, pero el plan nunca había sido permanecer allí y dado que la mujer se había negado en redondo a cobrarles una mensualidad, había llegado la hora de mudarse.

Los lazos que la unían a Jana se habían estrechado mucho los últimos meses y aquella mañana, al abrir los ojos al mundo tras una horrible pesadilla y encontrarla a su lado, a pesar de lo difícil que tenía que ser para ella revivir su propio horror, Harley había tenido más claro que nunca que Jana siempre formaría parte de su vida. Se había ganado ese lugar. Así que aquella cena, que tanto había sorprendido a todo el mundo, en realidad, todavía no había acabado de repartir sorpresas.

—Bueno, hemos charlado, nos hemos reído mucho, ahora sabéis por qué me encanta vivir con Jana —dijo regalándole a su socia una sonrisa pícara—. Habéis podido comprobar que cocinar se le da tan bien como diseñar ropa *grunge y* seguro que me envidiáis horrores, pero ahora me gustaría contaros algo. Algunos ya lo sabéis…

Dado que Lau no vivía en la ciudad, todos dieron por sentado que se refería a él. Harley no hizo más aclaraciones y mientras se dedicaba a rellenar las copas de sus invitados, continuó:

—Jana y yo llevamos tres meses viviendo en esta ciudad. Una ciudad a la que ella me ha seguido confiando en mi intuición, pero sin tener nada claro qué nos depararía el futuro. Nos quedamos un tiempo a prueba… —Sus ojos acariciaron amorosamente los de Brandon, pero no se detuvo a hacer aclaraciones y continuó—: Abrimos nuevamente nuestra *boutique,* pronto abriremos también nuestra tienda virtual, ¿no, Jana? —Ella asintió con una gran sonrisa—. Las cosas nos están yendo muy, muy bien y ahora hemos decidido dar un pasito más. La madre de Brandon ha sido muy amable dejándonos esta casa, pero es hora de que busquemos nuestro propio rincón en esta ciudad que hasta el momento nos ha tratado tan bien y eso es lo que celebramos esta noche; que hemos decidido ponernos a buscar nuestro propio rinconcito londinense, algo que para nosotras es un paso enooorme, ¿verdad, *cari*?

—Enorme, enorme —concedió su socia con los ojos iluminados por la ilusión—. Y nos pareció que la mejor forma de celebrar esta noticia era compartirla con vosotros…

—¡Exacto! —continuó Harley que elevó su copa—. Así que propongo un brindis por nuestro nuevo rinconcito londinense, que será fabuloso, estará bien ubicado y, por supuesto, siempre tendrá las puertas abiertas para recibir a nuestros amigos… ¡Chin-chin!

Todos se unieron al brindis y la conversación continuó con comentarios y risas durante unos instantes.

—¿Y qué es lo que estáis buscando? —preguntó Declan—. Ya sabéis que los alquileres son carísimos y varían mucho dependiendo de la zona.

—Bueno, habíamos pensado en un piso de dos dormitorios por Camden Town… —dijo Harley.

Jana asintió.

—Sí, de hecho, el fin de semana pasado estuve paseando por allí, y me fijé en uno con el cartel de una inmobiliaria. Estaban las ventanas abiertas porque había obreros trabajando, así que me asomé… Y era precioso, ideal para nosotras.

—¿Sabías que en esa zona aceptan órganos como forma de pago? —bromeó Declan.

—Qué va, no le hagáis caso. Las hay mucho más caras —intervino Brandon. Su intención era quitarle importancia, pero acabó sirviéndole otra broma en bandeja.

—¡Claro, en la tuya por menos de un corazón viable y un par de riñones no te dicen ni hola!

—Seguro que está dentro de nuestro presupuesto. Podemos quedar con la inmobiliaria para ir a verlo la semana que viene —propuso Harley.

—¿Nuestro presupuesto? Ay, qué cosas dices, Harley. Mi presupuesto actualmente se reduce a dos mil quinientas libras de las que también hay que comer y comprar género, y hasta que no cobre unas facturas que tengo pendientes, me temo que mi aportación será simbólica.

—¿Qué aportación, Jana? —dijo Harley. Su sonrisa denotó que estaba a punto de desvelarse otra sorpresa.

Ella la miró de reojo.

—¿Y cuál va a ser? Está claro que en Londres las cosas nos están yendo muy bien, pero la tienda virtual todavía no está funcionando y aunque sé que le tienes muchísima fe, no creo que esté lista hasta dentro de un par de semanas... Así que, lo dicho, mi aportación será simbólica. —Sonrió con picardía—. Eso sí, la decoración y los detalles que a ti y a mí nos gustan, correrán enteramente de mi cuenta.

La sonrisa de Harley destilaba luz a raudales y Brandon encontraba imposible apartar sus ojos de ella. Dejando a un lado el hecho de que tuviera la sonrisa más hermosa del mundo, la de ahora era muy especial. Era una mezcla de disfrute anticipado, alegría y el inmenso cariño que sentía por su amiga.

—¡Ah, qué alivio...! Ya sabes que eso me lo tomo con mucha calma porque nunca estoy en casa... Me alivia saber que te ocuparás de ponerla a nuestro gusto... Pero no tienes que preocuparte, no harán falta otro tipo de aportaciones. Tenemos el dinero suficiente para comprarnos un piso estupendo.

La expresión de Jana había empezado a adquirir seriedad y cuando escuchó el final de la frase, su barbilla temblaba perceptiblemente.

—¿A qué te refieres por comprar? ¿Y cómo es eso de que la casa será de las dos? Bueno, ya sé que la compartimos, es lo que hacemos, pero... —Las lágrimas rodaban por las mejillas de Jana, que continuó hablando haciendo caso omiso de ellas como si esperara que, de esta forma, el resto de los presentes no se darían cuenta de su nivel de emoción—. Yo no tengo suficiente dinero para comprar mi parte, Harley... Ni en sueños... Y sí, claro, podría pedir un crédito, pero... —La emoción se mezcló con la ilusión al comprender que no se le había ocurrido pensar en esa alternativa—. Claro, ¿por qué no? ¡Por supuesto que puedo pedir un crédito! ¡Qué tonta!

—No, corazón. Nada de créditos. ¡Felicidades, *cari*, pronto tendremos nuestra propia casa, nuestra de verdad!

Harley se puso de pie y fue al encuentro de Jana con la idea de celebrarlo a su estilo, con uno de aquellos bailes que solían improvisar cada vez que festejaban algo.

Pero Jana no estaba para bailes. Las lágrimas rodaban mejilla abajo sin contención y harta de intentar evitarlo, había cedido a la emoción, cubriéndose el rostro con las manos.

—Esta vez no te voy a pedir que te calmes —dijo Harley, agachada frente a su amiga—, porque yo misma he llorado lo mío cuando tomé esta decisión. Pero después de desahogarte, quiero que recuerdes que tú y yo nos merecemos lo mejor del mundo, que hemos pasado momentos muy duros y que hemos trabajado mucho y confiado mucho la una en la otra, y este es nuestro premio, ¿de acuerdo, cariño?

La emoción había hecho que los ojos de Jana estuvieran aún más sensibles a la luz. Veía todo borroso y la emoción, que seguía subiendo en oleadas, la hacía llorar acongojada, incapaz de parar. Quería hablar, darle las gracias por haber aparecido en su vida y haberle demostrado que una completa extraña podía convertirse en familia y cumplir con ese rol infinitamente mejor de lo que su familia de sangre jamás había hecho. Por seguir allí, demostrándoselo día tras día.

Sin embargo, las palabras se negaban a salir. Así que se abrazó a Harley, dando lugar a un momento emotivo que todos los presentes, incluido Hugo, presenciaron con tanto cariño como respeto.

Pero en ese grupo de gente que seguía en silencio la interacción entre las dos mujeres, había uno especialmente tocado por las circunstancias.

Presenciar la emoción de Jana había sacudido a Declan. Él, que solía mofarse de la emotividad femenina y había traído a su madre de cabeza por tomarse a broma los habituales llantos que habían llegado con la mediana edad, de pronto, se había sentido conmocionado por sus lágrimas.

Y, más inesperadamente todavía, había sentido una intensa necesidad de confortarla.

Entre-Historias 8

Sábado, 9 de octubre de 2010.
Piso de Harley y Jana, por la noche.
Londres.

A Jana le había costado recuperar la compostura. Se había levantado de la mesa y después de un rato adecentando su aspecto en el baño, había regresado al salón con las gafas puestas.

Harley y los invitados estaban hablando acerca de las mejores zonas para comprar un piso en la ciudad y Lau comentaba con bastante acierto que, por el estilo de vida que ambas llevaban, lo mejor era decantarse por algún piso en la zona donde trabajaban. Así que la primera decisión a tomar era si estaban conformes con continuar en el local donde estaban y, en tal caso, llegar a algún tipo de acuerdo con su propietario que les permitiera mantener las actuales condiciones durante el mayor tiempo posible.

—Sí, supongo que podríamos intentarlo —dijo Harley consultando a Jana con la mirada—. Aunque la especialista en este tema es ella, yo creo que estamos en una zona fabulosa. Además, me encanta eso de hacerle competencia a BB —añadió risueña—. De todas formas, aunque no pudiéramos blindar el contrato, no creo que sea tan complicado encontrar otro local por la zona… Vivir allí, ya es otra cuestión y la idea no me seduce demasiado… Yo creo que nos tomaremos un par de semanas para estudiar bien el tema.

Jana seguía la conversación con sumo interés mientras recorría la mesa rellenando las copas. La emoción se había calmado y ahora lo que sentía, principalmente, era alegría ante el mundo de posibilidades que se abría ante ellas. Que Harley se hubiera decidido a abrir la *boutique* en Londres, le había parecido desde el principio una apuesta que su socia hacía a futuro, aunque se tratara de una «prueba». Este nuevo paso que proponía, en su opinión, era toda una declaración de intenciones. Personalmente, deseaba tanto no tener que volver a empezar de cero en otro lugar, que la sola idea de proyectarse en el tiempo y verse en Londres, una ciudad que le encantaba, con un negocio floreciente y una casa propia, le parecía un sueño. Quizás, esta vez, fuera la vencida. Quién le habría dicho que algún día volvería a vivir en el país que la había visto nacer.

Había llegado junto a Declan y cuando fue a servirle, él cubrió su copa con la mano.

—¿En serio no quieres un poco más de este vino soberbio? Venga, hombre, que la noche es joven…

Él se limitó a indicarle con el dedo que se acercara. Ella frunció el ceño, dudosa, y al instante, esbozó una sonrisa.

—¿Secretitos ahora? No creo que los amigos aquí presentes, a quienes les gusta tanto meterse con nosotros, lo vayan a dejar pasar así como así, pero si insistes…

Jana se inclinó un poco, torció ligeramente el rostro, ofreciéndole su oído. Él, en cambio, permaneció en silencio. Le quitó las gafas y se las puso encima de la cabeza.

Notó que, aún enrojecidos por el llanto y casi sin maquillaje, seguían siendo los ojos más impactantes que recordaba haber visto jamás.

—No te hacen falta, ¿recuerdas? —le dijo

Durante un momento Declan y Jana se sostuvieron la mirada.

Él sonreía y era cierto que le encantaba pincharla, pero en esta ocasión no era esa la única razón; deseaba saber cómo estaba de verdad, sin filtros ni barreras protectoras. Ella, por su parte, se debatía entre darle las gracias por aquel nuevo cumplido o soltar una pulla, consciente de que otros cuatro pares de ojos estaban atentos a lo que sucedía.

Jana se incorporó sin hacer comentarios, pero no volvió a ponerse las gafas. Continuó rellenando las copas de vino mientras le respondía a su socia:

—Me parece perfecto, Harley. Así podemos planearlo bien, buscar nuestra casa juntas y disfrutar del momento, ahora que ha llegado.

—¡Genial! Ay, Jana, ¡y vamos a poder traer nuestras cosas de Ámsterdam! ¡Sueño con mis óleos! —dijo Harley, exhalando un suspiro.

—¡Ay, sí, y mis muebles, quiero mis muebles…! ¡Qué alegría! Ya ni me acordaba…

Lau esbozó una sonrisa cómplice.

—Pues yo sí que los recuerdo, los tengo ocupando sitio en mi almacén… —Les hizo un guiño a las amigas—. ¡Es broma! Me parece una idea fenomenal… Igual, con un poco de suerte, consigo que con la excusa de preparar las cosas para la mudanza, dediquéis algún tiempo a visitar a un viejo amigo que os quiere muchísimo…

Harley le hizo un guiño a Jana.

—¡Por supuesto que sí! Ver a los viejos amigos entra en nuestros planes, ¿verdad, Jana? Pero pensábamos que te ibas a encargar tú de prepararlos...

—¡La has cagado, colega! —festejó Declan—. Ahora te tocará lidiar con la mudanza...

—Tú no te alegres tanto, que también contábamos contigo —dijo Harley y miró a Brandon—. Y contigo, por supuesto. ¡Necesitamos chicos fuertes que nos ayuden con los muebles!

Brandon no pudo evitar sonreír al comprobar que, a pesar de que su hijo llevaba toda la velada insistiendo en que no tenía sueño, la última vez no hacía ni cinco minutos, su cuaderno acababa de caérsele de las manos.

Se levantó de la mesa procurando no hacer ruido y fue hasta el sillón donde el pequeño se había instalado con sus cosas de dibujo. Le quitó el lápiz que aún sostenía en una mano y, con mucho cuidado, hizo que se acostara. Lo cubrió bien con la manta que había sobre el respaldo.

Y un instante después de caer en la cuenta de que Hugo ya no estaba atento a lo que él hacía, Harley volvió a ocupar todos sus pensamientos. No había habido más que miradas y sonrisas entre ellos y el cuerpo le pedía acción a gritos. Hugo y su inocencia habían frustrado su primer intento de seguirla hasta la cocina con el pretexto de ayudarla a traer más bebidas. Pero ahora, él dormía...

—Qué velocidad. Ha sido un visto y no visto —bromeó Lau—. Quién pudiera volver a ser un niño para caer rendido como un tronco. Yo ya no lo consigo ni con somníferos. Duermo dos horas de un tirón, tres como mucho, y después, a dormitar a ratos...

Harley le hizo un guiño a Brandon y lo soltó de sopetón.

—Eso es porque no tienes suficiente sexo… Los polvos de última hora son los mejores, después duermes como un lirón…

—Claro, cómo no. ¿Qué otra cosa ibas a decir tú, Harley? —repuso Jana. Sonreía y había sonado bromista, pero en realidad se sentía incómoda. Siempre le incomodaban ese tipo de comentarios a los que su socia era tan aficionada.

Lau se limitó a sonreír a pesar de que a Harley no le faltaba razón. Desde que había roto con Ivo, el sexo se había vuelto muy esporádico. O, quizás, debería decir «desde que había admitido abiertamente frente a otro ser humano (ella misma, nada menos) que la razón de la ruptura era que su corazón pertenecía a Brandon». Le hacía feliz que todo fuera tan bien entre ellos, pero a nivel personal muchas cosas habían cambiado desde aquel día.

Brandon tenía sus propias razones para no desear prolongar aquella conversación, de modo que tampoco hizo comentarios.

—Disculpadme un momento —pidió. Sus ojos acariciaron a Harley antes de poner rumbo al baño.

Ella no tuvo ningún problema en entender el significado de su mirada. También llevaba toda la noche deseando que pudieran estar a solas un rato. Tan pronto él desapareció del salón, ella se puso de pie.

—Café para todos, ¿no? —propuso. Y se marchó sin esperar respuesta.

Los demás intercambiaron miradas divertidas. El guardaespaldas puso sus pensamientos en palabras.

—Ya empezaba a extrañarme tanto recato… Con eso de guardar las apariencias, debían estar a punto de explotar —dijo en un tono bajo para no molestar el sueño del pequeño.

—Y que lo digas —comentó Lau—. Están enamoradísimos, ¿no?

—Son de lo que no hay —intervino Jana—. En serio, no entiendo cómo pueden estar las veinticuatro horas del día pensando en lo mismo…

Declan no apartó sus ojos de Jana. La había oído comentarlo cuando estaban en alguna feria, Brandon y Harley desaparecían, y les tocaba esperarlos, pero era la primera vez que la escuchaba decirlo abiertamente. Casi no había bebido, así que el alcohol no podía ser la razón de que hablara con tanta libertad. Él entendía muy bien la clase de desesperación que Brandon sentía. Una libido voraz era mucho más corriente en los hombres de lo que Jana creía, especialmente si lo que tenían delante era una mujer igual de voraz. Por lo que, en resumidas cuentas, Jana acababa de servirle en bandeja otra ocasión de meterse con ella.

—Eso lo dices porque todavía eres una cría. El día que un tío te ponga como una moto lo entenderás…

Declan se relamió por dentro al notar que ella fruncía el ceño. Esta vez, el comentario le había escocido.

Pero el ceño arrugado de Jana se convirtió en un gesto divertido al decidir que no mordería el anzuelo. No le daría ese gusto.

—En fin… Tendré que esperar a ser mayor para poder hablar con conocimiento de causa —repuso. Y se quedó mirándolo tan tranquila, con una sonrisa de oreja a oreja.

Sus preciosos ojos color chocolate parecían reírse a carcajadas, festejando el triunfo por todo lo alto. Declan sacudió la cabeza.

—Vale, no ha colado. El tanto es tuyo —admitió mientras ella asentía enfáticamente.

Lau permaneció observándolos con sumo interés. De pronto, tuvo la impresión de que le faltaban algunas piezas del rompecabezas, ya que lo último que recordaba sobre Jana y Declan era que se toleraban tan poco que la mayoría de las veces que coincidían en un mismo lugar, no se dirigían la palabra.

Fue entonces cuando Jana se percató del interés de Lau y, decidida a evitar sus comentarios sobre el tema, se puso de pie.

—Bueno, como ya sabemos que mi socia no está preparando el café, lo haré yo. Enseguida vuelvo.

Declan la siguió con la mirada, pero cuando ella desapareció de su vista y su atención regresó a la mesa, comprendió lo que sucedía. Decidió que lo mejor era curarse en salud[7].

—Ni se te ocurra empezar con tus comecocos habituales —le advirtió a su amigo holandés—. Muchísimo menos, decirlos en voz alta. Yo no soy Brandon, ¿de acuerdo?

Lau mostró las manos en un gesto de rendición.

—Ni una palabra —aseguró.

Pero su sonrisa se ocupó de informarle a Declan que ya se había percatado de lo que se cocía entre ellos; Jana y él habían pasado de no poder verse ni en pintura a estar encantados de verse. Cuanto más, mejor.

Brandon no había cerrado la puerta del baño. Estaba apoyado junto al lavabo mirando hacia el pasillo y cuando la vio a aparecer, se incorporó. Sus ojos empezaron a desnudarla mucho antes de tenerla al alcance de la mano. Y cuando al fin la tuvo, no lo dudó; la guió hacia el interior y cerró la puerta con el pie. Se dobló sobre ella, rodeándola con sus brazos.

—Diossss… Estaba a punto de darme un infarto…

Ella sentía lo mismo. Habían estado sentados uno junto al otro toda la velada y su desesperación era tal, que lo tocaba por debajo de la mesa. Él también se insinuaba con caricias igual de descaradas. Pero tocarse a escondidas no hacía sino avivar el fuego.

—Qué desesperación… Te juro que ya no podía más… —reconoció ella.

―――――――――――――
7 Curarse en salud: precaverse de un daño ante la más leve amenaza.

Los besos eran cada vez más largos y más apasionados. Hablaban en murmullos, apenas liberando sus bocas el tiempo necesario para hacerlo.

—Te sentía temblar y... Dios, me moría por follarte... —Sus manos se adueñaron del cuerpo de Harley. Avanzaron sobre su ropa con caricias que anunciaban su presencia, dejando meridianamente claras sus intenciones.

—No tenemos tanto tiempo, BB... Mierda...

—¿Por qué no? —repuso él. «Menuda estupidez», pensó. Un instante después, regresó junto al oído femenino y susurró—. ¿Se me nota mucho lo desesperado que estoy?

—Estamos, querrás decir...

Brandon la estrechó fuerte entre sus brazos al tiempo que inspiraba a todo pulmón.

—Dime, ¿estás mejor?

Ella asintió suavemente con la cabeza. Apenas había probado la cena, ya que todavía seguía revuelta. Pero en aquel preciso momento la única respuesta posible era «sí».

—Mentirosa... —dijo él, lloviendo pequeños besos sobre su rostro—. Te encantan las patatas y no las has tocado...

—Será qué no tengo hambre de patatas, sino de ti... Me pones a mil...

Él se estremeció. Lo halagaba que Harley fuera tan directa al respecto, y después de lo sucedido en aquel mismo baño por la mañana, mucho más. Pero su respuesta no le decía nada de sus miedos, de sus dudas, de cómo se sentía realmente tras lo sucedido y él necesitaba saberlo.

—Dime la verdad... —Buscó su mirada y vio como sus ojos brillaban mucho más que antes—. Por favor.

—Te adoro, Brandon. Esa es la verdad.

—¿Que me adoras?

Ella asintió suavemente con la cabeza.

—Y que ningún demonio, por cabrón que sea, consigue quitarme las ganas de ti —añadió—. Puede darme la vuelta como un calcetín y dejarme tan mal cuerpo, que horas después ni siquiera una de mis comidas favoritas logra abrirme el apetito. Pero no modifica nada lo que siento por ti, mis ganas de ti… *Mi hambre de ti*, Brandon. De todo tú, no solo de esto. Hoy lo he comprobado.

Él se metió en la boca de Harley apasionadamente y la pareja se besó largamente.

—Me encantas hoy —murmuró ella cuando el beso acabó, todavía resistiéndose a dejar de saborearlo—. Me encanta la ropa que llevas y esa línea en los ojos… Una línea con el rabito bien marcado, como yo te he enseñado a hacértela… Estás bestial, BB…

—Y a mí me encantas tú… Y tu sorpresa, Dios, vaya con tu sorpresa… Lo último que esperaba era ver a Lau esta noche.

—Lo echo mucho de menos y sé que tú también… Hay que hacer esto más a menudo, vernos más…

—Estoy de acuerdo —repuso él, envuelto en un suspiro.

Harley se apretó contra el cuerpo masculino. Las caricias de Brandon volvieron a llover sobre ella más calientes, mucho más insinuantes que antes.

Debían regresar al salón, pero no lo deseaba en absoluto. Necesitaba quedarse allí, saciando un hambre nuevo de él; el emocional. Después de lo sucedido por la mañana, se sentía mucho más unida a él. Sentirse libre estando en pareja era un sentimiento que no había esperado recuperar.

—Tenemos que volver —susurró ella al tiempo que buscaba su mirada—. Mierda, BB, deja de tocarme… —Sonrió con un punto de desesperación ante aquellas caricias que la enloquecían.

Él inspiró profundamente intentando recuperarse y todo parecía indicar que se apartaría, y harían lo correcto.

Pero no fue así. Sin dejar de mirarla, desplazó sus manos hasta los vaqueros de Harley y le abrió la cremallera. Una sonrisa excitada apareció en el rostro femenino.

—No quieres volver y yo tampoco —dijo él.

—¿Y si Hugo se despierta y pregunta por nosotros?

Las palabras de Harley decían una cosa, pero sus manos hacían otra; también le había abierto la cremallera y una de sus manos se había colado dentro de los bóxers.

Él dejó que ella se sirviera a gusto, pero solo durante un momento. Después, la apartó para poder ayudarla a quitarse las botas. Repitió el proceso con los vaqueros, que ella empujó hasta abajo. Se los quitó junto con el tanga.

A continuación, Harley se puso de puntillas y tomó la caja de condones de la parte superior del botiquín.

Él se la quitó de las manos.

—Si mi hijo se despierta, le dirán que estamos ocupados. Y lo estamos, ¿no?

Ella esperó a que extrajera una bolsita metálica de la caja para adueñarse de ella. Rasgó el borde con los dientes mientras devoraba a Brandon con los ojos. Sacó el condón y se lo puso con movimientos deliberadamente provocativos.

Él exhaló un suspiro.

—Cómo te gusta enloquecerme… —murmuró. Y con esas, agarró la pierna de Harley y la guió alrededor de sus propias caderas.

Ella apoyó la nuca contra la pared al tiempo que cerraba los ojos, saboreando el momento. El sexo era inminente y toda ella se estremecía de deseo.

—La cuestión es si quieres que tu hijo sepa la clase de ocupación que nos retiene aquí… —repuso con un hilo de voz. Exhaló un largo suspiro cuando sintió el miembro masculino entre sus piernas.

—Ya lo sabe. Sabe que eres…

Brandon hizo una pausa. Todo él estaba ardiendo, pero las dos palabras que contenía… Ardía en deseos de pronunciarlas y al mismo tiempo, temía estropear el momento al hacerlo.

Harley abrió los ojos y enfocó en él. La pregunta centelleó en su mirada: «Él sabe que soy… ¿qué?»

—Mi novia —repuso Brandon.

Aquellas dos palabras le habían llenado la boca y mientras las pronunciaba todo su ser se había expandido. Estaba seguro de que no lograría salir de aquel baño a menos que arrancara la puerta y echara abajo parte de la pared. Y también estaba seguro de que ella se había dado cuenta.

—¿Eso le has dicho? —quiso saber Harley.

«Cuidado, tío, mucho cuidado», pensó él.

Pero fue a por todas.

—Es lo que eres. —Recorrió los labios femeninos con la punta de su lengua—. ¿O no?

Ella sostuvo su rostro entre las manos para impedir que él siguiera distrayéndola con sus insinuaciones, y la mirara.

—Es lo que soy —concedió en un murmullo.

Y ya no hubo más palabras.

Eran cerca de las dos de la madrugada cuando Declan se levantó del sofá donde el grupo de amigos se había trasladado para seguir conversando.

—Bueno, chicos, me voy a dormir —anunció.

Jana sonrió para sus adentros cuando la broma apareció en su mente. Dudó un instante si decirlo en alto ya que no era la única persona en el salón que había abandonado la treintena y no quería herir sensibilidades, pero la tentación fue más fuerte.

—Ya decía yo que hoy estabas tirando la casa por la ventana… A estas alturas de la noche, los ancianitos llevan seis horas durmiendo, como mínimo…

Lau se echó a reír. Le hizo un guiño a Brandon antes de tomarse su pequeña venganza.

—Cómo cambian las cosas, ¿eh? Un día eres un joven alocado al que hay que sacar a rastras de los garitos más perversos de Ámsterdam y al siguiente, los cuarenta te han pasado por encima como una apisonadora y te quedas dormido en el sofá mirando la final de la *Premier League* entre el *Manchester United* y el *Tottenham HotSpur*.

—Uy, menuda afrenta a tu corazoncito de *Red Devil*[8]... —intervino Brandon, aportando su granito de arena—. ¿Dormirte durante la final? Imperdonable.

Declan notó que las chicas se reían, aunque Jana, que había sido la instigadora, lo miraba un tanto expectante.

Él estaba en lo cierto. Jana había soltado su pulla porque era lo habitual, pero no había esperado que Lau y Brandon se sumaran a ella. Al hacerlo, le habían proporcionado información sobre Declan que bien ignoraba, o bien no recordaba, como la fama de amante de la juerga que lo precedía, forjada durante sus primeros años en Ámsterdam. La cosa prometía, de modo que se puso cómoda en su asiento, dispuesta a disfrutar a fondo de lo que vendría a continuación, cuando él sacara a relucir al gallito que llevaba dentro.

—Tú —dijo Declan señalando a Lau—, engrasa tus neuronas porque no van bien. Para que te enteres, primero; yo no he sido nunca un «joven alocado». En todo caso un «tío juerguista». Y lo sigo siendo. Y segundo; era yo el que sacaba a los colgados a rastras de las discotecas. No porque quisiera joderles la noche, sino porque ese era mi trabajo. Y tú —esta vez señaló a Brandon—, jamás, y quiero decir JAMÁS, me quedaría dormido viendo un partido de los *Red Devils*. Da igual si es la final o un partido de exhibición. Y en cuanto a ti... —dijo, volviéndose hacia la instigadora quien sonriente, hizo el gesto de protegerse con sus manos.

---

8 Red Devil (del inglés, diablo rojo). Es el apodo por el que se conoce a los jugadores del Manchester United y, por extensión, a los seguidores de dicho equipo de fútbol.

La verdad era que Declan había esperado la pulla de Jana. De hecho, le había alegrado comprobar que se había recuperado. La emoción le había atizado duro y, durante un buen rato, no había sido la misma de siempre. Una cuestión totalmente distinta era que fuera a darle el gusto de picar. De eso, ni hablar.

—Paso de ti, bonita —le dijo con una sonrisa—. Me largo. No sueñes con que me voy a dar por aludido.

Jana rió, divertida.

—Sí, mejor. No te retrases más que los excesos son malos a tu edad. —Y cuando Declan volvió a mirarla, pasándoselo en grande a su costa, ella entrelazó las manos en un gesto de ruego—. Lo siento, perdona… ¡Pero es que me lo has puesto a huevo[9]!

Y continuó tronchándose, incapaz de parar de reírse bajo la atenta mirada del guardaespaldas que tampoco era capaz de apartar sus ojos de ella. Pensaba en lo distinta que era Jana de la imagen que él se había formado de ella. La había conocido en su época de estudiante de arte y le había caído mal desde el principio. En realidad, *se habían caído mal*. Después de eso, habían coincidido muy esporádicamente hasta que Jana había empezado a acompañar a Harley a las ferias del tatuaje y para entonces la primera impresión que se habían llevado el uno del otro al conocerse continuaba siendo igual de mala. De hecho, hacía muy poco que había empezado a cambiar. Pero jamás se le había cruzado por la imaginación que detrás de aquella niñata con pintas *metaleras* y actitud arrogante pudiera esconderse esta mujer divertida, sociable, encantada de abrir las puertas de su casa a sus amistades y agasajarlos cocinando para ellos… ¿Eran la misma persona, de verdad? Estaba claro que antes o después el tiempo acababa transformando a todo el mundo. ¡Adiós, loca adolescencia!, ¡hola, jodida madurez! Aunque en el caso de Jana, el paso de una fase a la otra había sido meteórico y totalmente forzado por las circunstancias, ya que en tiempo cronológico seguía siendo una cría. Demasiado joven para haberlas pasado

---

9 Poner a huevo o a tiro: (coloq.) poner al alcance de los deseos o intentos.

tan putas… De pronto, el recuerdo de la primera vez que se habían visto regresó nítido a su mente. Declan arrugó el ceño. La había conocido antes que a Harley, así que si la memoria no le fallaba, habían pasado cerca de ocho años. «¿Ocho años ya? ¿Entonces cuántos tienes ahora?». La respuesta lo dejó de una pieza.

Pero la voz de Lau arrancó a Declan de sus pensamientos. Cómodamente sentado en un sillón orejero, el holandés disfrutaba de la única pipa que le habían permitido encender en toda la noche.

—¿Por qué te vas tan temprano? Es sábado…

Declan se apresuró a apartar de su mente el sorprendente descubrimiento que acababa de hacer sobre Jana y volver a centrarse en la conversación.

—Porque algunos trabajamos. Me refiero a trabajar de verdad, no a eso que haces tú… —repuso Declan, desafiante. En el fondo, nunca se había tomado demasiado en serio la actividad profesional de su amigo. Le parecía, en todo caso, una excentricidad bien remunerada—. No os molestéis, chicas, que ya conozco el camino…. Por cierto, ¿hasta cuándo te quedas, Lau? Mañana, alrededor del mediodía, creo que estaré libre. Podríamos comer juntos.

—¡Por mí, encantado! Pero pagas tú, ya que tienes «un trabajo de verdad» —repuso el holandés, devolviéndole el golpe.

Esta vez, las risas duraron un buen rato.

—¿Y por qué no quedamos todos? —propuso Harley mirando a Brandon y a Jana quienes mostraron su acuerdo—. ¡Perfecto, entonces! En cuanto mi socia y yo nos pongamos de acuerdo sobre los planes de mañana, os mando un mensaje para confirmarlo.

—Muy bien. Hasta más ver, colegas —se despidió el guardaespaldas.

Jana se puso de pie y siguió a Declan hasta la salida. Por supuesto, era consciente de que los demás no se perdían un solo detalle de lo que hacía. No le extrañó ni le molestó. Desde que había llegado a Londres, las bromas con doble sentido sobre ellos eran el pan de cada día. Estaba acostumbrada.

Él notó que ella lo seguía. Tuvo que reconocer que le gustaba que lo hiciera. Pero al mismo tiempo, no sabía si eso era algo bueno. Sus alusiones a que Jana era una niña eran bromas, pero estaban basadas en la realidad. O en lo que él pensaba que era la realidad. Acababa de caer en la cuenta de que Jana no era ninguna niña. No aparentaba los años, pero los tenía. Según un cálculo rápido, veintiocho o veintinueve, y saberlo cambiaba las cosas. Todavía no estaba seguro en qué sentido las cambiaba. No lo tenía nada claro.

Una vez más, apartó aquellos inquietantes pensamientos de su mente y recurrió a la broma para salvar el momento.

—¿Tienes miedo de que me pierda? —le preguntó mientras se ponía la cazadora.

—Que va. Sé que serías perfectamente capaz de encontrarte aunque te perdieras.

—Ah… ¿Entonces esto es pura cortesía…?

Jana quitó el pasador superior de la puerta y la abrió. Solo entonces, alzó la vista hasta él con su sonrisa burlona en ristre.

—Soy inglesa, ¿recuerdas? Esta es la regla número dos del manual del buen anfitrión… —Se hizo la pensativa—. O quizás sea la tres, no lo recuerdo bien.

Declan asintió varias veces ante su respuesta. Pasó frente a ella y una vez en el hall, se volvió con las manos en los bolsillos de sus vaqueros.

—Gracias de todos modos por la gentileza.

Jana arrugó el ceño pero no dejó de sonreír. Le resultaba extraña la ausencia de comentarios jocosos por su parte. Y de sonrisas. De pronto, Declan se había puesto serio. Al menos, todo lo serio que un «tío juerguista» como él podía estar.

—De nada —repuso, algo desconcertada.

Permanecieron mirándose durante unos instantes. La sensación de extrañeza era mutua y estaba allí, entre los dos, adquiriendo casi una forma física.

—¿Nos vemos mañana, entonces? —dijo él.

—Sí, eso parece… Buenas noches, Declan.

Ella seguía sonriendo, pero no era la misma sonrisa de siempre y todo resultaba tan raro… Declan se dijo que había bebido más de lo aconsejable de aquel «vino soberbio», y que, definitivamente era hora de largarse de allí.

—Sí… Buenas noches.

Jana regresó al salón con la sensación de extrañeza pegada a la piel e igual de desconcertada. Algo sucedía. Algo había cambiado en la actitud de Declan, pero no acertaba a adivinar qué. Todos estaban ya de pie, despidiéndose, de modo que descartó aquella sensación de inmediato. Lo más probable era que fueran imaginaciones suyas.

—Eh, porque Declan se vaya, no os tenéis que ir todos… —les dijo, indicándoles con la mano que volvieran a sentarse.

Nadie lo hizo.

—Eso mismo pienso yo —comentó Harley—, pero estos dos señores han saltado del asiento como si quemara… ¿Tendrán otros planes? ¿Tú qué crees, Jana?

A Jana se le encendió la bombilla. Eso era; Declan tenía planes. De ahí que hubiera sido el primero en despedirse y que al darse cuenta de que ella lo acompañaba hasta la puerta, hubiera cortado de cuajo con las bromas. Quería largarse cuanto antes. Alguien debía estar esperándolo. Alguien de su interminable lista de entretenimientos, cómo no. Recordó que su promiscuidad era tan conocida como su fama de juerguista. Era el tío de los mil ligues.

—¿Estos dos? Seguro que sí —repuso—. ¿No podemos apuntarnos nosotras también? ¡La noche es muy joven!

—¡La noche, sí; nosotros, no tanto! —dijo Lau, rodeando a Jana con un brazo cariñosamente.

—Oye, habla por ti —intervino Brandon—. El único problema que tengo con esta noche está en ese sillón, hecho un ovillo. Como no meta a Hugo en su cama cuanto antes, mañana le dolerán todos los huesos…

En realidad, tenía otro problema que no había mencionado ni mencionaría. Le encantaba que Lau estuviera en Londres, pero eso suponía que su plan original para el final de aquella velada se había torcido; Harley se quedaría en su casa con Jana, y él tendría un invitado a pasar el fin de semana en la suya.

—¿Dolor de huesos? ¡Es un niño, Brandon! ¡Qué padrazo te has vuelto! —celebró Lau—. Reconócelo, ya estás oyendo la voz de tu madre regañándote por que ya es de madrugada y Hugo todavía no está en su cama.

—Es verdad —intervino Harley—. Aunque no te creas que Fay tiene demasiado que ver en esto. Brandon es un padre genial. Consigue que Hugo tenga un orden y unos horarios adecuados a su edad, sin imposiciones ni malos rollos… Me recuerda un poco a mi padre… También era muy creativo a la hora de manejarse con la loca hiperactiva y respondona que tenía por hija… Tengo que presentártelo —le dijo a Brandon—. Seguro que haríais buenas migas.

Y no fue consciente realmente de lo que acababa de decir hasta que oyó la risa de su socia. Entonces, pensó que estaría muy bien que la tierra se abriera bajo sus pies y la engullera.

—Eso será después de someterlo al interrogatorio, Harley. Y suponiendo que quede conforme con sus respuestas —dijo Jana, risueña—. Por más moderno que sea Art, dudo mucho que Brandon se libre de una buena sesión de preguntas y respuestas.

Lau bajó la cabeza aguantando la risa. Brandon carraspeó. ¿Quedaría demasiado mal decir que esperaba ansioso que

Harley le brindara cuanto antes la oportunidad de someterse a ese interrogatorio? Decidió que lo mejor era ignorar el asunto «padre de Harley».

—Tú y yo tenemos cosas pendientes que hay que resolver cuanto antes y si trasnochamos... —dijo mirándola. Volvió a carraspear al darse cuenta de que su frase daba lugar a dobles interpretaciones—: Me refiero a cosas profesionales.

Ay, Brandon, te comería a besos...

Ya que no podía hacerlo, Harley dejó que su mirada se ocupara de trasmitirle el mensaje.

—Sí, BB, tienes toda la razón... Mañana por la mañana hay que dejar resuelto el tema de los diseños que me gustaría presentar en Perpiñán. Y lo haremos, no te preocupes.

Brandon asintió, pero no dijo nada ni apartó sus ojos de Harley. Ella esbozó una ligera sonrisa y tampoco apartó los suyos, y como solía sucederles últimamente, la pareja entró de lleno en su propio universo de miradas y silencios significativos. Uno del que Jana y Lau no formaban parte aunque estuvieran de pie junto a ellos, contemplándolos con cariño.

Él fue el primero en regresar al mundo real. Recogió las cosas de Hugo, las guardó en su mochila y se la colgó al hombro. Agarró el abrigo que el pequeño había dejado en un extremo del sofá y, finalmente, tomó a su hijo en brazos. El niño, profundamente dormido, no se enteró de nada. Todos se dirigieron hacia la salida y una vez allí, Harley cogió la cazadora de Brandon del perchero y se la puso por encima de los hombros a Hugo.

—Gracias, preciosa —dijo él. Sus ojos, como de costumbre, recorrieron las facciones femeninas amorosamente y se tomaron un tiempo extra al llegar a sus labios. Se moría por saborearlos, pero tendría que esperar al nuevo día para poder hacerlo. Exhaló un suspiro sin darse cuenta.

Harley se puso de puntillas y le dio un beso en la mejilla.

—¿Me llamas? —le preguntó.
—Claro. Descansa, nena. Nos vemos mañana.

Entre-Historias 9

Domingo, 10 de octubre de 2010.
Piso de Harley y Jana,
Londres.

Harley había tardado mucho en dormirse. Los días siguientes a haber tenido una pesadilla grave, el miedo a que el sueño la venciera y volver a despertarse en un grito, la mantenía en vigilia, y la del sábado había sido muy grave, como las que sufría al principio en las que el terror y la desesperación eran tan reales que, a pesar de no recordar el sueño al despertar, todo su cuerpo experimentaba las consecuencias durante horas. Esta vez, aunque había dormido muy poco, no había habido pesadillas. Pero no pensaba fiarse. Brandon le había dicho que solo era «resistencia» y probablemente tuviera razón. Sin embargo, entre lo ocupada que había estado con su nueva vida y que no había tenido trastornos importantes en el sueño desde que había llegado a Londres, ni siquiera había caído en la cuenta de que su médico y su psicoanalista no podrían atenderla en caso de una crisis, ya que vivían en Ámsterdam. Tenía que buscarles sustituto en la ciudad de inmediato. El lunes sin falta se pondría con ese tema. Necesitaba estar preparada, contar con todo lo necesario en caso de que sus antiguas crisis regresaran. No solo pensaba combatirlas; quería vencerlas de una vez por todas y volver a ser una persona normal. Una que no se despertara en mitad de la noche empapada en un sudor helado e hiperventilando, dándole un susto de muerte a aquel que tuviera la desgracia de estar cerca de ella cuando sucediera.

Desde hacía un rato, oía a Jana dando vueltas por la casa, pero ella seguía remoloneando en la cama.

Y, ahora, pensando en Brandon.

Cada día hacían más cosas juntos y, por momentos, le parecía increíble volver a sentir que deseaba estar con una persona las veinticuatro horas del día. Teniendo en cuenta cómo habían acabado las cosas la última vez que lo había sentido, debería estar preocupada…

Pero no lo estaba en absoluto.

La confesión de Brandon del día anterior le había abierto los ojos. Irónicamente, era un descubrimiento que debía agradecerle a sus pesadillas; James y Brandon eran dos hombres completamente diferentes. Mientras uno se había pasado la vida cediendo a sus caprichos, confiando en su suerte como los locos que están convencidos de que nunca les pasará nada malo, el otro se había forjado la suya manteniendo sus peores impulsos con las riendas muy cortas, como correspondía a alguien que aspiraba a ser dueño y señor de su vida, no esclavo de su debilidad. Ella tampoco era la misma persona. James había enamorado a la Harley de entonces; con la de ahora, no tendría la menor esperanza.

«Qué raro es todo», pensó. Llevaba años creyendo que James era su gran amor, el único al que había amado de verdad, y ahora…

Decidida a cambiar el rumbo de sus pensamientos, Harley se dio la vuelta boca arriba en la cama y puso sus manos bajo la nuca. El plan del día era volver a estar entre amigos, y a pesar de lo mucho que le gustaba la idea de pasar un tiempo con Lau, una parte de ella no pudo evitar enredarse en ensoñaciones placenteras.

Placenteras y románticas, porque estaba claro que aunque rara vez lo dijera en voz alta, Brandon no solo se había convertido en titular en su cama, también en su corazón. Era un hombre increíble. Sonrió al recordar que su mutua locura había alcanzado niveles importantes la noche anterior. Algo de lo que solo habían tomado conciencia al regresar al salón y ver la mofa en el rostro de sus amigos.

A estas alturas no era una sorpresa. Brandon conocía sus preferencias pero, por encima de todo, dominaba el ritmo, *su* ritmo. Sabía colmar todos sus deseos, todas sus necesidades y lo hacía de manera regular. No tenía días mejores y días peores como el resto de los mortales. Él siempre estaba a pleno rendimiento. Y en consecuencia, ella también. Brandon era un plan ideal para cualquier momento del día.

«Este, por ejemplo. Dios, qué ganas me están dando». Exhaló un suspiro.

—¿Holaaaa? ¿Hay alguien ahí?

La voz de Jana devolvió a Harley a la realidad con tal cara de picardía que su socia soltó una carcajada.

—¡Nooo, ni se te ocurra contarme lo que estabas pensando! ¡Menudo peligro tienes! Oye, lamento interrumpir, está claro que te lo estabas pasando bomba con tus pensamientos, pero el desayuno, y no me refiero a los que te da Brandon sino a uno de verdad, está servido y cumplo en advertirte que no vas a salir de casa sin tomártelo todo. Anoche cenaste como un pajarito; tres trocitos de pollo, un poco de patatas, y ya. ¿Y sabes qué? Eres mortal, necesitas alimentarte de algo más que de energía sexual para vivir, ¿nos entendemos?

—Gracias, *cari*. Estoy muy bien, no te preocupes. He dormido como un lirón… —«Como un lirón que sufre de insomnio», pensó, pero Jana no necesitaba saberlo. Quería tranquilizarla—. Y ahora mismo voy a tomarme tu desayuno.

—Buena chica.

Jana asintió con una sonrisa y abandonó la habitación.

Harley retiró las sábanas y se puso su bata. Tomó el móvil de la mesilla de noche y sonrío al comprobar que tenía mensajes de Brandon.

«¿Sigues durmiendo? Yo todavía estoy en la cama, reuniendo fuerzas para ir a despertar a mi hijo y hacer que se levante. Y pensando en ti, por supuesto… No me preguntes qué porque mis pensamientos son de tres rombos[10]. Luego hablamos. Un beso».

Harley soltó una carcajada al abrir su siguiente mensaje:

«Qué rombos ni rombos. Los dos somos mayores de edad y además, sé que te encanta… Pensaba que ahora mismo me vendría de fábula uno bien salvaje… Como el de Róterdam, en ese cuartucho que era una lata de sardinas, ¿te acuerdas?»

Harley pasó de la risa al suspiro en un santiamén. Claro que lo recordaba. ¿Cómo olvidar uno de los mejores polvos que le habían echado en toda su vida? Su móvil sonó anunciando un nuevo mensaje.

---

10 Tres rombos: triple equis o de alto contenido sexual.

«Solo podíamos movernos de cintura para abajo Y VAYA SI NOS MOVÍAMOS… ¿Te acuerdas?»

Otro suspiro escapó de los labios de Harley, esta vez acompañado de un intenso estremecimiento que le erizó los pezones. Un instante después, recibió un nuevo mensaje.

«La tengo dura y te juro que me muero por… Diosss, cómo odio quedarme con las ganas!!! Pero el día es muy largo… Piénsatelo».

Ay, Brandon…
No había nada que pensar. Ese tipo alucinante acababa de demostrarle una vez más su inmensa capacidad para ponerla a mil sin siquiera estar de cuerpo presente.

Harley entró en el salón, donde Jana ya estaba sirviendo el café, tan atenta al mensaje que sonreía de pura excitación sin darse cuenta de que lo hacía. Sus dedos volaron sobre el teclado.

«¿Solo uno? Garantízame dos, y me apunto», tecleó. Y se quedó esperando a ver qué respondía Brandon, imaginando su cara cuando leyera el mensaje.

Muy pronto obtuvo una respuesta.

«Qué loco estoy por ti!!!!!!!!!».

Harley exhaló un suspiro del que tampoco se dio cuenta hasta que Jana se lo hizo notar.

—¡Por Dios Bendito, Harley! ¡No me lo puedo creer! —exclamó.

Ella ocupó la silla frente a su socia con una sonrisa que no le entraba en la cara. Azucaró su café y mientras lo revolvía, respondió:

—¿Qué es lo que no te puedes creer? El *sexting* es divertido… Además, prepara muy bien el terreno para lo que viene después. —Movió sensualmente las cejas, logrando que Jana se atorara con su café—. Lo que tienes que hacer es buscarte un tío que te ponga bien las pilas desde temprano por la mañana, Jana.

—Yo no necesito ningún tío que me ponga las pilas.

—Sí que lo necesitas.

Ya no había rastro de sonrisas en el rostro de Harley. Jana comprendió que, por más increíble que fuera, esta vez su socia estaba hablando en serio.

—Lo que has conocido hasta ahora de las relaciones entre un hombre y una mujer te ha marcado. Igual que me habría marcado a mí si no hubiera conocido otras cosas antes. Incluso así, me ha condicionado en muchos sentidos durante años… Pero la realidad es diferente. Sentirse viva, realmente viva, es algo a lo que tenemos derecho todas las mujeres. Y no me estoy refiriendo al sexo a secas, sino a estar con alguien que te ve como a un igual. Que no aspira a someterte ni a convertirte en otro trofeo de su colección, sino a hacerte sentir como la diosa que sabe que eres, a todos los niveles, cada minuto del día. Es algo que toda mujer debería experimentar aunque fuera una vez en la vida para aprender la diferencia y no volver a conformarse con menos nunca más. Y tú te lo mereces más que nadie. Necesitas sentir esa locura, cariño. Te lo digo de verdad. Has dado con un cabrón y eso es algo que asusta, lo sé muy bien, pero no todos los hombres lo son.

Jana bebió un sorbo de su café, pensativa. No eran muchas las conversaciones de ese tipo que su socia y ella habían mantenido a lo largo de los años y le sorprendió que, por una vez, Harley no estuviera hablando de sexo. Hablaba de vivencias. De la locura de sentirse unida profundamente a alguien con quien se entendía tan bien, que todas las experiencias cotidianas adquirían un significado diferente. Hablaba de pasión, pero no solo de pasión sexual, sino de sentir y vivir apasionadamente junto a un hombre. Aunque detestara tener que reconocerlo, eso era una asignatura pendiente en su vida.

Su trabajo era su gran pasión, lo que le proporcionaba momentos de éxtasis. Por lo demás, mantenía una vida solitaria. Sus encuentros esporádicos con hombres casi desconocidos, solo cumplían el cometido de satisfacer ciertas necesidades, algo que bien podría conseguir por sí misma, si no fuera porque eso la hacía sentir mucho más sola aún.

Pero dar un paso más allá, intentar conectar a ese nivel con un hombre… La traición era su pasatiempo favorito. Al menos, de los que había conocido, ¿así que deseaba realmente volver a meterse en camisa de once varas? En absoluto. Había logrado sobrevivir a una experiencia traumática y ahora que la vida parecía empezar a sonreírle de nuevo, lo que tenía que hacer era disfrutarla y no complicársela gratuitamente. Podía vivir perfectamente sin esa «locura».

—Estoy bien, Harley… Solo me acuerdo de Per cuando estoy desnuda frente al espejo y veo la cicatriz… Y entonces, me invaden pensamientos asesinos hasta que caigo en la cuenta de que no hace falta que me ensucie las manos porque el cabrón está bien muerto.

A pesar del tono bromista que había empleado, Jana mentía. Era Per quien parecía seguir eligiendo los momentos más inoportunos para regresar a su mente, de la que nunca se había ido del todo.

—¿Y no has pensado en cubrirla con un tatuaje por ejemplo? Te lo haría encantada… —apretó su mano al tiempo que sonreía —. Y gratis, por supuesto. Y ya sabes que soy todo un talento en esto…

—¿Un tatuaje, yo? Te agradezco la intención, pero no. Ni piercings, ni tatuajes. Pero sí que he pensado en una operación de cirugía estética que la borre por completo… Está en mi lista para el futuro, cuando nuestra *boutique* se ponga de moda y ganemos dinero a espuertas...

—¡Claro que sí, esa es mi chica! Que la cirugía se ocupe de la cicatriz y que el pasado se quede en el pasado, donde debe estar. ¡Ahora solo falta buscar un tío que se ocupe de ponerte las pilas! Aunque, ahora que lo pienso, no tienes que buscarlo porque ya lo tienes. Declan tiene toda la pinta de ser de los que saben poner muy bien las pilas.

—Que Declan, ¿qué? —Jana frunció el ceño, totalmente descolocada. Su rostro se fue tiñendo de una tonalidad rojiza hasta cubrirlo por completo.— No te ofendas, Harley, pero ¿no te parece que estáis llevando estas bromas vuestras demasiado lejos?

Harley dio un bocado al sándwich de pan de miga tostado con mantequilla, mortadela boloñesa y tomate que Jana le había preparado, pensando que las bromas no eran tales bromas. Cuando el río sonaba, agua llevaba, y en el caso de su socia, el caudal crecía día a día. Aunque ella, por temor a equivocarse y volver a sufrir, siguiera echando balones fuera. Quizás había llegado el momento de ser más directa.

—Te gusta. Y tú le gustas a él. ¿Cuál es el problema?

Notó que Jana la miraba con los ojos muy abiertos.

—¿De dónde sacas eso?

—No soy ciega, *cari*. Brandon tampoco. ¡Si hasta le has dejado formar parte del exclusivo y reducidísimo grupo de elegidos que te han visto sin gafas! —celebró Harley, incapaz de morderse la lengua.

Aquel «no te hacen falta, ¿recuerdas?» con el que Declan se había despachado había sido de traca[11]. El momentazo de la noche.

Jana volvió a dejar su tostada sobre el plato con un gesto algo exasperado.

---

11 De traca: (coloq.) Muy llamativo o escandaloso.

—¿Pero de qué hablas? Lo que me gusta de Declan es que es la primera persona del sexo masculino en muchos años con quien consigo pasar el rato, sin tener que preocuparme de que acabe haciéndome proposiciones porque no me ve como a alguien a quien llevarse a la cama. Y lo que a él le gusta de mí, supongo, es justamente que no tiene que actuar como un seductor para poder pasar un buen rato juntos. A partir de ahí, todo lo demás es un invento vuestro.

—¿Que Declan no te ve como a alguien a quien llevarse a la cama? —preguntó Harley, sin salir de su asombro.

Jana comprendió su error de inmediato. Declan era un mujeriego; pertenecía a esa extraña clase de individuos de gustos tan amplios en lo que a mujeres se refería, que les valía cualquier cosa.

—Vale, corrijo; me tiraría los tejos si fuera la última mujer que quedara en el planeta, pero no porque realmente quisiera tirármelos, y como sabe que yo lo sé, ¿dónde estaría la gracia? Además, también sabe que si lo hace me reiría en su cara.

—¿«Si fueras la última mujer que queda en el planeta»? Ja. No seas ingenua, Jana.

—Y tú no seas condescendiente. Sé distinguir perfectamente quién quiere enrollarse conmigo y quién no.

—¿Y según tú, Declan está en el grupo del no? Vale, lo que tú digas. —Harley le dio un bocado a su sándwich y permaneció mirando a su amiga, dejando que su rostro se encargara de decirle lo que pensaba al respecto.

Jana se echó a reír ante la expresión de Harley.

—¡Claro que lo digo, tonta! ¡Para él soy una niña, es como si fuera su hermana pequeña…! —exclamó, a mitad de camino entre la risa y la incredulidad.

—Jana, por Dios… Te llama niña, pero no te ve así. Te aseguro que no piensa en ti como si fueras su hermana pequeña. Y en cuanto a ti…

—«En cuanto a mí», nada. Déjate de historias y desayuna, a ver si se te quita ese blanco cadáver de la cara.

Harley comió otro poco de su sándwich. No tenía hambre, pero sí mucha curiosidad.

—Es tu tipo… —continuó, retomando el tema.

Jana la interrumpió.

—¿Ah, sí? ¿Crees que me van los que se tiran cada día a una mujer distinta? Estás equivocada. Para tu información, esa clase de hombres no me interesa para nada.

—Es sexualmente muy activo, ¿y qué? Yo también lo soy y me he pasado años tirándome a un hombre distinto cada semana. Pero ahora estoy con Brandon y solo con él. —Esbozó una sonrisa perversa—. Se ocupa muy bien de mi libido, ¿sabes? Es un auténtico experto.

Jana adelantó su mano en un gesto de *stop*.

—No sigas. ¡Joder, Harley! ¡No tienes ningún filtro, chica! ¡Qué barbaridad! —y ya había empezado a reírse cuando dijo—: Te aseguro que no me interesa ni un poquito saber lo que Brandon hace con tu libido. ¡Dios mío, qué horror, no me lo cuentes!

Las amigas rieron durante un rato a cuenta de la reacción de Jana pero tan pronto vio la ocasión, Harley volvió al ataque. El asunto la tenía muy intrigada. Quería saber qué se cocía, realmente, en el corazón de Jana y aunque no tenía demasiadas esperanzas de que ella permitiera que la conversación llegara tan lejos, debía intentarlo.

—Alto, fuerte, con ojos claros y barba. Físicamente, es tu tipo… Yo le quitaría la barba, pero no hay duda de que el chico está cañón —insistió, mirando a su amiga con picardía. Vio que ella exhalaba un suspiro y se ponía a untar mantequilla a otra rebanada de pan tostado—. También es divertido, galante sin pasarse, y muy directo… Es de la clase de hombres que te gustan, Jana. Y además tiene a su favor que, como bien dices, es el primero en mucho tiempo que consigue que te relajes y no estés a la defensiva.

Exacto. Y no tengo previsto estropearlo todo dejando que el sexo se meta por medio.

—A ver si consigo que lo entiendas, Harley… Desde que estamos en Londres, mi único contacto es con mujeres; tú, Fay, mis clientas… Declan es alguien con quien puedo hablar de otras cosas, alguien con un punto de vista masculino… Es un poco como Lau para mí… Salvando las distancias, claro.

«Así que la amistad es tu excusa…», pensó Harley. Qué coincidencia; era la misma que usaba Declan. Hasta en eso eran afines.

—Para Lau eres una hija. Para Declan eres una mujer. Y ya puede llamarte «niña» hasta el final de los tiempos. No es eso lo que dicen sus ojos cada vez que te mira.

Jana apartó su taza de café en un gesto que dio a entender que aquella conversación había acabado.

—Discrepo. Y como no voy a seguir hablando de este tema, ¿qué te parece si traigo la guía de restaurantes y nos ponemos a buscar uno ideal para agasajar a Lau?

Harley le dedicó a su socia una mirada cargada de ternura. Extendió el brazo por encima de la mesa y le apretó la mano afectuosamente.

—Gracias por mimarme tanto, tu desayuno está riquísimo… Y sí, trae esa guía; me parece una idea perfecta, cariño.

Más tarde, en casa de Brandon…

Le había tomado más de media hora, pero Brandon al fin lo había conseguido; Hugo se había levantado y había podido llegar hasta el baño sin tropezar con nada. Ahora, se estaba bañando. Con un poco de suerte, en otra media hora ya estaría listo para desayunar y si no había ningún retraso extra, sobre las once podrían poner rumbo a la *boutique*. Jana tenía trabajo para todo el día, ya que los domingos era el día del fin de semana con mayor afluencia de público en la tienda. Harley había quedado con un cliente a quien no le había dado tiempo a rematar su tatuaje durante la semana. Pero después de eso, podrían dedicar un rato a revisar los bocetos que quería presentar en la feria de Perpiñán hasta que llegara la hora de ir a tomar el *brunch*. Habían quedado en un lugar muy *chic*, y según Harley había escrito en su mensaje, era en honor al «más elegante de los comensales».

—Así que ya lo sabes, el restaurante lo han escogido pensando en ti —le dijo Brandon a Lau.

Los amigos estaban en su salón privado, esperando a que Hugo acabara con su baño para servirle el desayuno.

—¡Qué gran honor!

—Ya lo creo. Harley no es muy aficionada a estos sitios tan «pijos», como los llama ella. Aunque supongo que sus razones son las mismas que las mías; correr el riesgo de tener algún encuentro no deseado y sufrir una indigestión.

—¿Hablas de tu familia? ¿No se lleva bien con ellos?

Brandon recordó que Lau no conocía detalles del pasado de Harley, solo que había estado casada y ahora era viuda. Quitó importancia al tema con un gesto.

—Al contrario. Es que su antigua familia política frecuenta esta clase de sitios.

—Ah, ya entiendo… ¿Cómo está tu familia, por cierto? Me ha extrañado no encontrar a tu madre aquí.

Brandon se estiró a tomar su taza de café que estaba sobre la mesa de cristal, junto a una bandeja con *scones* y otra con pequeños sándwiches salados. Dio un buen sorbo mientras aclaraba sus pensamientos. Tenía a Lau tan abandonado -y viceversa-, que ni siquiera estaba al tanto de que su madre ya no pasaba allí tanto tiempo como antes. Por supuesto, tampoco estaba al tanto de que el mandamás de los Baxter parecía dispuesto a recuperar su vida familiar, esa que siempre había puesto en tercer lugar, después de sus negocios y de sus amistades del club.

—Mi madre está en el campo. Por lo visto, la agenda de negocios de su marido para este fin de semana se despejó de forma inesperada y decidieron aprovechar para ir a recoger margaritas juntos.

Lau lo miró con un ojo entornado, pero enseguida esbozó una sonrisa.

—¿Las hay en esta época del año?

Los amigos rieron.

—Disculpa la ironía. Pero es que pensar en mi progenitor en plan hogareño, dedicándole tiempo a su esposa, me suena a un chiste malísimo. Lo peor es que el chiste no acaba ahí; por lo visto, ahora también está decidido a ejercer de padre y de abuelo.

El holandés asintió con la cabeza varias veces. Empezaba a comprender que se había perdido mucho más de lo que creía.

—¿Esto que cuentas está relacionado con su inesperada aparición en la feria de Londres?

—Comenzó antes de eso, pero sí, ¿increíble, verdad? —Brandon tomó otro sorbo de café—. ¿Pensará que me hace ilusión que venga a verme al stand, como cuando era un niño y él se dignaba a llegar a tiempo para vernos a Kyle y a mí jugar un partido? Francamente, no sé qué espera conseguir. Y si no lo entiendo en él, imagínate en mi hermano. Te juro que cuando lo vi en el stand, tuve que contenerme para no soltarle un puñetazo delante de todo el mundo. Hay que tener mucha cara para presentarse allí, tan tranquilo, después de haberse comportado como un auténtico cerdo conmigo todos estos años… Y espera, que todavía hay más, ¿sabes quién visita con frecuencia la *boutique* de Jana y Harley? Mi cuñada.

—¿En serio? —dijo Lau, sorprendido.

—En serio —aseguró Brandon—. Y como, obviamente, es imposible asociar su estilo con el de la *boutique* sin despertar sospechas, la excusa es una sobrina a la que le encanta la ropa que diseña Jana.

—Creía que era hija única…

—Lo es. O lo era. Ahora, por lo visto, le ha crecido un hermano o una hermana en el jardín de su casa, como una prímula más, ¿sabes? Me encantaría saber qué es lo que se trae entre manos…

—¿Qué dice Harley al respecto?

—Que Gayle no va a verla a ella y que la mayoría de las veces se entera por Jana de sus visitas.

—Pero tú no le crees…

Lo que creía era que, independientemente de a quién fuera a ver, allí había gato encerrado.

—Con todo lo que ha pasado desde que Hugo llegó a Londres, me resulta muy difícil creer que sus visitas a la *boutique* son puramente sociales. Te digo más; si quito a Hugo de la ecuación, sigo sin entender qué pinta alguien como Gayle en esa tienda. No es su estilo, no es su entorno social, y estoy seguro de que lo hace a espaldas de mi hermano. Si Kyle se enterara, le sentaría muy mal. Lo cual suma otro punto negativo a la cuenta, ya que si algo ha dejado claro mi cuñada durante estos años, es que jamás le lleva la contraria a su marido. Nunca. Ni una vez. Diga lo que diga Kyle siempre tiene el consenso de Gayle.

—Bueno, hay otra alternativa. Quizás sus visitas no tienen que ver contigo o con Hugo, ni con la *boutique,* sino con sus dueñas…

—¿Qué quieres decir?

—Harley y Jana son muy parecidas. No en lo físico, sino en la madera de la que están hechas. A simple vista, su aspecto supermoderno puede confundir, pero a poco que las conoces, lo que descubres es que son todo corazón. La gente se encariña enseguida con ellas porque las dos tienen esa cualidad de hacer que a su lado se sientan bien…. Y es cierto que no conozco bien a tu cuñada, pero no me ha dado la impresión de ser alguien con una gran vida social. Más bien la de alguien que está bastante solo…

Brandon bajó la vista hasta su café. ¿Era posible que Harley y su socia le hicieran pasar tan buenos ratos a Gayle que sus frecuentes visitas estuvieran relacionadas con eso y no con otra cosa? A lo mejor, se había inventado una sobrina para evitar preguntas. Era posible. Pero ¿a qué había ido Kyle a la feria? Eso no le cuadraba en absoluto.

—O sea, que tú no crees que se trate de otra maniobra para acercarse a Hugo…

—No, no lo creo. —Lau hizo una pausa mientras se ponía cómodo en el sofá y se cruzaba de piernas—. La suya siempre me pareció una idea descabellada, más fruto de la desesperación que de otra cosa. Tenían que saber que ningún tribunal les habría concedido la custodia si Hugo no estaba dispuesto a abandonarte. Ahora, que hay documentos que prueban que eres su padre, todas las vías están cerradas. Lo que sí creo es que la llegada de Hugo a la familia, batallas por su custodia al margen, ha cambiado muchas cosas. Les ha hecho darse cuenta de que son más que tu hermano o tu padre o tu cuñada, que tienen un rol que cumplir en relación al niño y eso, a su vez, también está modificando la forma de relacionarse contigo. —Miró a su amigo con cariño—. Es una oportunidad de permitir que las viejas heridas se curen de una vez y os convirtáis en una familia de verdad.

Brandon esbozó una sonrisa.

—Tú y tu visión del mundo sois aire puro para mí… —reconoció.

«No me lo ha parecido los últimos tres meses, pero es bueno saberlo», pensó el holandés. En cambio, tomó otro *scone* y lo saboreó con la misma cara de placer que ponía siempre.

—Está rico, ¿verdad? —dijo Brandon, complacido de verlo disfrutar tanto.

—Riquísimo. Gracias por acordarte de mis caprichos y por seguir dándomelos, querido amigo.

—Es un placer poder hacerlo y lo digo de corazón, Lau… Por favor, discúlpame por no haberte dedicado el tiempo que te mereces estas últimas semanas…

Lau abrió la boca dispuesto a contemporizar como hacía siempre, pero volvió a cerrarla. La verdad era que la ausencia de Jana y de Harley sumada al persistente silencio por parte de Brandon lo había hecho sentir muy solo y, por una vez, no deseaba maquillar la realidad.

—Comprendo que has tenido que atender muchos frentes, pero me ha dolido y no voy a fingir que no ha sido así.

Brandon no esperaba semejante respuesta y se picó. Había empezado por disculparse como si hubiera sido el único responsable de la falta de contacto por cortesía. Pero no lo era. Los caminos eran de dos sentidos incluso en la amistad, ¿o no? Al fin, decidió asumir su propia responsabilidad sin esperar nada a cambio.

—¿No vas a perdonarme? —le preguntó con pesar.

—No se trata de perdonar. Eres mi mejor amigo y te quiero. —En realidad, era mucho más que un amigo y sabía perfectamente que, en parte, esa era la razón de que le hubiera dolido tanto, pero no podía decirlo—. Se trata de saber que sigo siendo importante para ti, alguien con quien cuentas siempre, no solo cuando necesitas que te saque las castañas del fuego.

Brandon asintió con la cabeza y respiró hondo. Aunque no sabía a ciencia cierta cuáles habían sido las razones de su amigo para no mantener el contacto, conocía las suyas. Y había más que tener varios frentes abiertos en el hecho de posponer una y otra vez sus llamadas a Lau. Echó un vistazo a la puerta para asegurarse de que Hugo no estaba cerca y finalmente, enfocó en su amigo.

—No he sabido gestionar bien esto —admitió—. Durante años, te he visto poner fin a todas tus relaciones cuando las cosas se volvían serias y, a pesar de saber la razón, de algún modo conseguía asimilarlo, que no me afectara…

Notó que Lau palidecía y se removía incómodo en su asiento para seguidamente apartar la mirada, pero debía continuar. Era necesario.

—Esta vez, no he podido hacerlo. Esta vez, te he quitado a Harley y a Jana, así que también soy la causa de que te hayas quedado más solo que antes. —Volvió a respirar hondo—. Me siento un impostor y un ladrón… No he sabido cómo afrontarlo, me daba mucho miedo perderte… Y al final, con mi cobardía, he acabado haciéndote más daño… No sabes cuánto, cuánto lo lamento.

Brandon guardó silencio. Acababa de soltar un bombazo y solo quedaba esperar a ver lo que su viejo amigo tenía que decir al respecto. Y cruzar los dedos para no perderlo. Lau siempre había sido alguien importante en su vida.

Él holandés se esforzó por mantener la calma. A pesar de que una intensa vergüenza se estaba apoderando de él, lo habían educado en el arte de mantener las apariencias y era tan bueno en eso como Brandon, si no mejor. Por esa misma razón, se devanaba el seso intentando recordar cuándo o cómo sus verdaderos sentimientos hacia él habían quedado al descubierto, sin hallar una respuesta convincente. Todas sus parejas recelaban de Brandon. Ivo, el que más. Recelaba de todo lo relacionado con él. ¿Era posible que alguna vez hubiera ido un poco más allá en sus celos, hablando con Brandon, y él, siempre cuidadoso en esos asuntos, hubiera omitido deliberadamente decirle nada al respecto? Quizás, simplemente, su equivocación fuera creer que un sentimiento tan grande como el que sentía por Brandon podía disimularse. Entonces, un recuerdo acudió a su mente…

Y su vergüenza se multiplicó por mil.

—¿Te lo ha dicho Harley? —Lau supo al instante que se había equivocado.

—¿Lo sabe? —preguntó Brandon, a su vez.

Los hombres permanecieron mirándose en silencio. Los dos intentando atar cabos. Los dos intentando sobreponerse al efecto de la nueva realidad que había entre ellos.

Lau fue el primero en comprenderlo. Brandon lo hizo un instante después y se llevó las manos a la cabeza en un gesto de total incredulidad. Harley no había abierto la boca, no era su estilo, pero consciente de que la relación entre ellos se había enfriado, y sospechando que la razón era justamente eso que los dos llevaban años intentando evitar, había hecho algo mucho más práctico; los había vuelto a poner uno frente al otro con la excusa de una inofensiva cena entre amigos.

El holandés sacudió la cabeza, asombrado nuevamente por una mujer que jamás dejaría de sorprenderlo.

—Mímala y cuídala mucho, Brandon. Harley es lo mejor que te ha pasado en la vida, chico —dijo.

Y al cabo de unos instantes, exhaló un suspiro, contrariado consigo mismo. Estiró la mano y la posó sobre la rodilla de Brandon.

—No me has robado nada —le aseguró—. Las quiero y me quieren, eso es lo que importa. ¿Qué más dan unos kilómetros más o menos? Puedo volar a Londres cuando me dé la gana y estar aquí en una hora. Y por favor, *por favor*, no te sientas un impostor. Siempre he sabido la verdad, *tu verdad*. Quererte a pesar de todo es mi privilegio, ¿de acuerdo?

Brandon inspiró profundamente. Asintió varias veces con la cabeza. Se sentía tan aliviado y tan emocionado por poder conservar su amistad, que no le salían las palabras.

Pero como tantas veces había sucedido desde que Hugo estaba en su vida, el niño volvió a salvar el momento cuando apareció de repente, derrochando alegría… Y vestido de *Spiderman*.

—A ver, a ver, qué tenemos para desayunar, que estoy hambriento… —Entró a toda prisa, deteniéndose primero a besar la mejilla de Lau para luego hacer lo mismo con su padre a quien además, le rodeó el cuello con sus brazos, afectuoso—. ¿Ves que no soy tan tardón? ¡Ya estoy aquí!

La sonrisa había regresado al rostro del tatuador cuando intercambió miradas con su amigo.

—No puedo creer que vayas a salir vestido de héroe otra vez. ¿De verdad, Hugo?

—¿Por qué no? Ahora que sé que a las chicas les encanta, ¡no me lo quito por nada! —repuso el niño. Se sentó junto a Brandon y señaló con picardía la bandeja con *scones*, pidiendo permiso tácitamente para coger uno.

—Ah, eso depende de Lau, son para él —aclaró Brandon. El holandés le indicó con un gesto de la mano que se sirviera a placer y Hugo no se lo hizo repetir—. A mí lo que me interesa saber es de dónde has sacado eso de que a las chicas les encanta tu disfraz. Mira lo que te dice tu abuela cada vez que te ve con él, y ella, obviamente, es una mujer.

—Que no… Ella es una abuela —empezó a decir, hablando con la boca llena.

—Traga primero —exigió su padre.

Hugo obedeció y, después de dejar claro con gestos histriónicos   cuánto le gustaban aquellas típicas pastas británicas, continuó:

—Fay me compra conjuntitos que nunca me pongo, ¿cómo le va a gustar mi disfraz? Tampoco le gusta el tuyo ¡y te queda fabuloso! Yo hablo de las chicas, papi, ¿me entiendes?

Lau hacía esfuerzos para no explotar en carcajadas. El niño era tan histriónico y empezaba a parecerse a su padre en tantos rasgos, en tantas reacciones, que era como estar viendo a Brandon de pequeño.

—Sí, creo que te sigo —repuso él—. Lo que no acabo de entender es de dónde lo has sacado. No veo muchas «chicas» por aquí y dudo mucho que te hayas atrevido a preguntárselo a Tatiana, no sé si me explico…

Vio que Hugo enrojecía mientras sus ojos parecían emitir rayos de luz. Su hijo seguía enamoradísimo de su compañera del colegio.

—¡Nooo, ¿cómo se lo voy a preguntar a Tatiana?! Nooo… —dijo, negando con la cabeza una y otra vez como si aquello le pareciera una idea terrible.

—¿Entonces…? ¿A quién se le ha ocurrido esa idea tan brillante? Ahora tendré que comprar otra media docena de trajes de *Spiderman* para que vayas turnándolos, o uno de estos días, ese disfraz caminará solo.

Hugo se desternilló a gusto antes de responder.

—¡Ha sido Harley, papi! ¡Me ha dicho que por eso le encanta cuando tú te vistes de B.B.Cox, porque estás guapísimo! —exclamó el pequeño, aleteando las pestañas.

Lau ya no se contuvo y el salón se llenó de risas mientras Brandon miraba a su hijo alucinado.

ENTRE-HISTORIAS 10

Domingo, 10 de octubre de 2010.
Boutique J & H,
Soho, Londres.

Harley ya había acabado de atender a su cliente cuando Brandon llegó acompañado de su hijo y de Lau. La tienda estaba bastante concurrida y Jana, que atendía a una clienta, todavía no los había visto. Fue al encuentro de los recién llegados con una sonrisa, algo sorprendida de que Brandon vistiera su traje de B.B.Cox y sumamente intrigada por saber cómo habían ido las cosas entre los dos.

Pero quien acaparó su atención en primer lugar fue Hugo que corrió hacia ella.

—¡Hola, Harley! ¿Puedo ir a tu estudio a dibujar?

Ella despeinó su cabello cariñosamente.

—Claro, Hugo, la mesa está llena de cosas, apílalas en un rincón y ponte cómodo.

No había acabado de decirlo que el niño ya estaba corriendo hacia el fondo del local.

—¡Que energía! —comentó Harley, alegremente—. ¿Y vosotros, qué tal?

Tras lo cual se tomó unos instantes para inspeccionar el rostro de uno y de otro, intentando obtener alguna pista acerca de qué tal había funcionado su estrategia.

Brandon y Lau intercambiaron miradas y fue el holandés quien respondió.

—Oh, querida, horrible. No te imaginas las cosas que me ha dicho… Ya sabes cómo se pone, y yo, que también tengo mi genio aunque no lo demuestre… En fin, un verdadero desastre. Pero luego me trajo una bandeja con *scones* ¡y se me pasó el disgusto en un abrir y cerrar de ojos! —dijo, riendo—. Amigos como siempre, Harley, ¿acaso lo dudabas?

Ella desvió su mirada hacia Brandon buscando confirmar la versión ofrecida por el holandés. Cuando lo vio asentir, sonrió complacida.

—Qué buenísima noticia. Eso quiere decir que te veremos más a menudo por aquí, ¿verdad?

—*Que nos veremos más a menudo* —la corrigió él—. Aquí, en Holanda, o en donde sea. Lo importante es que pasemos tiempo juntos.

Harley tomó una mano del holandés entre las suyas.

—Y lo haremos. No te haces una idea de cuánto te hemos echado de menos Jana y yo. Lo comentábamos esta mañana…

Lau la rodeó con un brazo, enternecido.

—Ay, querida mía… Y yo a vosotras, no lo dudéis.

Brandon carraspeó. Todavía no se había recuperado del todo de la conversación que había mantenido con Lau por lo que no deseaba más emociones de ese tipo. En cambio, lo que necesitaba desesperadamente, era estar a solas con Harley.

Ella tampoco deseaba hurgar en lo sucedido. Le bastaba con saber que habían aclarado las cosas y que la amistad entre ellos continuaba intacta. Le hizo un guiño y añadió con tono divertido.

—Vaaale, no te impacientes. Ya mismo nos ponemos a trabajar con los bocetos, BB.

—Sí, vosotros id a trabajar que yo me quedaré aquí hablando con Jana —dijo Lau, devolviendo el saludo a su amiga, que acababa de darse cuenta de su presencia y lo saludaba agitando la mano alegremente.

La intención de Harley era dirigirse al estudio, pero tan pronto abandonaron la zona central de la *boutique*, Brandon la adelantó. La tomó de la mano y la guió con suavidad hacia el interior de la habitación que las socias utilizaban para almacenar la mercancía. Una vez allí, cerró la puerta y avanzó hasta ella que, en un rincón, ya se estaba riendo.

—He dicho trabajar, no follar…

—Ya —repuso él, invadiendo su espacio vital—. Por eso has venido directa al rincón… Porque aquí es donde trabajamos, ¿no?

Se insinuaba con descaro, pero no la tocaba. Estaba muy cerca, pero no lo bastante. Harley sentía el calor de su respiración sobre los hombros, en el cuello, sobre los labios… Sus escarceos la volvían rematadamente loca.

Pero no podían hacerlo allí.

Mierda.

—Tu hijo está en la puerta de enfrente, BB.

—Así es. Vestido de *Spiderman* porque le has dicho que a las chicas os encanta —repuso él. Vio que su rostro se iluminaba cuando ella empezó a reírse, y sus ganas de olvidarse del mundo crecieron imparables.

—También le comenté que su padre me parece el hombre más guapo de la galaxia cuando se pone sus trajes de vampiro.

Te lo ha dicho, supongo —murmuró al tiempo que recorría con un dedo la solapa de su elegantísima chaqueta de estilo *steampunk.*

—Me lo ha dicho. Pero a diferencia de Hugo, me los quito para dormir. No tienes que preocuparte. En privado, podrás seguir disfrutando de lo que hay debajo… Un tío muy cachas, que tiene una buena herramienta y la piel cubierta de tatuajes…

—Guau…

Él exhaló el aire en un largo suspiro. Ardía de deseo y, a la vez, se derretía de amor por ella, por lo bien que lo conocía, por las cosas que hacía… Solo Harley provocaba semejante cóctel de emociones en él.

—No será aquí. Y no porque no me esté muriendo por hacértelo. Dios, me muero por cada uno de tus preciosos huesos, por cada centímetro de ti, por esa boca que viviría besando… Pero no estamos aquí por eso, lo sabes, ¿no?

El dedo que antes había recorrido el cuello de su chaqueta, ahora hizo lo mismo con la barbilla de Brandon. Sin embargo, Harley permaneció en silencio, mirándolo.

—Vas diez pasos por delante de mí —continuó él—, y no sé cómo lo haces, pero sí sé una cosa: si ayer estaba locamente enamorado de ti, ahora lo estoy mil veces más, *un millón de veces más*… Gracias por obligarnos a vernos las caras y decirnos lo que debimos habernos dicho hace tiempo. Lau es alguien muy importante para mí.

—Y tú para él…

Brandon asintió levemente.

—Y yo para él. Quiero que sepas que te estaré eternamente agradecido por esto, Harley.

Ella esbozó una sonrisa pícara.

—Y yo quiero que sepas que cuando se trata de agradecimientos, los prefiero en forma de sexo.

Él apoyó su frente sobre la de Harley. Rió suavemente.

—Lo sé… —La miró a los ojos—. Si me quito el carmín, podría besarte sin que nadie en la tienda se diera cuenta…

Harley recorrió con avidez aquellos labios perfectamente pintados de un morado tan oscuro que parecía negro, sintiendo exactamente lo mismo que él estaba sintiendo. Estar juntos era un ejercicio permanente de contención que los dos disfrutaban por igual… Y padecían por igual. Al principio, cuando solo había atracción sexual, era divertido. Añadía anticipación y deseo a unos encuentros íntimos que siempre eran memorables. Pero desde que a la atracción se había sumado el amor, las cosas habían cambiado mucho. Ahora no solo se contenían porque adoraban ese juego, también porque sabían que, una vez que empezaban, ya no eran capaces de frenar a placer, como hacían antes. De guardar las apariencias como antes. De ahí, que la regla fuera tan estricta; solamente podían comportarse como una pareja si estaban a solas. Ambos eran conscientes de que el día que dejaran de guardar las distancias en público y empezaran a mostrarse como lo que realmente eran, ya no podrían dejar de hacerlo.

Y eso no podían permitírselo.

—Claro —repuso ella con socarronería—. Y si yo me desabrocho el sostén, podrías magrearme por debajo de la ropa sin empalmarte… Y así, en la tienda, tampoco se darían cuenta del calentón.

Los dos permanecieron frente contra frente, mirándose a los ojos… Hasta que se echaron a reír de pura desesperación.

—Joder… Esto es una tortura —se quejó él.

—Y que lo digas… —murmuró ella, envuelta en un suspiro.

Brandon respiró hondo. La miró con un gesto cómico en su expresión.

—Entonces… ¿Vamos a ver esos bocetos? —propuso.

—Sí —concedió ella—, yo creo que será lo mejor.

El lugar era famoso por su servicio de *brunch* de los domingos y estaba bastante concurrido, pero se trataba de un local espacioso, decorado con abundantes plantas naturales, en el que las mesas estaban convenientemente distanciadas unas de otras.

Tan pronto el metre reconoció a Brandon, circunstancia que provocó un momento gracioso entre los dos ya que el tatuador había estado allí en otras ocasiones, pero nunca vestido de B.B.Cox, hizo las modificaciones oportunas en la lista de reservas para que él y sus amigos pudieran disfrutar de una de las mesas que miraban al jardín posterior con sus maceteros de piedra cubiertos de perennes, sus frondosas enredaderas y una fuente en forma de cascada.

Su mesa pronto se había llenado de delicias; desde panqueques con sirope y frutos silvestres y tarta de queso y moras para los amantes del dulce, hasta huevos Benedict, Florentinos o Arlington, bagels de salmón ahumado con queso, *frittata* de queso y patata con chutney de tomate y tostadas de pan integral con aguacate y tomate confitado para los que preferían un menú más contundente, incluyendo diversas variedades de café y té, y zumo natural de frutas. El apetitoso menú había estado aderezado con las bromas y los recuerdos que compartieron los amigos y, por supuesto, con las ocurrencias de Hugo, quien con su traje de *Spiderman* y sus carcajadas, atraía la atención de los otros comensales.

Brandon y Harley habían decidido que en esta ocasión no ocuparían asientos contiguos. Por más que se trataba de un sitio exclusivo en el que no se permitía el acceso a la prensa, preferían no arriesgarse. Como en tantas otras ocasiones, su constante intercambio de miradas y de sonrisas se habían ocupado de expresar la alegría que ambos sentían por poder pasar tiempo juntos en buena compañía.

Era una mañana perfecta hasta que Jana vio a Gayle, sentada al otro lado del salón, junto a su marido y otras dos parejas.

Dudó si darse por aludida, ya que sabía por Harley que las cosas con la familia política de Brandon no iban demasiado bien, pero enseguida vio que ella se ponía de pie sonriendo. Quedaba claro que los había visto, de modo que Jana la saludó con un gesto de la mano.

Harley se volvió a ver a quién estaba saludando su socia.

—Mira, es tu cuñada, BB —comentó. Había sido un intento de darle tiempo para que se sobrepusiera del disgusto antes de que Gayle, que se dirigía hacia ellos, apareciera frente a sus ojos.

Brandon asomó la cabeza por el costado de Harley y la vio. También vio a su hermano junto a un grupo de estirados de los que solía ir acompañado.

—Vaya. Qué suerte —dijo, incapaz de contenerse.

—Compórtate, amigo mío —le aconsejó Lau, sentado a su lado.

Hugo, que parecía tener siempre las antenas preparadas para captar la menor tensión en su padre, dijo:

—¿Qué pasa? ¿Han venido los abuelos?

Brandon tranquilizó a su hijo con un guiño y la respuesta apareció en aquel momento frente a ellos, con su estilo de mujer de la alta sociedad y su sonrisa.

—¡Hola, qué sorpresa veros por aquí! ¿Habéis venido a disfrutar del mejor *brunch* de la ciudad? Es un plan excelente para este domingo lluvioso y algo frío. —Al decirlo, miraba a Harley y a Jana, sin embargo, todos sabían que, en realidad, su sorpresa se debía a otra cosa. Pero enseguida se dirigió al más pequeño de la mesa—. ¡Hola, Hugo! ¡Qué disfraz más bonito llevas! ¡Te queda muy bien!

El niño miró a su padre con cara de "te lo dije" antes de responder con histrionismo:

—Hola, Gayle… Pero hoy no soy Hugo, ¡soy *Spiderman*!

—¡Ay, perdón, señor *Spiderman*, qué despiste el mío! —repuso ella, siguiéndole el juego.

—Sí, para algunos es la primera vez, pero creo que nos aficionaremos ahora que hemos probado esta selección de maravillas —explicó Jana—. ¿Y tú, qué tal, has venido con algunos amigos?

—¡Cuidado que engorda! —bromeó, a lo que Jana asintió con énfasis—. Sí, todos somos clientes habituales. Nos encanta tomar el *brunch*, es un cambio agradable al desayuno convencional, así que los fines de semana que Kyle y yo nos quedamos en la ciudad, solemos venir... Creo que os conozco a todos —dijo recorriendo amablemente con la mirada a cada uno —, ¿qué tal estáis?

Lau y Declan respondieron al saludo.

Harley notó que Brandon continuaba mirando a su cuñada sin pronunciar una sola palabra. No era el tipo de mirada al que ella estaba acostumbrada y pensó que no le gustaría nada ser la destinataria. Un instante después, sintió pena por Gayle.

—Bien, muy bien, ¿por qué no te sientas un rato con nosotros? ¿Quieres café, un refresco, té...? —invitó Harley, al tiempo que iba señalando las distintas bebidas disponibles en la mesa—. ¡Por favor ayúdanos con todo esto, o vamos a reventar!

El rostro de la mujer expresó alivio y gratitud.

—Gracias, Harley... Por supuesto, me quedaré un rato con mucho gusto —Y a continuación, con aquellos modales elegantes que a ella le recordaban tanto a los de Fay, le indicó al metre que necesitaban otra silla.

Brandon bajó la vista. Aquello no le parecía una buena idea. Conocía a su hermano lo bastante para saber que era cuestión de minutos que él también se levantara de su mesa e hiciera acto de presencia allí. Y en ese momento, comenzarían los problemas. Entonces, recordó que Hugo estaba a su lado. Él era la razón de todos los cambios que habían tenido lugar en su vida en los últimos meses. Lo que no estaba dispuesto a hacer por Kyle, lo haría por su hijo. Lo miró con una sonrisa.

—¿Te queda sitio para un helado, peque?

Hugo ya había empezado a dar saltitos en la silla cuando Lau intervino.

—¡A mí también, a mí también! —exclamó alegremente, asomándose por delante de Brandon para chocar los cinco con su hijo.

Para entonces Gayle ya tenía su asiento, que a petición suya habían colocado entre Jana y Harley, y las tres mujeres se habían puesto a conversar bajo la atenta mirada de Brandon.

—No me has llamado, por lo que imagino que mi pedido todavía no está listo —le dijo a Jana.

—Todavía no —repuso ella haciendo un mohín simpático—. He recibido las prendas del taller de serigrafiado, pero les falta mi último toque y para eso necesito silencio y tranquilidad, y este fin de semana, hemos tenido a nuestro queridísimo amigo de visita y no hemos parado de hacer cosas… —Los ojos de Jana se cruzaron con los de Lau, quien le tiró un beso.

—Cierto, ahora que lo dices, nunca te he visto dibujar o pintar en la *boutique*… Es curioso. Siempre que voy a mercadillos, los artesanos parecen tan ocupados…

Declan también lo había notado y estaba interesado en conocer su respuesta. Nunca la había visto con un cuaderno de bocetos en las manos. Ni siquiera durante las convenciones, donde por lo general había tiempos muertos cuando los stands se llenaban de visitantes y Jana tenía que esperar a que su dueño se desocupara para poder atenderla.

—¡Es que a las dos nos encanta hablar! —intervino Harley.

—A ti más que a mí, pero sí, es cierto —convino Jana—. En eso mi socia y yo nos parecemos mucho, las dos pensamos que hay que darle a cada cosa su sitio. No tiene sentido abrir una tienda si al que entra por la puerta no le haces el menor caso porque estás en tu momento creativo y ni siquiera te has enterado de que está allí. Como cliente, huyo de esos sitios. Quiero que me atiendan, que me demuestren su interés, que me convenzan de que ese colgante o ese bolso son una compra ideal. Si no, adiós, muy buenas.

El recuerdo del día anterior, esperando pacientemente a que Jana dejara de hablar con los tenderos y acabara de hacer la compra de una vez, regresó a la mente de Declan poniendo una sonrisa en sus labios. Así que esa era la razón; deseaba atención. Qué dato más interesante.

—O esa mortadela —apuntó el guardaespaldas animado por el descubrimiento que acababa de hacer. Para que todos entendieran a qué se refería, hizo las aclaraciones oportunas—: Ayer estuvo media hora conversando con el charcutero mientras probaba docenas de embutidos hasta que se decidió por uno. ¡Creí que no nos iríamos nunca del bendito mercado!

—¡Uy, eso no es nada! —dijo Harley—. Nunca la lleves a mirar zapatos, hazme caso; puede pasarse allí todo el día… ¡Se lo prueba todo!

—¿Queréis dejar de meteros conmigo, por favor? No te preocupes, Gayle. Esta noche, cuando esté tranquila en casa, convoco a las musas y me pongo con tu pedido…

—Será una maravilla, como todo lo que tocan tus manos, Jana.

Fue en aquel momento cuando Brandon salió de su ostracismo.

—¿Es para ti o es para tu sobrina?

Harley lo reprendió con la mirada, algo de lo que Brandon no fue consciente ya que en ningún momento apartó sus ojos de Gayle. Quería saber qué era lo que sucedía y ya que la tenía delante, aprovecharía la ocasión.

La mujer no pudo evitar sonrojarse al comprender que Brandon pensaba que ella había mentido.

—No es para mí, me gusta mucho la ropa que diseña Jana, pero no se adapta bien a mis compromisos sociales… —Esbozó una sonrisa—. No quiero imaginar las caras de las damas del club si me vieran entrar con una camiseta estampada al estilo AC/DC…

—¡Quién sabe, igual hacías furor! —comentó Jana genuinamente divertida por su comentario.

—Lo más probable es que causara infartos —repuso Gayle—. Tampoco es para mi sobrina… Soy hija única, así que no tengo sobrinos de sangre. Es la hija adolescente de una buena amiga. Me llama «tía» desde que era una niña y yo se lo he permitido… Supongo que es mi forma de hacer realidad el sueño de tener sobrinos… Le encanta este tipo de ropa, los abalorios y los bolsos que diseña Jana y está en la edad de llevarlos, pero su madre trabaja dieciocho horas al día y aunque lo intenta, no puede permitírselos… Pero para algo están los tíos, ¿no? —comentó, mirando a Brandon.

Así que ahora ya no es tu sobrina, sino la hija adolescente de una buena amiga. ¿Existe, de verdad?

—¿Por qué nunca nos la has presentado?

La punta de la bota de Harley golpeó la espinilla de Brandon y él la miró algo desconcertado, pero enseguida volvió a concentrarse en Gayle, quien esbozó una sonrisa y se tomó algún tiempo para considerar qué respuesta ofrecerle a su cuñado.

Los Baxter eran una familia mucho menos abierta a la llegada de extraños a su seno de lo que Brandon pensaba. Sin embargo, su ignorancia al respecto estaba justificada ya que desde la adolescencia se había dedicado a ver mundo y a hacer de su vida lo que le había dado la gana. Incluso ahora, que llevaba seis años manteniendo cierto contacto con su familia y viviendo en un barrio en el que desentonaba tanto como ella visitando una tienda de ropa *grunge*, continuaba habitando su propio universo, un lugar donde las cosas eran siempre como él deseaba. Aquel no era el momento idóneo para sacarlo de su error, de modo que optó por una solución de compromiso.

—No ha surgido la ocasión. Es un poco tímida, pero creo que haría muy buenas migas con Hugo.

La mirada de Brandon se tornó desafiante. Definitivamente, no estaba por la labor de dejarlo correr.

—Ah, perfecto, pronto es el cumpleaños de Hugo y vamos celebrarlo a lo grande, ¿verdad, colega? —dijo, mirando a su hijo—. ¿Podríamos invitarla, no?

Al niño se le iluminaron los ojos.

—¿Vamos a hacer una fiesta por mi cumple?

Brandon pensó en lo increíble que le resultaba su alegría, su inocencia, y la inmensa capacidad que el pequeño tenía de transformar sus emociones. Le bastaba mirarlo a los ojos para contagiarse de su alegría.

—¿Y qué pregunta es esa? Claro que sí. Solo se cumplen los once una vez y hay que celebrarlo.

Sin embargo, la alegría de Hugo ejercía su poder transformador más allá de su padre. Algo que quedó confirmado cuando él exclamó uno de sus «¡ay, qué bien, qué bien!" y la mesa al completo explotó en carcajadas.

—¡Perfecto! —repuso Gayle con el rostro arrebolado—. ¡Se lo diré, seguro que le encantará conocerte, Hugo!

Brandon festejó la alegría de su hijo y no volvió sobre el tema. La ocasión de presentarles a su sobrina acababa de surgir, él se la había servido en bandeja, y solo le quedaba esperar a la fiesta de cumpleaños de Hugo para comprobar si decía la verdad.

Pero aquel momento distendido, no estaba destinado a durar.

Kyle había intentado que su esposa regresara a la mesa enviándole un par de mensajes de los que ella, entretenida con la conversación, no se había enterado. Volver a verse las caras con su hermano era lo último que deseaba, pero si querían marcharse y continuar con el plan del día, tendría que hacerlo.

—Hola a todos —dijo secamente, de pie junto a su esposa—. Te estamos esperando para pedir el café y marcharnos, Gayle.

Ella se sonrojó, incómoda no solo por sus palabras, sino también por su actitud.

—Ah, cariño, sí, lo siento… Pedidlo, que yo enseguida voy.

Kyle no se movió del sitio.

—Nena, son nuestros invitados y los has dejado solos.

—No están solos, están contigo —repuso ella, escondiendo tras una gran sonrisa su no menos grande incomodidad—. No te preocupes. Por favor, ve. Yo no tardo nada.

Brandon notó que a su hermano se le ponía cara de búfalo a punto de embestir. Normalmente no le habría extrañado, pero en este caso le resultó totalmente incongruente con su forma de ser. Al igual que sucedía con su progenitor, si había algo que Kyle detestaba eran las escenas en público. El qué dirán lo era todo para él.

——Pide una silla o vuelve a tu mesa, Kyle —ordenó, mirando a su hermano directamente a los ojos.

La tensión del ambiente era tal que Hugo se apretó contra su padre quien comprendió que intervenir de aquel modo había sido una pésima idea. Palmeó el hombro de Hugo, dándole a entender que no tenía de qué preocuparse. Pero al pequeño le había cambiado la expresión, ya no quedaba rastro de su alegría. A Brandon le partió el alma.

En aquel momento Harley se levantó de su asiento, buscando al metre con la mirada mientras decía:

—Quédate, Kyle y dile a tus amigos que vengan. Hay sitio para todos, y en cuanto nos traigan unas cuantas sillas, estaremos cómodos.

La furia de Kyle se relajó hasta casi ser imperceptible en su rostro. Era como si alguien hubiera bajado el volumen. Esa era otra faceta de su hermano que Brandon detestaba; de su esposa esperaba obediencia, pero cuando se trataba de otra mujer, especialmente si era hermosa, se convertía en un idiota adulador igual que la mayoría de los ejemplares machos de la especie humana.

—Muchas gracias, Harley… Eres muy amable. Esta vez voy a declinar tu invitación, estábamos a punto de marcharnos, pero la próxima la aceptaré encantado —y con esas miró a su mujer—. Vuelvo con nuestros amigos, no tardes. ¡Adiós a todos! ¡Adiós, *Spiderman*! —le dijo a Hugo, quien se limitó a ofrecerle una de sus sonrisas-mueca, que dejaban a la vista sus dos hileras de dientes.

No solo la tensión de Kyle había bajado de nivel, la de todos los presentes también. Incluso Hugo había vuelto a celebrar a su manera teatral que el camarero se acercaba con su helado.

—Yo también voy a marcharme —dijo Gayle, poniéndose de pie—. Os dejo que sigáis disfrutando de estas delicias y vuelvo con mis invitados… ¿Me avisas en cuanto pueda ir a recoger mi pedido? —le preguntó a Jana.

—Quédate tranquila. Te aviso sin falta —repuso ella—. De todas formas, ven a vernos cuando quieras. Siempre eres bienvenida ¡y siempre hay café listo!

—¡Y un stock de pastas que están de rechupete! —añadió Harley.

Gayle sonrió complacida.

—Lo tendré en cuenta. Quizás hasta contribuya al stock con alguna tarta casera, ya veremos.

—¡Entonces eres más que bienvenida! —exclamó Jana.

Gayle se despidió con la mano y se alejó de regreso a su mesa.

—¿Ves? No es ninguna estirada, BB —dijo Harley.

—Al contrario —intervino Lau—. Parece muy agradable. Nada que ver con la joven seria y un tanto taciturna que he visto en tu casa, Brandon.

—Bueno, no sé… Está casada con Kyle y eso dice mucho —apuntó Declan que hasta el momento se había dedicado a observar y a analizar lo que veía.

«Amén a eso, colega», pensó Brandon.

—Lo que faltaba —se quejó Lau—; ¿ahora juzgamos a las personas por las parejas que eligen?

—¿Te refieres a este planeta o al tuyo? —repuso el guardaespaldas—. En este, la respuesta es sí. Aquí el tipo que acompaña al que te apunta con una navaja cuando estás sacando dinero de un cajero también es un ladrón.

—No hablamos de delincuentes, Declan. Solo de parejas desparejas, algo que es mucho más habitual de lo que piensas y sabrías si no fueras tan… —hizo un gesto con la mano, como si buscara la palabra adecuada y Declan fuera tan inclasificable que no pudiera encontrarla—. Lobo solitario.

Declan se estiró cuan largo era en su silla, sacando las piernas por el costado de la mesa. Se cruzó de brazos, dispuesto a disfrutar de los siguientes minutos. Solía resultarle muy pesado que Lau diera rienda suelta a sus comecocos reflexivos…. Pero, de vez en cuando, disfrutaba del proceso. Le encantaba meterse con él, era uno de los mayores placeres que le proporcionaba su vieja amistad.

—Lo que tú llamas «lobo solitario», yo lo llamo ser «muy selectivo».

—¿Selectivo tú? —dijo Harley, tronchándose. Notó que Jana sonreía pero giraba la cabeza, como si buscara a alguien que estaba al otro lado del jardín, y que Brandon, en cambio, intentaba contener la risa.

Declan la miró directamente.

—De toda la vida, sí. Una cosa es con quién pasas un rato y otra muy distinta es a quién metes en tu vida.

—¡Vaya! —dijo Lau—. ¡Si al final nos has salido un sibarita de las relaciones personales. Qué escondido lo tenías!

—¿Escondido? Qué va. Yo diría que es bastante evidente. ¿Cuántas «novias» mías —hizo el gesto de entrecomillar la palabra— habéis conocido?

—Ninguna. Ni nada remotamente parecido —repuso Lau.

—¿No has tenido ninguna novia? —quiso saber Hugo que, de pronto, había dejado de interesarse en su helado y miraba a Declan con los ojos muy abiertos.

—Amigas, sí, muchas. Novias, no. Y si no entiendes la diferencia, pregúntaselo a tu padre —Dio un puñetazo al hombro de Brandon mientras sonreía con malicia—. Él te lo explicará encantado.

—¿Cómo no voy a entender la diferencia? ¡Soy un niño, pero no soy tonto!

Las risas duraron un buen rato antes de que la conversación se reanudara.

—Pues ahí lo tenéis; muchas amigas, ninguna novia. Soy muy selectivo.

—Qué exigente —lo pinchó Harley.

—¿Y eso me lo dices tú?

Harley le hizo un guiño.

—Me encanta pincharte, pero que conste que estoy totalmente de acuerdo contigo. Haces muy bien en ser exigente. Compartir tu vida con alguien es un asunto muy serio. —Sus ojos acariciaron los de Brandon—. Tienes que tener muy claro el paso que vas a dar, antes de darlo.

—Ya, ya, pero la perfección reside en el equilibrio y yo creo que lo tuyo es pasarse —volvió a decir Lau—. ¡Tienes cuarenta años, chico! ¿Hasta cuándo piensas seguir siendo tan selectivo? Con el tiempo todo decae, ya lo sabes… No hay forma de oponerse a la gravedad —y coronó su frase con un guiño a Jana que a ella la hizo sonreír, pero también sonrojarse.

Algo de lo que Declan se percató de inmediato, y decidió aprovechar.

—¡Cuidado con lo que dices, hombre! ¿No ves que es una niña todavía? Mira, se ha puesto roja…

—Ja, ja, ja —se burló ella, con la cara del mismo color de su pelo.

Harley y Brandon intercambiaron miradas y tuvieron claro que aprovecharían a fondo esa oportunidad caída del cielo.

—Lo que deberías hacer es tranquilizarla, Dec —intervino Brandon—. Explicarle que en hombres como nosotros, que entrenamos a diario desde que éramos unos críos, la gravedad no es un asunto *tan serio*.

Los otros dos hombres de la mesa se quedaron cortados ante una broma que no esperaban y menos de alguien tan medido como Brandon. El súbito movimiento de Jana, que se agachó como si estuviera recogiendo algo que se le había caído debajo de la mesa, puso el broche de oro al momento.

Horas después, Declan tenía que contener el impuso de echarse a reír cada vez que sus miradas se cruzaban.

—¿Seguro que puedes tú sola con eso? Mira que no me importa llevarlo hasta tu casa —ofreció Declan.

Lau se había quedado con Jana hasta el último momento y cuando había llegado la hora de marcharse, Brandon y Harley lo habían llevado al aeropuerto. Después de cerrar la *boutique*, Declan se había ofrecido a llevarla a su casa, a ella y a las tres cajas de prendas que había recibido del taller de serigrafía.

«Llevas una hora mirando el reloj cada cinco minutos», pensó Jana, pero en cambio dijo otra cosa. Ya estaba poniendo la llave en la cerradura cuando habló:

—No, no quiero entretenerte… Seguro que ya te has percatado de que las chicas odiamos esperar… —Declan abrió la puerta y la sostuvo abierta para Jana. Entró detrás de ella y llamó al ascensor ante su mirada divertida. Jana continuó—: Yo soy muy puntual, así que no quiero ser la razón de que llegues tarde. Además, creo haber dicho que no hacía falta que subieras conmigo…

Como si le hubiera estado hablando a la pared, Declan abrió la puerta del ascensor y esperó a que ella entrara en primer lugar. Después, apiló las tres cajas en un rincón y apretó el botón de la segunda planta. El ascensor era estrecho y aunque no quería pensar en eso, no podía evitarlo. Nunca habían estado tan cerca. Podía oler su perfume, una fragancia dulzona indefinible de la que no acertaba a adivinar ni uno solo de sus componentes. Y tampoco quería pensar en lo embriagadora que le resultaba.

—Pues serás la única que queda en el planeta… —repuso al cabo de unos instantes—. O tendrás un fallo en la codificación, quién sabe, porque está claro que ser puntual no es la norma en las de tu sexo.

Jana no podía rebatirlo. Su propia madre la había puesto de los nervios durante toda su adolescencia, haciendo que tuviera que esperarla para todo. Siempre era la que llegaba primero a las citas cuando quedaba con alguien, daba igual si era un hombre o una mujer y, en consecuencia, normalmente era a quien le tocaba esperar, esperar y esperar.

Los dos permanecieron en silencio hasta que el ascensor se detuvo en la segunda planta y Declan, en un nuevo alarde de aquello que Harley había denominado «galante sin pasarse», había abierto la puerta para dejarla salir en primer lugar.

—Te invitaría a un café —empezó a decir Jana. Estaba de espaldas a él mientras abría la puerta del piso, por lo tanto él no podía ver que estaba sonriendo—, pero llevas una hora mirando el reloj a cada rato, así que supongo que es porque te esperan.

Fue en ese momento que Declan hizo un descubrimiento. Lo pasaba bien a su lado y de no ser porque, efectivamente tenía que marcharse, habría aceptado esa taza de café. Eso lo sorprendió ya que, citas sexuales al margen, no recordaba que alguna vez hubiera deseado pasar un rato con otra mujer.

La voz de Jana había sonado natural, como si estuviera diciendo algo que se caía por su propio peso, y no una de sus habituales pullas. Pero conociéndola, él no se fiaba del todo.

—Y yo lo aceptaría, pero tengo que irme. No creo que se enterara si llego tarde, por lo que recuerdo, nunca he sido su persona favorita. Pero, aunque tengo un permiso especial por mi trabajo, no quiero abusar. La residencia tiene unos horarios y son bastante estrictos con eso.

Jana se puso seria al instante.

—¿Residencia?

Declan asintió.

——Sí, es donde está mi padre. Tiene Alzheimer en un estadio muy avanzado ya. —Hizo un amago de sonrisa en un intento de quitarle hierro al asunto—. Rara vez me reconoce, pero la esperanza es lo último que se pierde, ¿no?

—Ay, Declan, no tenía ni idea… Lo siento mucho. Me imagino por lo que estarás pasando. El declive de la vida está ahí, es una realidad para todos pero, por alguna razón, cuando le toca a tu padre o a tu madre siempre te encuentra con la guardia bajada. Yo lo pasé con mi madre, estuvo enferma mucho tiempo. Fue una agonía.

Otra sorpresa más, pensó Declan. Comprendió que, a pesar de los años transcurridos desde que se habían visto por primera vez, en realidad, él sabía poco y nada de ella.

—¿También tuvo una enfermedad mental?

Jana bajó la cabeza durante un instante. A pesar de que las cosas habían cambiado con el tiempo, la enfermedad de la que había muerto su madre seguía siendo mal vista socialmente.

—No. Murió de SIDA. —La expresión de puro asombro en el rostro de Declan la impulsó a continuar—: No es lo que la gente piensa. Hay muchas formas de contraer esa enfermedad, pero morir de ella es terrible, independientemente de cómo la hayas contraído.

—Vaya… Yo tampoco tenía ni idea… A ver, jamás hablas de tus padres y te has venido a Londres con Harley como si nada te retuviera en Ámsterdam, así que daba por hecho que ya no estaban vivos… Pero esto es diferente. A uno le gustaría que ya que tienen que irse y dejarnos, sucediera por la noche mientras duermen. Sin sufrimiento. Sin desgarros. Que se fueran en paz.

Ella asintió pensando en la cantidad de veces que había rogado a un Dios en el que ya no creía demasiado, que pusiera fin al sufrimiento de su madre y se la llevara de una vez, pero él tenía otros planes.

Y Declan también los tenía para aquella tarde. Planes muy importantes.

—Ve, Declan. Y gracias por la ayuda. Si te das prisa, seguro que llegas a tiempo. Ya nos tomaremos el café otro día.

Hacía más de una hora que Hugo se había dormido y Brandon y Harley se estaban despidiendo. En realidad, ella había indicado en otras dos ocasiones que se iba, pero, como solía sucederles, una cosa llevaba a la otra y allí seguían, en el pasillo que conducía a la puerta de salida, intentando arañarle unos minutos más a un día que había estado cargado de emociones y de alegría.

—Estás ojerosa, ¿te sientes bien? —preguntó él tras escrutar su rostro unos instantes.

—Claro, ¿cómo no voy a sentirme bien después del cuerpo a cuerpo fabuloso que hemos tenido hace un rato en el baño? Te has portado como un campeón —le dijo, al tiempo que frotaba los brazos masculinos en un gesto de ánimo.

Él sonrió halagado, pero no lo dejó correr.

—¿Cuánto dormiste anoche?

—No mucho —concedió, aceptando a regañadientes que había perdido totalmente la capacidad de hacerle pasar gato por liebre.

Brandon le apartó el cabello de la frente.

—O sea, nada.

—Vaaale —admitió—. Un par de horas, no mucho más. En parte, es culpa mía —y al ver que él arrugaba el entrecejo, aclaró —: No me refiero a las pesadillas, esas no son culpa mía. Me refiero a que con esto de quedarnos en Londres «a prueba» y todo el trajín de abrir el nuevo negocio, no he estado siguiendo el tratamiento. Esta mañana he caído en la cuenta de que ni siquiera he buscado nuevos médicos aquí. Mañana, sin falta, me pondré con ese asunto.

Él se inclinó a besarla.

—Eso está muy bien, Harley.

—No voy a permitir que estas malditas pesadillas sigan condicionándome la vida. Me niego. Quiero una vida normal, como cualquier persona —acarició ligeramente la nariz masculina—. Disfrutarla a fondo contigo. Disfrutar de lo que tenemos. Las pesadillas son la secuela de un pasado que ya he enterrado y no quiero saber nada ni con ese pasado ni con su secuela. Lo que quiero es este presente, el que tengo contigo.

Brandon sintió que se le aflojaban las piernas. Ella hablaba de disfrutar la vida con él, no de compartirla, pero, de algún modo extraño, a él le parecían la misma cosa.

—También un futuro, espero —se atrevió a decir, escondiendo la seriedad de lo que decía tras su expresión de niño pícaro.

Ella sonrió, volvió a acariciarle el rostro lentamente mientras pensaba en cuánto habían cambiado las cosas en tan poco tiempo. *En cuánto había cambiado ella en tan poco tiempo.*

—Nunca me ha gustado pensar en el futuro, mucho menos planearlo, pero contigo… —sacudió ligeramente la cabeza—. Tú has marcado una diferencia, señor Baxter. Mis presentes contigo son tan buenos, que es imposible no desear repetirlos y has conseguido que me pase el día ideando formas de hacerlo…

Él se rió bajito, apoyó su frente con la frente femenina. Aquello no era exactamente lo que deseaba oír, pero era un paso más en la dirección correcta y le valía.

—Te refieres a «presentes» como el de hace un rato, ¿no? Bueno, es comprensible que desees repetirlos. Hasta yo me apuntaría a una repetición ahora, allí mismo —señaló con la mirada el rincón junto a la puerta de salida.

Qué grande eres, BB. Y cuánto te amo…

—Me refiero a todos nuestros presentes, Brandon. Todos y cada uno merecen tanto la pena que ya no quiero pasar sin ellos… Sin ti —le dijo, mirándolo a los ojos y al sentir la intensa emoción que se había adueñado de los dos en un instante, cambió el tono y se apartó antes de que fuera demasiado tarde —. Pero no va a haber repeticiones ahora, lo siento. Debo meterme en la cama e intentar dormir, y si tengo ese cuerpazo al alcance de la mano… ¡Querré hacer otra cosa!

—¿En serio no me dejas llevarte a casa? —dijo él en un último intento de que la noche no acabara.

—En serio. Basta de tentaciones por hoy. —Se puso de puntillas y lo besó en los labios—. Descansa, BB. Te veo mañana.

Brandon la detuvo. Se inclinó hacia ella y se adueñó de su boca. Fue un beso largo y muy dulce.

—Te adoro, Harley —susurró sobre los labios femeninos.

Ella esbozó una sonrisa pícara. Lo empujó con suavidad en un gesto de querer quitárselo de encima.

—Deja. De. Tentarme —repuso y se encaminó hacia la salida.

Él se echó a reír. Harley ya había abandonado su casa y estaba a punto de cerrar la puerta cuando Brandon exclamó:

—¡Lo siento, tenía que intentarlo!

Entre-Historias 11

Viernes, 15 de octubre de 2010.
Residencia de Brandon Baxter-Cox,
Knighstbridge, Londres.

Brandon echó un vistazo al reloj y soltó un bufido. No hacía ni cuatro horas que Harley había puesto rumbo a Perpiñán y él ya se estaba volviendo loco de ganas de verla. Con tres días completos por delante hasta que eso sucediera, la perspectiva era desesperante.

En cuanto el ascensor se detuvo en su planta, salió a prisa y fue a reunirse con Sigfried que lo estaba esperando en el recibidor. Los pintores llevaban varios días trabajando en la habitación que entre Hugo y él habían elegido para Harley, y antes de continuar, querían que Brandon diera el visto bueno al color de los marcos.

—¿Han acabado ya?

—Sí, señor —repuso el mayordomo—. Están en el jardín tomando un refrigerio.

Se dirigieron a la habitación. El olor a pintura era tan intenso que cualquiera habría podido seguir el rastro aunque jamás hubiera estado en aquella casa antes. Estaba vacía y habían cubierto el suelo con un plástico sobre el cuál había cubos de pintura, rodillos y pinceles así como una escalera de triángulo de doce peldaños. Tenía que reconocer que había quedado mucho mejor de lo esperado. Esta era la segunda vez que se pintaba en cuatro días, ya que la primera no había quedado de su agrado una vez que la pintura se había secado. Pero aquel azul francia oscuro era exactamente el que quería. Era un color que a Harley le encantaba y además era el que los médicos recomendaban para los problemas de sueño. Las molduras y los marcos también eran azules, dos tonalidades más claras, y el techo era de color crema, casi blanco. Con los muebles y las cortinas quedaría perfecto.

—Sí, esta vez me gusta. ¿Cuánto tardará en irse el olor?

—No más de dos o tres días, señor… Si dejamos todo abierto, se aireará antes.

Brandon asintió.

«Mejor dos que tres», pensó. Harley estaría de regreso en Londres el domingo por la noche y de más estaba decir que él intentaría por todos los medios que la estrenara.

—Que se quede abierto. Este olor es insoportable. ¿Cuándo llegan los muebles?

—Mañana temprano, señor. Los dejarán montados, yo me ocuparé de todo. Por la noche la habitación estará terminada, no se preocupe.

Brandon volvió a mirar la hora por enésima vez. Tenía hora con un cliente y apenas le daba tiempo a regresar al estudio. Pero después del fiasco con la primera mano de pintura, no había querido arriesgarse.

—Tengo que irme ya o llegaré tarde.

En aquel momento sonó su móvil. Brandon se puso tenso al ver de quién era la llamada.

—¿En qué puedo ayudarla, señora Robinson? —se adelantó.

La voz de la directora del colegio donde estudiaba Hugo sonó amable, pero nerviosa.

—Buenos días, señor Baxter. Le llamo porque Hugo no se encuentra bien. Le hemos tomado la fiebre y esta vez, no es una excusa para que usted venga a recogerlo.

Por supuesto que no era ninguna excusa. Hacía varios meses que su hijo había dejado atrás su época de tristeza. Ahora era un buen estudiante que no faltaba nunca a clase y sus profesores estaban encantados con él.

—¿Qué le sucede, tiene fiebre?

—Sí, se ha sentido indispuesto buena parte de la mañana y al tomársela hemos visto que tiene más de treinta y ocho.

—Voy para allá ahora mismo —repuso Brandon que cortó sin esperar respuesta y se dirigió hacia la salida, seguido del mayordomo.

—¿Le sucede algo a Hugo, señor?

—No sé qué es lo que le pasa, pero me han dicho que tiene fiebre. Por favor, avisa a mi madre y también avisa a… —Brandon se restregó la frente nervioso—. Tú ocúpate de mi madre, que yo llamaré a Amy. Tiene que cancelar todas mis citas de hoy.

—¿No desea que también avise al doctor?

Brandon consideró el asunto. Seguramente, Hugo habría enfermado varias veces en su corta vida, pero él no había estado allí para verlo. Esta era la primera vez y los nervios se lo estaban comiendo vivo. Las únicas referencias que tenía sobre enfermedades infantiles eran los escasos recuerdos que guardaba de cuando él mismo había estado enfermo que, o bien no habían sido muchas, o bien las había borrado de la memoria. No sabía si en un niño treinta y ocho grados eran muchos, pero precisamente por ser tan consciente de su ignorancia, no pensaba correr ningún riesgo.

—Sí, buena idea, Sigfried. Te llamaré cuando estemos de camino.

Mientras se cambiaba de ropa gracias a la muda que siempre llevaba en el maletero y retiraba parte del maquillaje valiéndose de unas toallitas desmaquillantes y del espejo retrovisor, no dejaba de darle vueltas a qué podía pasarle a su hijo. El día anterior se había quejado de dolor en la garganta, pero a él no le había extrañado porque se habían quedado viendo un partido de fútbol después de cenar y el niño había celebrado cada jugada peligrosa de su equipo favorito, gritando y saltando. No tenía tos, había comido bien como siempre y parecía estar perfectamente.

Se disponía a salir cuando su móvil sonó anunciando que tenía un mensaje. Lo abrió y leyó:

«La habitación tiene una bañera enoooooooorme ¿y sabes lo que he pensado al verla? ¿Lo adivinas, BB? ¡Qué laaaaaaaaaaargo se me va a hacer este fin de semana».

Ay, nena, qué ganas de que ya sea domingo.

Brandon descartó la idea de responder con otro mensaje y la llamó. Necesitaba oír su voz y en todo caso la clase de noticia que tenía, era mejor darla en directo.

—*Eh… ¡Qué sorpresa más agradable…!* —lo saludó Harley—. *¿Qué, mi bañera te ha puesto tan caliente que me has llamado para decírmelo de viva voz?*

—Nena, tú me pones a mil, con bañera o sin ella. No te llamo por eso y tengo que marcharme enseguida, así que iré al grano… Quería decirte que hoy no estaré muy pendiente del móvil… Me han llamado del colegio de Hugo. No se siente bien, tiene fiebre y ahora voy a recogerlo…

—*Ay, Brandon, pobrecito… Qué pena que yo no pueda estar ahí… Además de que mi presencia tiene demostrados efectos positivos sobre ti, seguro que se me daría mejor lidiar con un niño que está malito —*

bromeó, en un intento de que aquella preciosa voz que había sonado tan apesadumbrada, se animara un poco.

—¿Y eso por qué? Bueno, quiero decir, me encantaría que estuvieras aquí conmigo, y no me preocuparía en absoluto que se te diera mejor que a mí confortar a Hugo… Si te digo la verdad, estoy de los nervios…

—*¡Era una broma, BB!* —Sus risas le acariciaron el corazón a Brandon, robándole una sonrisa—. *A ti todo se te da de fábula y esto también. Ve, date prisa y no te preocupes por mí, que si Hugo no se siente bien, su mejor medicina es estar contigo. Eres un padrazo.*

—¿Tú crees? No sé yo… Debería estar tranquilo, tener el control de la situación y lo único que estoy es atacado de los nervios. Ahora mismo me siento especialmente inútil…

—*Sé que eres un padre fabuloso. Y lo que sientes es normal, ¿o crees que los otros padres no sienten lo mismo? ¡Claro que sí! Te iré llamando para saber más, quédate tranquilo.*

Brandon exhaló un suspiro. Se sentía agradecido. Aliviado.

—¿Te he dicho hoy que te adoro?

—*—Sí, cuatro o cinco veces, pero nunca es suficiente y además me encanta oírlo, así que gracias. Yo también te adoro, Brandon. ¡Vamos, corre, ve a por Hugo! Ya hablaremos luego.*

—Gracias, nena. Eres increíble y te lo compensaré con creces el domingo, cuando vuelvas.

—*¡Eso espero, campeón!* —se despidió Harley.

Brandon cortó la llamada, dejó el móvil en el salpicadero y se puso en marcha de inmediato.

—Es una gripe —fue el diagnóstico del médico después de examinar a Hugo—. Unos días en la cama, tomando sus medicinas y alimentándose bien, y estará como nuevo.

La mirada de Brandon se cruzó con la de su madre de camino al sesentón a punto de jubilarse de su profesión de médico general al que conocía desde hacía años, ya que era el médico de la familia. Ignoró el mensaje de «te lo dije» que leyó en los ojos femeninos y se dirigió al médico que respondía al nombre de Joseph Barry:

—¿Qué debemos entender por "alimentarse bien", doctor? —preguntó Brandon echándole un vistazo a su hijo. Al verlo hecho un ovillo y con la mirada apagada, pensó que debía sentirse realmente mal para que no mostrara el menor interés por ese asunto con lo goloso que era.

—Muchos líquidos, frutas, comidas ligeras y nada de comida basura. No se preocupe si se muestra inapetente, pero debe beber muchos líquidos. Es muy importante. —Acarició la cabeza del niño a modo de despedida—. Volveré a verte el lunes, a ver qué tal sigues.

—Voy a acompañar al médico, Hugo. Enseguida vuelvo.

—Ve tranquilo, Brandon, yo me quedo con él —dijo Fay, que fue a sentarse junto al enfermo.

Una vez fuera de la habitación del pequeño, Brandon se detuvo.

—¿Estará bien? ¿Qué pasa con la fiebre? ¿Qué debo hacer si sube?

El hombre comprendió que aunque su madre estaba allí, no era ella quien se ocuparía del niño.

—Lo normal es que suba y que los próximos dos días Hugo lo pase mal. No hay mucho que usted pueda hacer al respecto, señor Baxter. Más que ponerle paños fríos en la cabeza, asegurarse de darle las medicinas a su hora e intentar animarlo. No se preocupe, solo es una gripe. En cualquier caso, ya sabe dónde encontrarme.

El mayordomo ya estaba allí y no tenía sentido continuar dándole vueltas al tema. «Solo es una gripe», se repitió, consciente de que eso no rebajaba en nada su nerviosismo.

—Muy bien… Gracias, doctor Barry. Sigfried lo acompañará a la salida.

Cuando Brandon regresó a la habitación de Hugo, quince minutos más tarde, lo hizo cargado de cosas: su bata, su manta y su almohada, así como su maletín de dibujo. Vestía un traje pijama negro que jamás se había puesto antes y unas pantuflas.

Fay se echó a reír.

—¿Se puede saber qué haces, Brandon?

—Instalarme en la habitación de mi hijo. ¿Por qué? ¿Tienes algo que decir? —repuso él mientras disponía las cosas que había traído en el lugar más conveniente. Hugo apenas lo había mirado antes de volver a cerrar los ojos y el nudo que Brandon tenía en el estómago desde la llamada de la directora, se tensó un poco más.

—Sí, que eres un exagerado. Para poder cuidar de alguien hay que estar bien, cariño. Eso supone descansar y si te instalas aquí, no pegarás ojo en toda la noche. Ya que no quieres que me quede y te ayude, con más razón deberías intentar dormir.

Brandon volvió a ignorar sus comentarios. No ponía en entredicho su experiencia ni sus buenas intenciones, pero perdía de vista un elemento importantísimo de la ecuación; él era su padre pero no había ejercido como tal hasta que la trágica muerte de Anika y Finn lo había traído a su vida, hacía once meses. Si había un momento en el que el pequeño se acordaría de su madre y la necesitaría era ese. Por lo tanto, a él le tocaba hacer de padre y de madre. Dijera lo que dijera Fay, no pensaba moverse de su lado.

Se inclinó sobre Hugo. Él no abrió los ojos. Tenía las mejillas y los labios enrojecidos por la fiebre. Tocó su frente y comprobó que estaba muy caliente.

—Necesita un paño frío. Está ardiendo.

Fay miró a su hijo con cariño. Solo era una gripe, pero verlo tan asustado y preocupado, le partía el corazón.

—Deja. Ya lo voy a buscar yo. Tú quédate con él.

Brandon se echó en el borde de la cama junto a Hugo intentando no molestarlo. En cuanto el pequeño sintió la presencia de su padre, se dio la vuelta de cara a él.

—No pasa nada, papi… Solo es una…

—¿Gripe? —lo interrumpió Brandon apartando suavemente unos mechones de cabello de su frente acalorada.

El niño esbozó un amago de sonrisa pero no respondió. Brandon se estiró a coger su móvil y acercó su cabeza a la suya.

—Sonríe a la cámara, colega, que esta foto es para Harley. Se quedó preocupada cuando le dije que estabas enfermo y así la tranquilizamos, ¿no te parece?

Hugo tenía un aspecto malísimo y ni siquiera aquella sonrisa-mueca que solía poner cuando quería hacerse el gracioso, logró mejorarlo.

Brandon hizo la foto, la adjuntó a un SMS y se la envió a Harley. Luego, volvió a dejar el móvil sobre la mesilla y le pasó un brazo por debajo del cuello a Hugo, atrayéndolo hacia su cuerpo.

—Intenta dormir, peque —le dijo—. Papá está aquí y seguirá aquí cuando despiertes.

Aquella misma noche, en Perpiñán…

Jana sonrió al ver la cara de muerta que tenía su socia. Acababa de darse un baño, había dicho que eso seguramente la animaría, y ahora estaba desfallecida en el sofá del salón de la suite, totalmente vestida y maquillada, esperando a Declan. Y luciendo igual de mal que cuando había llegado.

—Tú no te rías tanto que estás peor que yo. Al menos, tengo el maquillaje en condiciones. Tus ojeras son como un velo de novia que arrastras dos metros detrás de ti. Asustas, *cari*.

Jana asintió al tiempo que se dejaba caer en el sofá de enfrente. Había asistido a la convención por Harley, no quería que estuviera sola todo el fin de semana. Menos después de la semana que había tenido en la que las pesadillas la habían despertado casi cada noche. Pero como no se lo había dicho a su amiga para que no pusiera el grito en el cielo, había tenido que emplearse a fondo en sostener su mentira, por lo que se había pasado todo el día haciendo contactos comerciales. Pero no era esa la única razón de tener ojeras terroríficas.

—Había mucho bullicio, ¿no? Me estaba agobiando.

—Es la sangre latina, cariño —explicó Harley, exhalando un suspiro al quitarse las botas. Sabía que hacerlo no era una buena idea porque Declan estaba a punto de recogerla y volver a calzarse sería un suplicio, pero le dolían los pies—. En Italia y en España pasa igual. *Bah*, te acostumbras enseguida. Tienen de ruidosos lo que tienen de divertidos y apasionados, así que compensa.

—Díselo a mi dolor de cabeza —repuso Jana que también exhaló un suspiro al quitarse sus plataformas.

Harley fue la primera en echarse a reír. Jana se contagió enseguida.

—Estamos hechas polvo… ¡Ni que tuviéramos cien años!

—¿De verdad no quieres venir a cenar con mis padres? Siempre lo pasamos bien con ellos… Me da no sé qué dejarte sola, Jana…

Ella le quitó importancia con un gesto.

—Te lo agradezco, *cari*, pero ya sabes que la menstruación me deja fuera de combate y esta tarde ha venido a visitarme. Mi plan es darme una ducha y meterme en la cama con el mando de la tele. Más tarde, si tengo hambre, pediré que me suban un sándwich o algo liviano.

Un mensaje interrumpió la conversación. Harley lo leyó e hizo un gesto de disgusto.

—Es Declan. Está subiendo en el ascensor. ¿Tendrá miedo de que me pierda camino de la planta baja?

Jana sonrió para sus adentros. Las razones de Declan no tenían que ver con el miedo a que le sucediera algo, sino con cumplir con su trabajo. Tenía instrucciones precisas de su jefe de acompañarla a todas partes, igual que hacía con él cuando estaban de viaje. Con más motivo ahora, que ella llevaba varios días durmiendo mal.

—Donde tú vas siempre atraes moscardones, Harley, eres una mujer muy guapa. Pero desde que la gente ha podido comprobar el gran talento que tienes, también atraes a montones de fans. Me encantó ver cómo te rodeaban y te pedían autógrafos hoy cuando llegabas al stand. Me hizo sentir muy orgullosa.

Harley sonrió halagada. Sus ojos cansados parecieron revivir durante un instante.

—Ay, gracias, nena… ¿Verdad que sí? Es un sueño hecho realidad… ¡Ojalá BB hubiera estado aquí para verlo…!

Un nuevo mensaje atrajo la atención de Harley. Enseguida se echó a reír y su rostro se iluminó, borrando toda huella de cansancio. Algo que Jana sabía que solo Brandon era capaz de conseguir.

Harley se puso de pie y fue hasta Jana enseñándole la foto que acababa de recibir. En ella, Brandon y Hugo, cabeza junto a cabeza, le tiraban un beso. El niño estaba pálido; el padre, muy mirable como siempre, con una camiseta negra que se ceñía a su cuerpo.

—Míralos, ¿no están para comérselos? —dijo Harley en un arranque de amor.

—Ya lo creo —repuso Jana con doble sentido—. ¿Has visto esos hombros? Madre mía, qué tío.

Harley la miró con el ceño fruncido.

—¿Desde cuándo te gusta Brandon?

—¡Desde siempre! Mis buenos repasos le doy cada vez que puedo… ¡Total, con las gafas nadie se da cuenta! —Y al ver la expresión dudosa de Harley, se echó a reír de buena gana, contagiando a su socia—. Que no, mujer. Que estoy de broma. Reconozco que tiene un buen físico, pero no es mi tipo.

—Claro. A ti te van altísimos y con barba.

Jana ignoró la nueva alusión a Declan.

—Solo quería hacerte reír, Harley. Sé que este fin de semana no lo estás pasando bien.

—Y ahora que lo dices —continuó Harley, ignorando a su vez el comentario de su socia—, seguro que haces lo mismo con Declan. Protegida por tus gafas, menudos atracones de él te debes dar, pillina…

—¡Tú alucinas! —exclamó Jana, devolviéndole el móvil al tiempo que se alejaba con la excusa de ir a servirse un vaso de agua. Lo cual también le sirvió para que su socia no se percatara de que sus mejillas se habían coloreado. Lo sabía porque sentía un persistente hormigueo en la zona.

—Está bien que te empeñes en verlo solo como un amigo, pero no negarás la evidencia, ¿no?

Por supuesto que la negaría. Las persistentes bromas ya eran lo bastante cargantes como para admitir en voz alta los innegables atributos físicos del guardaespaldas de B.B.Cox.

Pero no tuvo que hacerlo, ya que en aquel momento tocaron el timbre de la suite.

—¿Piensas salir descalza? —dijo Jana.

Harley corrió a ponerse sus botas mientras Jana abría la puerta.

En vez de entrar, Declan se quedó donde estaba.

—¿Has encogido? —le preguntó después darle un buen repaso.

Fue entonces cuando Jana recordó que también estaba descalza. «Menudas pintas», pensó.

—Como ocho centímetros, sí. ¿Se nota mucho?

Declan pensó que Jana era una pigmea aún con los ochos centímetros de sus plataformas. A su lado, la mayoría de las mujeres lo eran. Y, en efecto, se notaba la diferencia ahora que iba descalza, pero se le notaban mucho más las ojeras. No tenía buena cara. Se preguntó si le sucedería algo.

La voz de Harley lo devolvió a la realidad.

—¡Ya estoy lista! —exclamó, soltando un suspiro aliviado. Le había costado volver a calzarse—. Podemos irnos. Ella no viene.

Los ojos del guardaespaldas regresaron a Jana, interrogantes, pero ninguna de las dos aclaró las razones.

—Bien, en marcha, entonces —se limitó a decir.

Harley se despidió de su socia con un beso.

—Cena algo, ¿vale?

—Sí, no te preocupes. Pásalo bien y no te olvides de enviarles saludos míos a tus padres.

—Gracias, *cari*.

La ducha había relajado a Jana y el dolor de cabeza había empezado a ceder. Ahora, lo único que le faltaba era distraerse con una buena película hasta que la venciera el sueño y con suerte, por la mañana estaría mejor.

Entró en el salón de la suite, cepillándose su largo cabello para eliminar el último rastro de humedad tras secarlo solo lo indispensable con el secador. Teñirlo tan a menudo lo castigaba mucho. Agarró el mando de la televisión y se puso cómoda en el sofá, pensando en qué tipo de película le apetecía ver. ¿Tenía día de acción trepidante o de comedia romántica?

Sonó el timbre y su primer pensamiento fue que sería algún camarero despistado que se confundía de habitación, pero al abrir la puerta descubrió que no se trataba de ningún camarero. Era el guardaespaldas de B.B.Cox, con un plato en una mano sobre el que había dos enormes *baguettes* que sobresalían por los bordes y dos tarrinas de helado *Häagen Dazs* en la otra.

Él entró en la suite sin esperar que lo invitaran.

—¿Qué haces aquí, Declan?

—Shhh… Ni lo intentes, guapa. Sé por qué has venido a Perpiñán y me parece estupendo. Pero alguien tiene que cuidar de ti, porque te aviso que estás tan pálida que podrías ir a una fiesta de *Halloween* sin necesidad de disfrazarte de zombi.

—Tú animas a cualquiera, chico. ¡Gracias! Ya me siento mucho mejor —repuso, risueña.

Jana cerró la puerta y siguió al guardaespaldas hasta el salón donde él ya había dispuesto la cena sobre la pequeña mesa que había frente a los sillones.

—¿Quieres una bebida con alcohol o sin alcohol? —le preguntó.

Declan no pudo evitar que sus ojos se regodearan en la silueta que vestida con un pijama azul con ribetes rojos compuesto por unos shorts muy cortos y una camiseta de tirantes, estaba inclinada frente a la puerta abierta del minibar. No estaba acostumbrado a ver tanta piel desnuda en ella y con aquella frondosa melena cayendo sobre sus hombros y su espalda, le estaba resultando muy difícil dejar de mirarla.

Céntrate, tío. No seas capullo.

—Cerveza, por favor. Puedo beber porque Harley no quiere que vaya a buscarla. Ha dicho que su padre siempre alquila un coche y que él la traerá de regreso al hotel.

—¿Y tú le has creído? —Jana se rió de buena gana. Cogió la cerveza para Declan y una tónica para ella y cerró la puerta del minibar—. Ama su independencia por encima de todas las cosas y eso es algo que ni siquiera Brandon podrá cambiar.

Declan estaba a punto de responder que no se lo había tragado, pero cuando alzó la vista de la *baguette* que estaba partiendo a la mitad, Jana estaba frente a él y la visión lo dejó mudo. Esta vez, su camiseta era más escotada de las que usaba habitualmente. Apenas un poco más, pero lo bastante para mostrar el nacimiento del canalillo, algo que hizo que su imaginación se disparara como si se tratara de una competición y alguien hubiera dado el pistoletazo de salida.

Cuando al fin logró elevar su vista hasta ella, comprendió que ya era tarde. Jana se había dado cuenta y como no tenía sentido negarlo, no lo hizo.

—Disculpa. Siempre vas tan cubierta, que no me había dado cuenta que debajo de tanta ropa de diseño había…

—¿Carne? —dijo ella, en tono de broma a pesar de que sus mejillas se habían puesto rojas.

Él hizo un gesto ambiguo porque, en efecto, la palabra correcta era «carne» pero no pensaba ser tan bestia de decirla en voz alta, y los dos escondieron tras unas buenas risas, la incomodidad del momento.

Un rato después, sin embargo, Jana abandonó el salón diciendo que iba al baño y cuando regresó ya no había «carne» a la vista; una bata a juego con su pijama la cubría hasta los tobillos.

🏍️ 🏍️ 🏍️

Arthur Reynolds le devolvió el móvil a Harley e intercambió miradas pícaras con su madre.

—¿Tu jefe te envía una foto en la que él y su ahijado te están tirando un beso? ¡Cuánta confianza!

Harley volvió a guardar el móvil con una sonrisa. Una de las razones por las que había aceptado la invitación a cenar era ponerlos al día de su vida. Estaban esperando que les trajeran el postre, así que iba siendo hora de que comenzara la sesión informativa. Hasta el momento, no habían hablado más que de la nueva *boutique* londinense y de su trabajo en las convenciones del tatuaje, representando la marca comercial de B.B.Cox.

—No es su ahijado. O sí, lo era. Brandon es su tutor legal, pero además es su padre biológico. Se lo dijo hace un tiempo y Hugo lo tomó fenomenalmente bien. Es un niño genial… Es cariñoso, divertido y adora a Brandon. La relación entre ellos va muy bien. Pero todavía no ha trascendido más allá de la familia y allegados más próximos, así que, por favor, no lo comentéis. Está en trámites de reclamar su paternidad legalmente y cuando la obtenga, lo hará oficial.

Harley notó que su padre continuaba mirándola con una gran sonrisa, pero fue su madre quien habló.

—O sea que tú eres una «allegada próxima» a tu jefe. Qué interesante.

—Pensé que lo que te sorprendería era saber que Hugo es su hijo…

—¿Sorprenderme? —dijo Madeleine, espontánea—. Se parecen mucho, Harley. No es que no me creyera la historia del padrino cuando me la contaste, por supuesto que sí. Pero después de ver las fotos del niño que salieron en todos los periódicos sensacionalistas a finales de la primavera, me pareció que los unían más cosas que un poder notarial. Lo tuyo, en cambio, sí que me sorprende.

La llegada del camarero con los postres impuso una pausa en la conversación que Harley utilizó para hilvanar sus pensamientos. Se sentía extraña hablando de su vida con sus padres. Era algo que no había hecho ni siquiera de adolescente, pero vivían en países diferentes y las pocas veces que se veían les tocaba ponerse al día.

Su padre, sin embargo, no necesitaba aclaraciones y sabiendo cuánto las detestaba su hija, decidió ahorrarle el esfuerzo.

—Nena, no hace falta que nos cuentes que tu jefe lo ha hecho tan bien contigo que ha conseguido que regresaras a Londres, el último lugar del mundo al que tu madre y yo habríamos imaginado que volverías. Tampoco es necesario que nos digas que adoras a ese niño tanto como a su padre. Solo dinos una cosa; ¿eres feliz, Harley, feliz de verdad? Eso es todo lo que nos importa.

Una sonrisa se ocupó de responder antes de que ella lo expresara en palabras.

—Nunca pensé que diría algo así refiriéndome a un hombre pero sí, estoy muy bien, papá. *Estamos muy bien.*

Madeleine estiró el brazo a través de la mesa y apretó cariñosamente la mano de su hija.

—¿Sabes? Brandon siempre me ha caído genial…

—¡Si no lo conoces!

—En persona, no. Pero se puede saber mucho de alguien a través del efecto que causa en otros y él es de las pocas personas de tu vida a la que, siempre, invariablemente, te refieres con una sonrisa. ¿Lo has notado? —Harley se encogió de hombros. Lo adoraba. Solo pensar en él era suficiente para hacerla sonreír—. Pues así es. Y conociéndote… Mejor dicho, *conociéndonos* porque en esta familia todos cojeamos del mismo pie, eso es muchísimo decir, cariño. Y pienso contárselo en cuanto lo vea. Se merece saberlo.

—Estoy de acuerdo —intervino Art—. Lo primero es reconocerle los méritos al muchacho… Ya habrá tiempo para conversaciones más serias —añadió, provocando que madre e hija se echaran a reír.

—Tiene gracia que lo comentes… El fin de semana pasado, cenando en casa con Brandon, Lau y Declan, Jana dijo que por más moderno que fueras, lo someterías al tercer grado. ¡Qué bien te conoce!

—¿Y que dijo él? —preguntó Art.

La sonrisa brilló aún más radiante en el rostro de Harley.

—Nada. Él es así. Sabe que no necesita decir nada para que yo me dé cuenta de lo que piensa, de lo que siente… Así que se limita a sonreír, dejando claro que la decisión está en mis manos, y mientras tanto me enamora con sus silencios un poquito más cada día…

—¡Estás perdida, hija! —exclamó Madeleine, feliz.

—Sí —concedió Harley—. Irremediablemente.

—Bueno, si la decisión está en tus manos… Ya nos dirás cuándo y dónde dispones que nos veamos las caras —dejó caer Art, haciéndole un guiño a Madeleine.

Harley era todo sonrisas, pero no podía negar que se sentía nerviosa ante la perspectiva de convocarlos a todos. Su lado más rebelde le decía que no eran más que pamplinas, que no hacían falta presentaciones ni cenas familiares. En el fondo, lo que deseaba era que nada estropeara lo que tenía con Brandon. No deseaba interferencias, ni preguntas, ni que él se sintiera forzado de alguna manera. Estaban muy bien y no quería que eso cambiara.

—Mi agenda de trabajo es una locura estos meses, pero os prometo que encontraré un hueco para que nos reunamos. Probablemente, tendrá que ser en Londres, pero ya lo veremos a su debido tiempo. ¿Y vosotros, qué tal? Contadme algo, que hasta ahora no hemos hecho otra cosa que hablar de mis cosas…

Art y Madeleine intercambiaron miradas.

—¿Se lo dices tú? —propuso él.

Ella negó con la cabeza.

—Esta vez te toca a ti.

Harley los miró interrogante.

—¿A qué estáis jugando? ¿O es que el puesto de portavoz familiar va por turnos?

Art sacudió la cabeza, divertido.

—No tiene que ver con el puesto, sino con la noticia… ¡Es que… Menuda noticia! —exclamó, y se echó a reír.

—Deja de reírte y díselo, que la estás poniendo nerviosa.

Art asintió, intentó ponerse serio y la seriedad le duró un segundo antes de volver a reírse a carcajadas.

—Vale, lo haré yo —dijo Madeleine y miró a su hija—. Tu padre y yo estamos juntos de nuevo.

—Estáis de coña[12]… —fue todo lo que Harley pudo decir, mirándolos con los ojos como platos.

—No —repuso Art, tomando la mano de su mujer—. No es ninguna broma. De hecho, vamos a casarnos otra vez.

Harley se apoyó contra el respaldo de la silla, incapaz de dejar de mirarlos como si fueran alienígenas. No entendía nada. Aunque quizás debió haber sospechado algo al escucharle decir a su madre que esta vez le tocaba a él. Ella había sido la encargada de comunicarle que habían decidido divorciarse. No había sido una ruptura dramática, pero había sido duro para ella, como hija, verlos continuar con sus vidas, separados por miles de kilómetros. ¿Qué había sucedido para que tantos años después volvieran a estar juntos? Su mente no dejaba de disparar preguntas.

—Y la responsable eres tú —bromeó Madeleine—. Esos días que estuvimos contigo en Ámsterdam, cuando lo de Per, fueron muy reveladores… Hemos seguido viéndonos desde entonces.

—¿Y Adrien? —atinó a decir Harley y enseguida miró a su padre—. ¿Y tu novia… como se llame?

La pareja intercambió miradas pero ninguno respondió. No había nada que decir al respecto.

—Pero… ¿estáis juntos? —insistió—. Quiero decir… ¿dónde estáis? —Y se echó a reír.

—Hasta fin de año, Maddy seguirá en París, en la misma casa. En enero, cuando entre en vigor el acuerdo de mi jubilación anticipada, me trasladaré con ella y buscaremos nuestra propia casa. De momento, vamos alternando. Ella viaja entre semana, cuando puede, y yo, los fines de semana.

La alegría había empezado a tomar el relevo y a Harley la sonrisa no se le quitaba con nada.

—¡Guau…! ¡Esto hay que celebrarlo! ¡Camarero, champán, por favor! —exclamó ilusionada—. ¿Y estáis bien, bien de verdad?

---

12 Coña: (coloq.) burla, broma.

La pareja volvió a intercambiar miradas cargadas de amor.

—Mejor que nunca —repuso Madeleine.

—Cuando eres un alma libre —empezó a decir Art bajo la atenta mirada de su hija— solo puedes ser realmente feliz junto a alguien que sea tan libre como tú, capaz de entender tu necesidad de independencia y quererte lo suficiente para dejarte volar. Somos «rara avis»[13], pequeña. Solo junto a alguien igual que nosotros podemos tener eso que el resto de las personas llaman «un hogar». Y cuando encuentras a esa persona… —Art miró a su mujer con una sonrisa—, eres un idiota si la dejas escapar. A nosotros nos ha tomado mucho tiempo y varias decepciones aprender la lección, pero al final lo hemos hecho, ¿verdad, Maddy?

—Verdad —murmuró Madeleine y se estiró a darle un beso en la mejilla a Art.

Harley asintió varias veces con la cabeza. Las palabras de su padre resonaban en su mente, volviéndose más y más reales, haciendo que, por primera vez, todas sus vivencias, sus intuiciones y decisiones de los últimos meses, cobraran sentido.

Ahora todas las piezas encajaban.

Encajaban a la perfección.

---

13 Rara avis: (del latín) ave extraña. Persona o cosa conceptuada como singular excepción de una regla cualquiera.

ENTRE-HISTORIAS 12

Domingo, 17 de octubre de 2010.
Londres.

Harley había llegado al final de la convención quemando los últimos cartuchos. Entre el agotamiento físico provocado por la falta de sueño, lo que había supuesto emocionalmente estar tres días completos separada de Brandon, sumado a las buenas nuevas de sus padres y también al éxito de su participación en el Salón del tatuaje de Perpiñán, su estado era tal que ni siquiera el maquillaje completo que Jana, a petición suya, le había hecho en un baño del aeropuerto, lograba disimularlo.

Sin embargo, la preocupación de Harley por su aspecto había pasado a un segundo plano. No se sentía capaz de esperar un día más para estar con Brandon. Quería verlo ya. Se habían pasado todo el fin de semana contentándose con llamadas cortas cuando ella estaba disponible e intercambiando mensajes. Los primeros habían estado dedicados a Hugo, principalmente.

El pequeño había estado con fiebre alta y un constante malestar que le provocaba vómitos y, en consecuencia, su padre lo había pasado mal. Para peor, toda la familia había querido ir a su casa con la excusa de visitar al pequeño y él, por ahorrarse disgustos con su madre, lo había permitido. Pero a Harley le había quedado claro que la experiencia no había sido positiva para Brandon. Sus mensajes al respecto habían tenido un punto irónico, incluso malhumorado, que había intentado disimular a base de incluir cantidades inusuales de signos de admiración y de emojis.

A medida que Hugo mejoraba y Brandon se tranquilizaba, la naturaleza de los mensajes había cambiado radicalmente. Eran deliberadamente sexuales y no solo habían cumplido su cometido, también le habían permitido confirmar que los tres días separados habían sido tan duros para él como para ella.

Harley había bajado del coche a toda prisa, llevándose con ella su pequeña maleta viajera llena de pegatinas y haciendo evidente sin proponérselo que aquella noche no dormiría en su cama.

—Adiós, chicos y gracias por traerme, Declan —se despidió cuando ya estaba frente a la puerta de la casa de Brandon.

Sin bromas de doble sentido ni peticiones especiales para que él hiciera de *babysitter* de Jana, observó el guardaespaldas. Era evidente que la mente de Harley estaba ocupada en otras cuestiones. Declan lanzó un silbido. «Sé de uno que se va a poner las botas toda la noche», pensó, divertido. Harley nunca se había quedado a dormir en esa casa y que fuera a hacerlo después de tres días en dique seco, auguraba una noche muy caliente. Se alegraba mucho por Brandon. El único problema que le veía a aquel asunto, era que al día siguiente a su amigo no lo aguantaría nadie.

—Calla, tonto —dijo la pasajera del asiento de atrás al tiempo que le propinaba un golpe suave en el hombro—. ¡A ver si se da cuenta de lo que está a punto de hacer y cambia de idea!

—¡Sí, mejor vámonos de aquí cuanto antes, que como Brandon se entere de que la culpa ha sido mía, me mata!

Pero a diferencia de lo que sus amigos creían, Harley era muy consciente de lo que estaba haciendo. Lo había meditado con detenimiento. Al menos, todo lo que su loca necesidad de Brandon le había permitido. Probablemente, no sería capaz de pasar toda la noche junto a él. El miedo a quedarse dormida y despertarse gritando seguía siendo muy grande, pero estaba decidida a que amanecieran bajo el mismo techo, aunque no fuera en la misma cama. Sabía que él lo deseaba, que entendería que ella también lo deseaba intensamente, y eso compensaría. Los compensaría a los dos hasta que llegara el día en que no hubieran temores ni pesadillas, solo el gozo de ser dos «rara avis» que habían encontrado al fin su lugar en el mundo; uno junto al otro.

El destino, sin embargo, parecía tener otros planes.

En cuanto Sigfried abrió la puerta de la habitación del enfermo y Harley vio a Brandon profundamente dormido junto a su hijo, se enterneció. Y un segundo después, saltándose el protocolo, retuvo al mayordomo por el brazo quien la miró muy sorprendido.

—No, no… —le dijo en un tono bajo, pero decidido—. No lo despiertes, Sigfried. Déjalo dormir, por favor. Ha pasado un fin de semana horrible.

El hombre, todavía un tanto sorprendido, esbozó una sonrisa amable.

—Debo hacerlo.

—Sé por experiencia lo duro que es enfrentarse a las tareas del día cuando no has pegado un ojo en toda la noche. En su caso las noches en vela ya son dos, y mañana tiene una cita muy importante que Amy no ha podido cancelar. Necesita estar en forma.

—Me lo pidió expresamente…

—No se enterará —lo interrumpió ella, que volvió a saltarse el protocolo, cerrando con sigilo la puerta de la habitación de Hugo—. Yo me marcho ahora mismo y más tarde le enviaré un mensaje dándole alguna excusa. Mañana, antes de que le sirvas el desayuno, estaré de nuevo aquí.

Y sin esperar respuesta, Harley enfiló hacia las escaleras que conducían a la planta baja de la casa. Sigfried la siguió, intentando hacer valer sus razones.

—Sé que lo hace con la mejor intención, pero el señor quiere verla hoy. Se ha quedado dormido porque el sueño lo ha vencido. Temía que eso sucediera, por eso me pidió que lo despertara cuando usted llegara. Son sus deseos, señorita Harley.

Ya estaban en el pasillo que llevaba a la puerta cuando Harley se detuvo brevemente. Sonrió, pero se mostró definitiva.

—¿Sabes por qué hacemos tan buen equipo Brandon y yo? Porque somos igual de cabezotas. No vas a convencerme, Sigfried.

El mayordomo finalmente pareció aceptarlo y se lo comunicó con un gentil movimiento de la cabeza.

—¿Ha cenado? Podemos prepararle algo en un momento.

—Sí, gracias, Sigfried, he cenado. Lo único que necesito ahora es dormir, pero antes voy a pasar un momento al baño.

—En ese caso, le pediré un taxi.

Declan aparcó, cerró el contacto y se bajó del coche. Sacó el equipaje de Jana del maletero y con él en una mano fue hasta la puerta del edificio.

Jana, todavía junto al coche, contempló sus movimientos con expresión divertida.

—¿Esperamos algo aquí? —le dijo—. ¿Que pase el tren, quizás?

Él se encogió de hombros.

—Tú, no sé. Yo, sí. Hoy te acepto el café del otro día… Si la invitación sigue en pie, claro. Eso sí —la apuntó con un dedo—, como se te ocurra volver a quedarte dormida como hiciste el viernes y volviste a hacer el sábado, te voy a despertar echándote encima un cubo de agua fría, ¿te queda claro?

Jana sacudió la cabeza algo avergonzada. Se acercó hasta donde estaba él mientras decía:

—Ay, sí, disculpa, qué falta de cortesía más grande… Te aseguro que no fue por ti. Es que… —Hizo una pausa ya que no tenía ninguna intención de hablarle de los efectos secundarios de su menstruación, pero al no encontrar otra forma de continuar aquella frase, hizo una mueca cómica e insistió para dejar claro lo importante—: No fue por ti, Declan.

El lado mujeriego del guardaespaldas saltó como si lo hubiera atacado un enjambre de avispas. ¿«No fue por ti»? No hacía falta que le asegurara que él no tenía nada que ver con haber caído rendida como si funcionara con electricidad y alguien hubiera tirado del cable que la conectaba a la red. Las mujeres no se dormían estando con él más que por agotamiento, después de un buen polvo. Además, desde el principio se había percatado de que Jana tenía mala cara, era evidente que no se sentía del todo bien. En realidad, no le había molestado que se hubiera quedado dormida. Había cambiado de canal y disfrutado de un buen combate de boxeo con el aliciente extra de poder mirarla cuando le daba la gana sin que ella se diera cuenta. Y eso, exactamente, había hecho; mirarla a placer.

—¿En serio? —repuso dedicándole una mirada altiva, y ya que no pensaba compartir con ella la clase de pensamientos que le daban vueltas en la cabeza, extendió la mano con la palma hacia arriba instándola a que le diera las llaves para abrir la puerta—. Y pensar que eres tú quien me llama «ancianito»… A tu edad, me pasaba días sin dormir, y tan fresco.

No fueron las palabras de Declan, sino la altivez de su mirada la que espoleó el lado más feminista de Jana que, sin darse cuenta, se encontró pensando que los hombres no tenían la más remota idea del esfuerzo que suponía salir adelante siendo una mujer en el mundo actual. Eso, sin entrar en consideraciones de tipo biológico como el hecho irrefutable de que la raza humana ya se habría extinguido si la gestación de nuevos individuos hubiera dependido de ellos.

—Lo mío es algo puntual. Te garantizo que no me quedo dormida todas las noches frente al televisor. Y en cuanto a ti, no tengo ninguna duda… Seguro que eras el rey de la noche, tienes toda la pinta. —Jana sacó las llaves. En vez de dárselas, abrió ella misma la puerta—. Pero la palabra clave es «eras»… Ahora eres un ancianito, así que creo que te vendrá mejor un vaso de leche caliente que un café…

Entró sin esperarlo y llamó al ascensor sonriendo por dentro. El momento de pensamientos sexistas había pasado y volvía a divertirse metiéndose con él.

Declan la siguió en silencio. Se puso a su lado mientras esperaban el ascensor y a pesar de que sonreía como si tal cosa, Jana estaba segura de que el contragolpe le había dolido.

Él repitió el mismo ritual del fin de semana anterior. Abrió la puerta del ascensor y se apartó para dejarla entrar en primer lugar, luego lo hizo él. Después de dejar su equipaje en un rincón, cerró la puerta y apretó el botón de la segunda planta. Pero en vez de situarse junto a Jana, lo hizo frente a ella, obligándola a elevar la barbilla para poder mirarlo.

Jana se apretó instintivamente contra el fondo del ascensor en un intento vano de agrandar la distancia entre los dos. Había sido un acto reflejo y enseguida se tranquilizó pensando que había sobrerreaccionado. El ascensor era estrecho y él no era un desconocido.

Declan notó su reacción, pero la ignoró. Sabía muy bien lo que estaba haciendo. Estiró la mano y le quitó las gafas. Las dejó sobre una de las cajas.

Jana parpadeó varias veces, pero mantuvo la mirada. Tragó saliva consciente de que aquello era un avance y no una broma. Más consciente aún de que aunque lo más sensato era poner fin a aquel momento, no podía moverse. Algo la retenía y no era él. Tenía que ver con él, sin duda, pero nadie la estaba sujetando.

Declan ignoraba cuándo exactamente había empezado a sentir cosas a su lado, pero las sentía. Cosas que no tenían nada que ver con la amistad que, por otra parte y aunque lo hubiera usado como excusa infinidad de veces, siempre le había parecido la mayor mentira del mundo. No creía que un hombre y una mujer pudieran ser solo amigos. Antes o después, la naturaleza seguía su curso y ponía a prueba esa amistad. Con Jana el proceso había sido largo porque la primera impresión que se habían llevado uno del otro había sido tan mala que, sencillamente, se habían ignorado durante años. La colaboración de Brandon con Harley los había vuelto a poner en contacto y poco a poco él había empezado a descubrir que para tratarse de alguien a quién, teóricamente, no soportaba, lo pasaba bien a su lado. De hecho, demasiado bien. Le gustaba y la encontraba divertida. Disfrutaba mucho los ratos que pasaban juntos.

Pero desde hacía una semana, concretamente desde que ella se había quitado las gafas y él la había mirado a los ojos por primera vez, las cosas habían cambiado. Jana había secuestrado toda su atención en ese preciso instante y no había vuelto a liberarla. Daba igual si estaban a solas o rodeados de gente, su atención no la abandonaba. Y en algún momento, simplemente, había empezado a verla como lo que era; una mujer que le gustaba tanto que no podía apartar sus ojos de ella.

Declan se tomó su tiempo para regodearse a fondo igual que había hecho el viernes y el sábado, en su suite, mientras ella dormía. Ahora que estaba despierta, tenía aún más razones para ir con calma. Recorrió sus facciones despacio, pensando que no había nada que no le gustara en aquel rostro de rasgos delicados al que el maquillaje, siempre en su punto justo, daba un aspecto juvenil y superfemenino. Él era un fan confeso de sus ojos, pero esa boca perfectamente delineada por un lápiz labial rojo sangre… Esa boca era magnética. Tentadora. Le costaba dejar de mirarla. Era perfecta; pequeña, de contornos bien pronunciados, y con unos labios que…

Declan exhaló el aire en un suspiro. «Fin del regodeo», pensó, «hora de pasar a la acción».

—Voy a besarte —anunció sin apartar los ojos de ella.

Jana también suspiró. Seguía sin poder moverse. En realidad, no deseaba hacerlo. Sabía las implicaciones de lo que estaba a punto de suceder, pero, por alguna razón, no deseaba evitarlo. Durante un instante, bajó la vista hasta la boca de Declan y entonces supo, sin ningún género de dudas, que deseaba sentir esos labios sobre su piel. Lo deseaba intensamente.

Alzó la vista hasta los ojos masculinos y le encantó lo que vio en ellos. Había intensidad, deseo, desafío… Un sinfín de emociones hacían brillar aquellos ojazos verdes, volviéndolos tan, tan adictivos… Eran unos ojos que invitaban a la aventura y así la hacían sentir; preparada para lanzarse en plancha…

Aunque eso no sonara nada a la Jana de los últimos dos años.

—¿Y si soy yo la que te besa a ti? —murmuró, desafiante.

Los ojos masculinos brillaron de deseo y de muchas más cosas, haciéndola sonreír complacida.

Declan ya se había inclinado hacia ella cuando respondió:

—Estás a punto de descubrir que soy el tipo más complaciente que has conocido en tu vida.

—Aquí, no. En mi casa —repuso Jana. Sus labios estaban tan cerca que el calor de su aliento al hablar provocó un estallido de energía, como si millones de burbujas diminutas explotaran a la vez, recorriendo la espina dorsal de Declan.

Él detuvo el ascensor cuando estaba a punto de llegar al segundo piso.

—Aquí, sí… Y en tu casa, también.

—No eres tan complaciente como dices… —señaló ella con un hilo de voz.

Los dos se estremecieron cuando él recorrió sus labios con la punta de la lengua muy despacio.

—Sí que lo soy. Te mueres por besarme. Lo quieres aquí y ahora. No lo dices, pero yo lo sé… —la miró a los ojos—. ¿O no?

Jana exhaló un largo suspiro y se adueñó de aquella lengua que la estaba volviendo loca.

Él la empujó con su cuerpo contra el fondo del ascensor. La dejó hacer, obligándola a profundizar el beso. Un beso que se volvió más y más caliente poniéndolo al límite.

De haber tenido alguna neurona funcional, habría pensado que esa era otra de la creciente lista de cosas que le encantaban de ella; era recatada a la hora de vestirse, pero no era nada recatada a la hora de besar. Era posesiva, ardiente, nada tímida. Justo como a él le gustaba.

Pero ya no quedaban neuronas funcionales en Declan. Todas habían sucumbido al aluvión de testosterona que Jana provocaba con sus escarceos, con aquella lengua que no dejaba de provocarlo. De volverlo rematadamente loco.

La rodeó fuertemente con sus brazos, elevándola hasta que la tuvo a su altura y la sostuvo allí, gracias a la pared que hacía de apoyo.

—Besas de miedo, pero ahora es mi turno —dijo.

Y acto seguido cubrió la boca de Jana con la suya y hundió su lengua hasta el fondo, desatando la locura.

Un minuto o un siglo. Ninguno de los dos supo a ciencia cierta durante cuánto tiempo la Tierra había dejado de girar en torno al sol. Cuando al fin, él liberó su boca y se apartó de ella, poniéndose a su lado, apoyado contra la pared posterior del ascensor, tenía el corazón latiendo a dos mil pulsaciones por minutos y le faltaba el aliento. Igual que si hubiera tenido el sexo más loco y descontrolado de su vida.

Pero solo había sido un beso. Solo un beso.

Giró ligeramente la cabeza para mirarla y comprobó que ella estaba igual; el rostro arrebolado, los labios separados en un intento de captar más aire con cada respiración. Todavía tenía los ojos cerrados. Se estremeció de deseo al darse cuenta de que solamente con verla de aquel modo, tan afectada como él, tan sin aliento como él, volvía a excitarse. A sentir unas irrefrenables ganas de pegarse a ella y besarla y acariciarla… Y hacerla suya hasta que ya no le quedaran fuerzas para nada más.

Un solo beso lo había puesto al borde del desenfreno.

—Guauuuuuu… —murmuró, envuelto en un suspiro. No había otra palabra que lo expresara mejor.

Jana abrió los ojos, intentó aclarar la vista enfocando en un punto fijo durante unos instantes. Se dio cuenta de que temblaba. Le faltaba el aire, era como si sus pulmones no acabaran de recibir el oxígeno que necesitaban en cada bocanada. Sentía la sangre corriendo alocada por sus venas impulsada por un corazón que parecía haber perdido todo control. Latía tan fuerte que dentro de su cuerpo todo parecía sacudirse al mismo ritmo. ¿Solo con un beso? Era increíble… Totalmente de locos.

Jana tragó saliva. Lo miró brevemente y sacudió la cabeza con suavidad.

—Pero que muy, muy guauuuuuu… —concedió.

Que Brandon estuviera dormido y su mayordomo insistiera en que tenía órdenes de despertarlo, había precipitado las cosas, pensó Harley mientras se dirigía al baño. De su decisión de, al menos, amanecer bajo el mismo techo había pasado sin paradas intermedias a volverse a casa en taxi y dormir en su propia cama. Y no podía negar que sus temores a despertarse en plena noche por una pesadilla habían aprovechado la coyuntura para alejarse del peligro, pero había tomado una decisión y no eran ellos la razón de que se fuera. Ver al padre y al hijo, uno junto al otro, le había derretido el corazón. Brandon estaba vestido de calle, con una de sus camisetas de red, unos pantalones color caqui plagados de bolsillos y unas botas militares. Estaba parcialmente sentado, con tres gruesos cojines a modo de respaldo y la cabeza ligeramente inclinada hacia un costado. Una de sus manos descansaba sobre el hombro de su hijo, la otra caía flácida por el costado de la cama. Hugo estaba boca abajo, con la cabeza parcialmente apoyada contra su padre y un brazo, cubierto por la manga de su pijama de *Superman*, rodeando su cuerpo. Estaba tapado por las mantas, pero uno de sus pies asomaba por el otro lado de la cama. Padre e hijo eran el espectáculo más tierno y más inesperado que hubiera podido imaginar. Se habría quedado allí, junto a la puerta, mirándolos dormir el resto de la noche.

Pero no lo había hecho. La presencia de Sigfried había precipitado las cosas y ahora estaba a punto de marcharse. Así que quizás era mucho más cobarde de lo que creía.

Harley soltó un bufido.

Deja de comerte el coco y márchate de una vez. Mañana será otro día.

Estaba a punto de entrar en el baño cuando un intenso olor a pintura la detuvo. Venía del extremo opuesto del pasillo. ¿Brandon estaba haciendo pintar su habitación? No le había comentado nada. Intrigada, continuó avanzando. Comprobó al pasar junto a ella, que el olor no provenía de ahí y siguió andando. Tres puertas más adelante la respuesta apareció frente a sus ojos, dejándola aún más intrigada que antes.

Encendió la luz. Era una estancia amplia con dos grandes ventanales. Las paredes eran de un intenso color azul. Las cortinas y la alfombra, que cubría el suelo de pared a pared, eran de un azul más claro. El mobiliario era de estilo moderno, de color crema igual que el techo, y dominando la estancia, había una cama de aspecto tan confortable que, de buena gana, se habría echado en ella. Era un lugar acogedor, con su chimenea y dos sofás orejeros con reposapiés, dispuestos uno junto al otro, cerca de una de las ventanas. En una de las paredes había un coqueto mueble con pequeñas puertas que escondían hileras de cajones. Varias baldas vacías en la parte superior invitaban silenciosamente a que algún alma caritativa las engalanara, llenándolas de recuerdos. También había un escritorio con la mesa extensible y dos hileras de cuatro cajones a cada lado. Encima de él, había otro mueble colgante, de pequeñas dimensiones, con cajones y estantes.

Sonrió al pensar que muy pronto habría posters de superhéroes en las paredes y libros, juguetes y bocetos por doquier. Hugo llenaba las páginas de sus cuadernos de dibujo a velocidad supersónica y su padre los guardaba todos como si fueran tesoros porque, en realidad, para él lo eran.

Fue al pasar junto a la cómoda que la sonrisa de Harley se transformó en emoción, una intensa e irrefrenable que le llenó los ojos de lágrimas. Sobre la superficie de madera color crema destacaba la presencia de una placa de metal pintada a mano. Ese no era su sitio, estaba allí a la espera de que la pintura se secara y pudiera ocupar el lugar que le correspondía en la puerta. Era grande, de forma rectangular, y sobre los trazos que emulaban las fauces de un dragón echando fuego por la boca, que tan bien se le daba a Hugo, podía leerse:

«Estos son los dominios de Harley. Prohibido el paso sin salvoconducto».

ENTRE-HISTORIAS 13

Lunes, 18 de octubre de 2010.
Residencia de Brandon Baxter-Cox,
Knightsbridge, Londres.

A Brandon lo había despertado el dolor de espalda y cuando abrió los ojos, no tenía la menor idea de que ya era de día. Se enderezó y tras frotarse la zona de los riñones, su primera reacción fue mirar a Hugo. El niño dormía abrazado a su almohada y estaba atravesado en la cama. Respiraba bien y no había ruido de flemas obstruyendo su nariz. Era una buena señal. Estiró la mano para tocar su frente y al comprobar que estaba fresca, suspiró aliviado. La ausencia de fiebre auguraba un día más tranquilo. Si el viernes había sido malo, el sábado había sido aún peor. Estornudos, catarro, mucha tos y, en consecuencia, ningún apetito. Hasta conseguir que se mantuviera hidratado había sido un calvario. Y encima, para rematar la situación, los tíos y el abuelo habían estado de visita toda la tarde. Su psicoanalista estaría muy satisfecho de saber que había superado el día sin lesionar a nadie.

Después de arropar bien a su hijo, se puso de pie. Se frotó el cuello mientras hacía unos estiramientos para que la sangre circulara mejor. Poco a poco se fue despertando. Pasó frente a la ventana y aunque su cerebro registró la luz que entraba a través de ella, no hizo las asociaciones correspondientes. Desperezándose, fue al baño de Hugo y puso la cara bajo el chorro de agua fría. Necesitaba despejarse. Y también lavarse los dientes, sentía la boca amarga.

Se puso a la tarea, cepillando con energía. La pasta dentífrica de sabor a fresa que a su hijo le encantaba a él le provocaba náuseas, así que cuanto antes acabara, mejor. Y ya de paso, podía peinarse, pensó al contemplar la imagen que devolvía el espejo. No podía recibir a Harley con esas pintas de recién salido de un manicomio.

Fue justamente en ese momento, al pensar en ella, cuando su cerebro hizo todas las conexiones. Aún con el cepillo de dientes en la boca, se asomó a la habitación y miró la ventana.

¡Mierda, pero si ya es de día…!

Brandon entró en una actividad frenética. Escupió el resto de dentífrico en el lavabo y se enjuagó la boca. Se peinó con las manos y fue a por su móvil, intentando no hacer ruido. A pesar de lo cual, sus pasos urgentes con unas botas militares resonaban en la estancia. Activó la pantalla y comprobó sus mensajes. Ninguno de Harley.

¿Qué coño sucedía?

Enfiló hacia la puerta más alterado por momentos. Le había dicho a Sigfried que Harley llegaría alrededor de las once de la noche, pidiéndole expresamente que lo despertara si se había quedado dormido. Por Dios, eran las nueve de la mañana y de no ser por el dolor de espalda, seguiría durmiendo.

Alguien iba a tener que dar muchas explicaciones.

Brandon encontró a Sigfried en la cocina, hablando con la cocinera.

—Ah, ya está aquí. Buenos días, señor —lo saludó.

Otro tanto hizo la cocinera.

Brandon se limitó a torcer los labios en lo que fue una sonrisa a medias. Sus ojos, sin embargo, permanecieron sobre el mayordomo con un cartel en el que podía leerse: «¿puedes decirme por qué demonios no me has despertado, como te pedí que hicieras?».

El hombre esbozó una sonrisa cordial. Se acercó hasta él.

—¿Podemos hablar, señor? —dijo señalando con un gesto la puerta.

Brandon exhaló el aire contrariado y después de alejarse unos cuantos pasos, se detuvo y miró a su mayordomo exigiendo una respuesta.

—La señorita Harley llegó a las once y media, pero se negó a que lo despertara —empezó a decir ante el creciente enfado del tatuador—. Lo sé. Sé que debí hacerlo, pero subimos juntos hasta la habitación. Estaba a mi lado cuando abrí la puerta y al verlos dormidos tan profundamente, dijo que se marchaba…

—¿Dejaste que se fuera, así sin más? Aj, no me lo puedo creer… —lo interrumpió, contrariado. Sabía perfectamente que cuando Harley se empeñaba en algo, no era nada fácil hacerla cambiar de opinión, pero… Le daba tanta rabia. Estaba desesperado por verla. Saber que la tendría entre sus brazos aquella noche era lo que le había ayudado a sobrellevar el patético fin de semana que había tenido.

—En realidad, no se fue, señor —repuso el mayordomo.

—¿Cómo que no se fue? ¿Quieres decir que está aquí… en mi casa?

Sigfried asintió con una sonrisa.

El corazón de Brandon empezó a latir con más fuerza y todo su cuerpo se llenó de repente de una gran energía. El enfado se evaporó en un instante y una sonrisa apareció en su rostro.

—¡¿Y a qué esperas para decirme dónde está?! —En un momento, se había puesto histérico de la alegría.

Sigfried rió con Brandon. Llevaba toda la vida al servicio de los Baxter y lo había visto crecer, triunfar y, ahora, enamorarse. A pesar de lo que le había dicho, estaba decidido a que la pareja se viera aquella noche y no habría dejado que Harley se marchara. Por suerte, no había hecho falta que la convenciera. Había sido suya la decisión de quedarse. Pero al ir a su habitación a llevarle el té y el vaso de agua que le había pedido, la había encontrado dormida. Despertarlos a ambos ya no le había parecido una buena alternativa.

Tan pronto cesaron las risas, Sigfried desveló al fin el lugar donde se hallaba su amada.

Brandon abrió muy despacio la puerta de la segunda habitación de invitados situada en la planta superior, la más próxima a las escaleras y a pocos metros de la de Hugo. Alucinaba al pensar que habían dormido bajo el mismo techo y él no se había enterado. Le emocionaba que Harley hubiera cambiado de idea. Para él significaba mucho.

Las ventanas estaban cerradas y con la poca luz que entraba desde el pasillo no se veía gran cosa, pero estaba bastante seguro de que allí no había nadie. La única forma de comprobarlo era encender la luz. Aunque también podía acercarse a la cama y usar sus manos en vez de la vista. Sonrió ante aquel pensamiento tan propio de un hombre después de tres días en dique seco y avanzó pisando con suavidad.

Un metro antes de llegar a la cama su sonrisa se había evaporado y la certeza de que allí no había nadie había cobrado forma. A pesar de lo cual, continuó hasta el final. Pasó una mano sobre el edredón y no halló el curvilíneo cuerpo de su chica.

Exhaló un suspiro y dio la luz de la mesilla de noche. Barrió la estancia con su mirada. Harley no estaba allí, pero su maleta viajera sí. Y sus botas. Y su ropa, incluido el sostén, que colgaba sobre el respaldo de la silla. Un escalofrío le recorrió el cuerpo al caer en la cuenta de que si su ropa estaba allí, ella estaba desnuda en otra parte. Notó que la cama estaba abierta. Ahora no estaba allí, pero en algún momento de la noche había estado; las sábanas estaban arrugadas. Miró en la mesilla; sus pendientes, su reloj de pulsera, sus anillos. Y su móvil junto a un vaso lleno de agua.

Se asomó al baño de la habitación a sabiendas de que no la hallaría allí.

¿Dónde te has metido, nena?

Pensó que la cosa tenía fácil arreglo. Harley tenía que estar en alguna parte. Había otras dos habitaciones en aquella planta y cuatro más en la de abajo. Las revisaría una a una hasta encontrarla.

Y eso hizo.

Brandon comprobó habitación por habitación hasta que solo quedó una. Su emoción había ido creciendo con cada espacio que tachaba de su lista mental. Ahora que estaba claro dónde dormía Harley, se sentía acelerado, eufórico… El corazón golpeaba con tanta fuerza contra su pecho, que retumbaba en su interior como si estuviera hueco por dentro.

Abrió la última puerta y la empujó suavemente.

Y la imagen entró directamente hasta su corazón, robándole el aliento.

Las persianas se habían quedado abiertas y Harley no las había bajado. Ni siquiera había abierto del todo la cama. El cobertor continuaba parcialmente extendido. Se había echado sobre su lado de la cama y una sábana negra apenas le cubría las piernas.

En teoría, debería estar desnuda. Pero no era así. Sobre el respaldo del sillón había un albornoz de ducha blanco, idéntico a los que había en todas las habitaciones de invitados. Ella, en cambio, vestía una bata negra con motivos orientales en color rojo que Brandon conocía muy bien porque era suya. Se había puesto su bata y se había arrebujado en ella, aprovechando que era tres tallas más grande.

Su habitación.

Su lado de la cama.

Su bata.

Un suspiro escapó de los labios de Brandon al darse cuenta de que, como siempre, ella volvía a estar diez pasos por delante de él. ¿Cómo lo hacía?

Se acercó a su lado con sigilo a pesar de que sentía la ansiedad adueñándose de él a cada paso que daba. Se agachó junto a ella y se quedó muy quieto, contemplándola.

No se había desmaquillado y el eye-liner se le había corrido a pesar de lo cual su rostro le pareció mucho más hermoso que nunca.

Su sueño era tranquilo y le daba pena despertarla, pero…

Continuó mirándola, decidido a darle unos minutos más de descanso. *A darse unos minutos más de placer contemplativo.* Del enorme placer de verla dormir y hacerlo allí, en su territorio. En su propia cama. Un estremecimiento volvió a recorrerlo de la cabeza a los pies. Resultaba irónico que alguien como él, que siempre había mantenido a sus acompañantes lo más lejos posible de su sanctasanctórum, se derritiera de gusto por que esta mujer en particular estuviera al fin allí.

Dejó que sus ojos recorrieran aquel voluptuoso contorno, disfrutando de las vistas como nunca. La bata le quedaba tan grande que uno de los lados se había deslizado, exponiendo parte de su hombro. La visión de aquella porción de piel disparó todos los sentidos de Brandon y el deseo de besarlo fue tan intenso que se dejó llevar. Se acercó con cuidado y la besó suavemente en el lugar donde el cuello se unía con el hombro, sintiéndose totalmente embriagado por su cercanía, por el calor de su piel, por el aroma de su cabello…

—Mmm… Brandon, hola… —murmuró ella, mirándolo a través de unos párpados apenas abiertos.

Pero no esperó a que él respondiera a su saludo. Se adueñó de su boca y el beso fue incendiario, y no contenta con eso, le echó los brazos alrededor del cuello atrayéndolo. De hecho, casi forzándolo a que se le pusiera encima, algo que él hizo de inmediato.

Los dos suspiraron. La necesidad de volver a estar juntos era tan grande como el alivio de estarlo. Él la estrechó muy fuerte. Ella le abrazó las caderas con las piernas y se apretó contra él.

—Vaya… —murmuró Brandon algo sorprendido. Se moría de ganas, pero no había contado con que las satisfaría antes de darle los buenos días—. Qué tipo con suerte.

Harley volvió a suspirar. Cogió el borde de su camiseta y tiró hacia arriba.

—Ya lo creo, pero ¿sabes qué? Tendrías mucha más suerte si te quitaras la ropa…

«Tus deseos son órdenes», pensó el tatuador, que enseguida se incorporó y empezó a desnudarse con movimientos provocativos que obtuvieron la total aprobación femenina.

A modo de agradecimiento, y echando mano de la misma provocación que él, Harley se abrió la bata, exponiendo sus pechos, que se tocó para que él reparara en que sus pezones ya estaban erectos.

—Vaya… —volvió a decir él—. ¿Sabes qué? Eso que haces me pone como una moto…

—¿Crees que no lo sé? Igual que esto. —La mano de Harley se internó entre sus cuerpos y cuando al fin llegó a su destino, Brandon se estremeció.

—Diosssss…. —murmuró él apretando los párpados—. Menudo festín nos vamos a dar tú y yo.

—Sí, por favor, sí… —pidió ella con aquella vocecita suplicante que siempre le había dado tan buenos resultados. Especialmente, con él.

Los preparativos acabaron en un abrir y cerrar de ojos, y él entró dentro de ella con fuerza. Era su estilo, lo que a ambos más les gustaba; empezar duro y bajar la intensidad para prolongar el placer de estar juntos. Y acabar mucho más duro de lo que habían empezado.

—¿Siempre comenzaremos el día así? —murmuró él. La penetraba con fuerza sin dejar de mirarla mientras ella se retorcía de placer, acompañando sus movimientos con la misma fuerza.

—¿Así… cómo?

—Contigo en mi cama, insinuándote con mi bata puesta… Me encanta… Diosss… No te imaginas cuánto —agachó la cabeza para mordisquear los labios de Harley—. Me pone muy caliente…

Ella volvió a suspirar. Aumentó la presión de sus piernas en torno a las caderas de Brandon y se impulsó con fuerza contra él.

—Después de ver ese rincón fabuloso que has fabricado para mí, te aseguro que estoy muy, muy receptiva. Más que dispuesta a concederte todos tus deseos —buscó sus labios y bebió de ellos, apasionadamente—. Así es como te quiero, pegado a mí, haciéndome el amor todos los días…

—Nooo…. —Se lamentó él—. ¿La has visto? Tenía que ser una sorpresa…

Los movimientos ahora eran más cadenciosos, mucho más lentos. Pero mucho más plenos. Esto también se les daba bien. Los dos se empleaban a fondo para mantener el ritmo adecuado.

—Y lo fue. Fue una gran sorpresa.

Harley empujó con mucha más fuerza, se pegó a Brandon y empezó a llover besos sobre sus hombros, su pecho y, finalmente, su rostro.

Él sabía lo que significaba y se lo dio. Sus movimientos adquirieron rapidez y durante unos instantes, permanecieron en silencio. Solo se oía el choque de sus cuerpos.

—Tú eres la mayor sorpresa de mi vida… —continuó ella—. La más grande de todas… Tú y tu generosidad, tu entrega… Tu amor por mí, que me enamora y me cautiva y me convierte en una loca adicta a ti…

El corazón de Brandon se arrancó a latir desaforadamente de pura emoción. Dejó de moverse y buscó la mirada de Harley, presintiendo que ella tenía cosas que decir. Cosas que él necesitaba oír. El deseo y el amor mantenían un pulso en su interior, un pulso enloquecido que ninguno ganaba, manteniéndolo en vilo, como suspendido en un instante eterno…

Pero no solo Brandon había dejado de moverse. Harley también. Lo miraba intensamente, con sus ojos más brillantes que nunca. A excepción de su mano que le acariciaba la barbilla, permanecían quietos.

Al fin, ella inspiró hondo y exhaló el aire en un suspiro.

—Nunca pensé que volvería a sentirlo… Nunca imaginé que algún día ese sentimiento colmaría tanto mi corazón que necesitaría dejar que saliera y se expresara… Ayer fue ese día. El día que mi corazón se le quedó pequeño. En esa habitación, en el mismo momento que vi el cartel con el dragón de Hugo sobre la cómoda y… —Harley tragó saliva y sus ojos se llenaron de lágrimas—: Te amo, Brandon. Te amo con locura. Te amo, te amo, te amo… Ya no voy a poder parar de decírtelo —se abrazó a él con brusquedad—. Y ahora, por favor, haz que me calle de una vez, o inundaré la casa.

Harley no era la única que lloraba. Como en tantos otros aspectos de su relación, también estaban en sintonía en esto.

Solo que ella, acurrucada contra el pecho de Brandon y concentrada en ponerle coto a su propia emoción, no se había dado cuenta todavía de que la de él era tan grande como la suya.

Y cuando lo hizo, una oleada de ternura la invadió por completo.

—Diosss… —murmuró tomando su rostro entre las manos—. Diosss… Eres increíble… —El gesto de Brandon de pestañear varias veces para aclarar la vista anegada de lágrimas mientras sus mejillas acusaban recibo, coloreándose, la enterneció aún más y empezó a dejar pequeños besos siguiendo las huellas húmedas de su rostro—. Aishhh…Te comería a besos, BB… ¡Eres el tío más alucinante que existe!

Brandon se incorporó un poco descansando parte de su peso sobre los brazos. Echó la cabeza hacia atrás no solo porque necesitaba oxígeno, también porque la emoción seguía dominándolo, ocupándolo todo. Dejándolo totalmente expuesto. Había estado enamorado antes. Una vez. Pero nunca hasta ahora había experimentado cómo era amar y ser correspondido. Nunca nadie le había dicho «te amo», ni llorado de emoción conmocionado no solo por la intensidad del sentimiento, también por el privilegio de poder sentirlo y expresarlo.

Y saber que ese sentimiento estaba destinado a él, oírla pronunciar aquellas dos palabras, había sido la experiencia más conmovedora de toda su vida. Conmovedora hasta el punto de que, por más increíble que fuera, el amor le había ganado el pulso al deseo.

Brandon volvió a mirarla.

—¿Sabes lo que es realmente alucinante? —murmuró. En sus ojos, todavía vidriosos por las lágrimas, brilló un haz de malicia.

Ella rió bajito. Claro que lo sabía. Mejor aún; lo sentía.

—¿Que mi confesión de amor te ha cortado el rollo? —propuso con picardía.

Lo vio asentir varias veces con la cabeza y sonreír de mala gana.

—Toda la vida manteniendo el pabellón bien alto y vienes tú, me sueltas un «te amo» en mitad de un polvo de película y… —Brandon se aclaró la garganta. Salió de dentro de ella con suavidad y cuando volvió a mirarla ya no sonreía—: Yo también te amo con locura… *Con auténtica locura…* y llevo mucho, mucho tiempo deseando oírtelo decir… No como una prueba de que lo sientes, sino como una prueba de que ya no te asusta decirlo…

Harley bajó la mirada porque sus ojos habían vuelto a humedecerse, algo que detestaba con todas sus fuerzas. Era un ser temperamental, pero hasta que Brandon había llegado a su vida, solo la furia le hacía saltar las lágrimas. Su intensidad la traspasaba como si ella fuera de papel.

Él empujó su barbilla suavemente y buscó su mirada.

—Amo cada pedacito de ti y esto nunca va a cambiar, pero lo que más amo con diferencia es la forma en que abrazas tu libertad y vives tu vida a fondo. *Quiero que la vivas a fondo*, que consigas todos tus sueños y que seas feliz. Conmigo o sin mí.

Ella le puso un dedo sobre los labios.

—Contigo, BB —murmuró.

Él retiró el dedo, pero lo retuvo en su mano.

—Ojalá, ojalá… Lo deseo con todo mi corazón. Pero si no… Que así sea, amor.

Harley se estremeció. Las palabras de su padre regresaron a su mente y sus ojos volvieron a llenarse de lágrimas. Él la estrechó fuerte, dándole un momento. Dándoselo a sí mismo.

—Ya está… Ya está —murmuró ella, apartando cómicamente las lágrimas de sus mejillas. Esbozó una sonrisa cuando dijo—: Espitas cerradas. Hasta dentro de diez años no hay que preocuparse.

—Quiero saber que cuando estamos juntos es porque lo deseas de verdad —continuó Brandon, acariciando una de sus mejillas—. Porque sabes que eres libre de elegir y eliges estar conmigo. Esa habitación azul es solo tuya. Da igual que esté en mi casa. Ni mi hijo ni yo pondremos un pie allí…

—Sin salvoconducto —lo interrumpió ella con dulzura.

Brandon asintió. Había sido una ocurrencia de Hugo, que sin saberlo, había dado en el clavo.

—No tienes que sentirte forzada a usarla si no quieres… No tienes que hacer nada que no quieras o no te sientas preparada para hacer… Esa habitación no es un compromiso ni una carga. Es solamente mi manera de decirte que te quiero en mi vida y que la forma en que eso suceda me da completamente igual. Eres tú quién decide, Harley. Siempre serás tú. Y esto tampoco va a cambiar. —Respiró hondo—. Fin de mi confesión de amor.

—Pues vaya confesión… *Vaya mañana de confesiones*… Estoy temblando —admitió ella.

—Y yo… No puedo parar…

—Esto es casi tan bueno como el sexo, ¿no, BB? —Y coronó su ocurrencia con una risita ilusionada.

—Diossss… —murmuró él—. Ha sido alucinante…

La pareja se abrazó y permaneció en silencio un buen rato. La emoción había sido intensa y los dos necesitaban recuperarse. Pero de a poco, fueron regresando los besos, las caricias insinuantes, los juegos…

—¿Aquí o en el baño? —propuso Harley—. Diossss, tengo más ganas que antes… ¿No te mueres por uno en la bañera?

—Sí, en la bañera de tu habitación azul… —bromeó él, acariciándola entre las piernas. Había sido una broma a medias, en realidad.

—Mmm, sí, eso me apetece muchísimo… Pero habrá que esperar a que el aire sea respirable. El tufo a pintura te echa para atrás.

—Vale, esperaremos… ¿Y ahora qué? ¿Voy a llenar mi bañera?

—Fóllame primero y luego ponla a llenar —repuso ella envuelta en un suspiro.

Brandon no se lo hizo repetir.

—Joder, qué plan más bueno…

Se tocaban cada vez más excitados y él estaba a punto de cumplir los deseos de Harley, cuando unos golpes en la puerta los dejaron paralizados.

—¿Estás ahí, papi? ¿Puedo pasar? —Se oyó que decía la voz somnolienta de Hugo.

La llegada del pequeño de la casa desató el pánico.

—¡Joder! —murmuró Harley apartándose de Brandon como si quemara.

—¡Mierda! —se quejó él.

Un segundo después, Harley estaba totalmente envuelta en la bata y Brandon corría hacia el baño quitándose el preservativo al tiempo que le pedía a su hijo que esperara un momento.

Tras regresar a la habitación a toda prisa, se puso los bóxers y volvió a meterse en la cama.

Miró a Harley con la misma expresión indefinible que ella tenía en su rostro, una mezcla de nerviosismo por cómo el niño reaccionaría al verlos juntos en la cama e incredulidad por que el sexo se quedara sin consumar por segunda vez consecutiva en una misma mañana.

—¿Lista? —le preguntó. Ella asintió—. ¡Puedes pasar, Hugo!

La puerta se abrió y el niño entró con pasos pesados arrastrando su almohada. Fue directo hacia ellos.

—Me desperté y no estabas, papi… Hola, Harley… Ay, qué sueño… —dijo el pequeño y se dejó caer entre los dos como un peso muerto.

La pareja intercambió miradas expectantes. Era posible que la reacción de Hugo ante la presencia de Harley se debiera a que, evidentemente, estaba medio dormido. Quizás la había visto, pero su mente adormilada no había hecho las asociaciones pertinentes. Harley decidió salir de dudas.

—Hola, pequeñín… Te he echado de menos. ¿Estás mejor?

—Ajá… Nosotros también… Tengo mucho sueño, papi… —repuso el niño sin abrir los ojos.

La pareja volvió a intercambiar miradas. Esta vez, fueron de alivio.

Brandon estiró la mano para tomarle la fiebre. Su frente continuaba fresca.

—Es normal, peque. Has estado muy malito los últimos tres días… ¿Por qué no vuelves a tu cama? Yo enseguida voy —Brandon le hizo un guiño a Harley. Quizás, con un poco de suerte, consiguieran arañar unos minutos más para estar a solas. El proyecto bañera quedaba descartado. Pero tal vez pudieran regalarse uno rápido en la cama.

Al no obtener respuesta, se inclinó a mirar a su hijo. Su respiración acompasada le informó que el proyecto "uno rápido en la cama" también quedaba descartado y se dejó caer contra sus almohadas, totalmente derrotado.

—No me lo puedo creer… —dijo cubriéndose la cara con las manos—. ¡Esto sí que es alucinante!

Harley explotó en carcajadas y al final los dos reían mientras el pequeño dormía plácidamente, ajeno a lo que sucedía.

Reían y se miraban radiantes de felicidad y de expectativa porque los dos sabían, ahora sí, que si su relación había sido mágica hasta ese momento, lo mejor estaba por llegar.

¡Gracias por leerme!

Espero que lo hayas pasado en grande junto a nuestra pareja de tatuadores, y que este *spin-off* cargado de romanticismo al estilo «Brandon y Harley» te haya dejado con una sonrisa. Si es así, te agradecería mucho que compartieras tu valoración en la tienda donde lo hayas adquirido. No te tomará más de un par de minutos y con tu opinión contribuirás a que otras lectoras como tú se animen a darle una oportunidad a mis novelas. ¡Gracias anticipadas!

¿Y ahora con qué seguir?

¡Con unos momentos especialísimos dedicados al motero de las rastas y a su chica! Son los siguientes en la secuencia de lectura y te garantizo que los vas a disfrutar muchísimo ;)

Momentos Especiales - Conor & Nikki
Extras Serie Moteros # 9

SOBRE PATRICIA SUTHERLAND

Su estreno oficial en el mundo romántico español tuvo lugar en abril de 2011, de la mano de *Princesa*, una novela que aborda el controvertido asunto de la diferencia de edad en la pareja cuando quien es mayor es la mujer, y que ha enamorado a las lectoras. Han sido sus apasionadas recomendaciones y su permanente apoyo, las que han convertido a *Princesa* en un éxito.

En noviembre de 2012, *Princesa* obtuvo el I Premio Pasión por la Novela Romántica. En dicho mes, asimismo, fue nominada en tres categorías, Mejor Novela, Mejor Autora Chicklit y Mejor Portada en el marco de los I Premios Chicklit España.

Un año más tarde, en noviembre de 2013, salió *Harley R.*, la segunda entrega de la Serie Moteros de la que *Princesa* es ahora el primer libro, una novela sobre el amor después del desamor y las segundas oportunidades. En febrero de 2014, *Harley R.* resultó ganadora del II Premio Pasión por la Novela Romántica y más tarde fue nominada al Premio Rosas Romántica'S 2013 y a los Premios RNR (Rincón de la Novela Romántica) 2013. Posteriormente, en abril de 2015, salió Harley R. Entre-Historias, un apasionado "spinoff" de *Harley R.*, en diciembre de ese mismo año, lo hizo Lola, la tercera entrega de la Serie Moteros y en junio de 2016, le llegó el turno a *Lola Entre-Historias*. *Los moteros del MidWay,* una serie de ficción romántica dividida en tres temporadas que relata las historias de los personajes secundarios más importantes de la Serie Moteros se publicó en 2018 y en 2019 llegó *Fire & Gasoline* (Fuego y gasolina), la última novela principal de la Serie Moteros.

El último mejor lugar, la única novela independiente que la autora ha publicado hasta el momento, vio la luz en septiembre de 2016 y poco después lo hicieron sus SECUENCIAS NUEVAS, que continúan publicadas en su web desde entonces y ahora también están disponibles en todas las plataformas, tanto en ebook como en versión impresa.

Su último trabajo publicado es *Momentos Especiales - Evel & Abby* que relata en detalle la (segunda) boda de los protagonistas de *Harley R.*, Serie Moteros 2.

También es autora de la serie romántica Sintonías, compuesta por *Volveré a ti* (2014) *Bombón* (2007), *Primer amor* (2007), *Amigos del alma* (2008) y *Simplemente perfecto* (2014) que quedó segunda finalista de los Premios RNR (Rincón de la Novela Romántica) 2014.

Patricia Sutherland nació en Buenos Aires, Argentina, pero está radicada en España desde 1982.

Página oficial:
Jera Romance
www.jeraromance.com